Y0-CMH-508

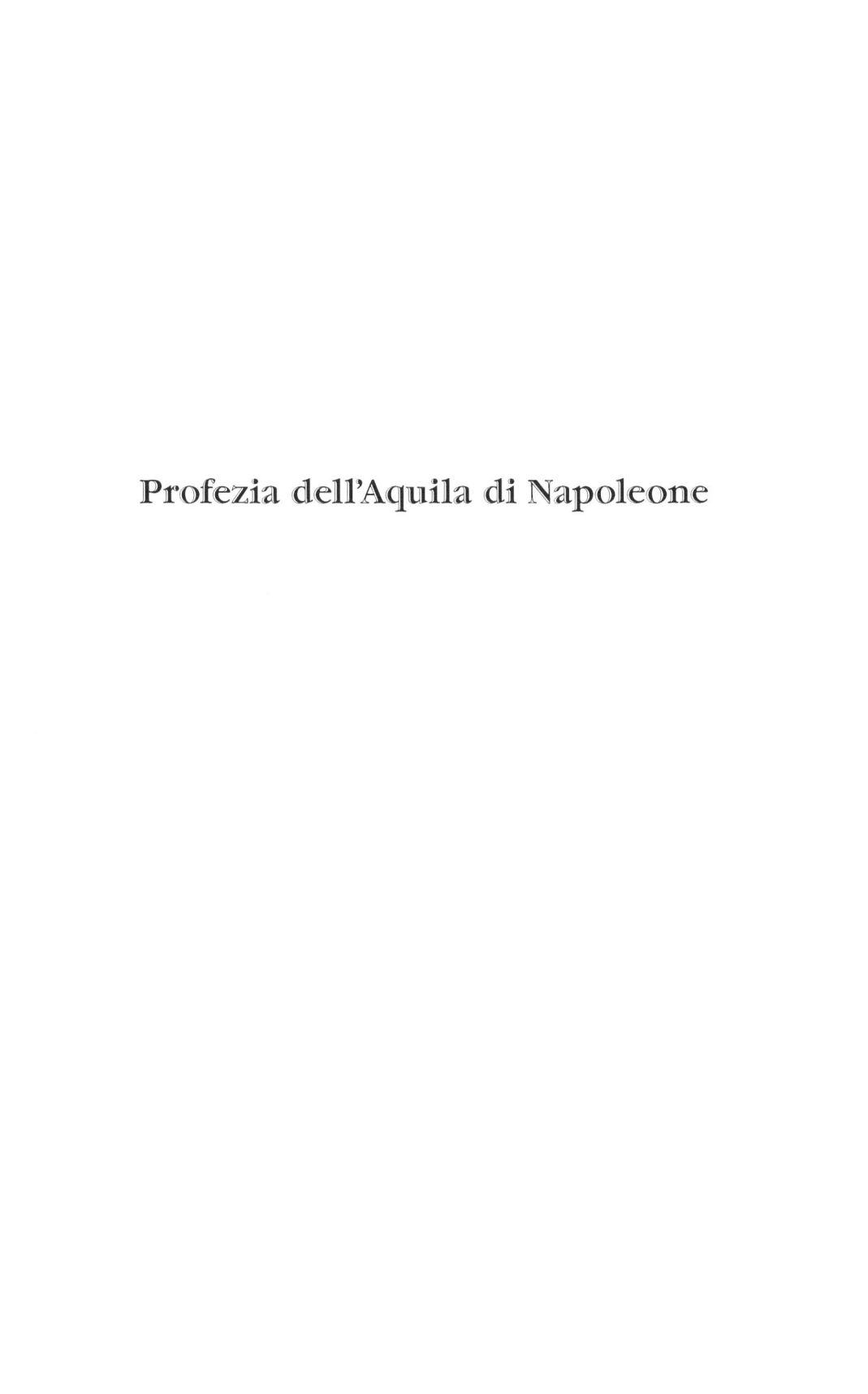

Profezia dell'Aquila di Napoleone

Profezia dell'Aquila di Napoleone

ROMANZO STORICO

La storia è un insieme di bugie concordate e scritte dai vincitori
Napoleone

ALFRED LENARCIAK

iUniverse

PROFEZIA DELL'AQUILA DI NAPOLEONE

Copyright © 2017 Alfred Lenarciak.

All rights reserved. No part of this book may be used or reproduced by any means, graphic, electronic, or mechanical, including photocopying, recording, taping or by any information storage retrieval system without the written permission of the author except in the case of brief quotations embodied in critical articles and reviews.

This is a work of fiction. All of the characters, names, incidents, organizations, and dialogue in this novel are either the products of the author's imagination or are used fictitiously.

iUniverse books may be ordered through booksellers or by contacting:

iUniverse
1663 Liberty Drive
Bloomington, IN 47403
www.iuniverse.com
1-800-Authors (1-800-288-4677)

Because of the dynamic nature of the Internet, any web addresses or links contained in this book may have changed since publication and may no longer be valid. The views expressed in this work are solely those of the author and do not necessarily reflect the views of the publisher, and the publisher hereby disclaims any responsibility for them.

Any people depicted in stock imagery provided by Thinkstock are models, and such images are being used for illustrative purposes only. Certain stock imagery © Thinkstock.

ISBN: 978-1-5320-3240-0 (sc)
ISBN: 978-1-5320-3241-7 (e)

Print information available on the last page.

iUniverse rev. date: 09/26/2017

Dedica

A mio nipote Laurence

Indice

Ringraziamenti ix
Prefazione xi
I   Il Patrimonio Ferri 1
II   Il racconto di Cosmo 5
III   Tesori nella Cappella Ferri 11
IV   Il libro di ricordi di Gregorio Ferri 20
V   Il Palazzo Baronale 52
VI   Scavo sotto il Palazzo 55
VII Tommaso Campanella e Stilo in Calabria 62
VIII Il primo ritrovamento 69
IX   Domenico Memo 87
X   Composizione del puzzle 96
XI   La profezia dell'Aquila di Napoleone 106
XII Valore della profezia 130
XIII L'attacco del furfante 156
XIV La fine o l'inizio? 165
Chi è l'autore 173
Postfazione 175

Ringraziamenti

Ringrazio di cuore Betty Calabbretta, Luca Pasquale Giannini e Salvatore Mongiardo per il loro contributo, coinvolgimento e pazienza nel rendere questa traduzione dall'inglese nella nostra bella lingua italiana possibile.

Un ringraziamento speciale a mia moglie Barbara Ferri, fonte continua di ispirazione nella mia vita e per i miei libri. Questo libro è la tua storia rivissuta nel tempo e venuta nuovamente alla luce.

Ti amo

Prefazione

Ho letto più volte il libro **La Profezia dell'Aquila di Napoleone** perché sentivo che qualcosa mi sfuggiva, ma non sapevo cosa potesse essere. Nell'ultima lettura, nell'ottobre 2016, finalmente ho capito l'elemento unificatore della trama, che è molto complessa. E mi sono reso conto che l'autore del libro non era uno solo, Alfred, ma c'era un secondo autore, Barbara, e anche un terzo autore. Ma di questo dirò più avanti.

Mentre in Polonia imperversa il regime comunista, il giovane Alfred fugge a rischio della propria vita verso la libertà e si stabilisce in Canada, dove fa fortuna lavorando nella ricerca e sfruttamento delle miniere d'oro. Lì conosce Barbara, che sposa giovanissima, il suo grande amore. Barbara era nata in Calabria, a Soverato, da una famiglia nobile di Santa Caterina Jonio, ma a sei mesi era stata portata in Canada dai genitori che avevano deciso di stabilirsi là dopo il crollo dei feudi nel Sud Italia. Barbara chiede al marito Alfred di portarla a Santa Caterina in viaggio di nozze. Lì vede quel mare cangiante, maestoso, infinito e chiede ad Alfred di acquistare dai parenti il feudo di famiglia, abbandonato e bruciato, posto sulle colline di fronte a quel mare. Alfred si convince e ricominciano assieme la ricostruzione del castello, Il Borgo Ferri, nome di famiglia di Barbara.

La famiglia Ferri ha una storia importante che si snoda tra Medioevo, Rinascimento, Primo e Secondo Impero Napoleonico e spazia dalla Calabria normanna fino alla corte dei re di Francia, il Vaticano, Lucca e Firenze. Il nonno di Barbara consegna ad Alfred un manoscritto dove si parla di un segreto: nella tomba di famiglia a Santa Caterina è nascosto un... Ma è giusto lasciare al lettore il piacere di seguire la scoperta che Alfred fa nella tomba prima e nei sotterranei del palazzo di famiglia poi.

Quel palazzo era confinante con il convento dei Frati Domenicani dove, negli anni 1597-98, il filosofo Tommaso Campanella aveva scritto e nascosto **La Profezia dell'Aquila,** manoscritto che si riteneva perduto, ma che Alfred avventurosamente recupera. Trova cioè quello che non erano riuscii a trovare né Napoleone Bonaparte né Napoleone III. Quella profezia di Campanella contiene predizioni che si sono puntualmente avverate nel passato, e sono molto allarmanti per i nostri giorni e per i prossimi quattro secoli fino al 2400: Campanella scrive che il mondo rischia di finire sotto i colpi di una violenza inarrestabile.

Scattano poi tentativi di rubare il manoscritto ad Alfred da parte di una organizzazione segreta che intende servirsene per la conquista del potere in Europa, ma quei tentativi sono fatti fallire da una astuzia di Alfred.

Barbara, il secondo autore, è in fondo la musa ispiratrice del libro, colei che riesce a convincere il marito ad uscire dal mondo degli affari per approdare al porto più sicuro della contemplazione filosofica. E,' sotto altra forma, lo schema di Dante nella Divina Commedia: Beatrice trova Dante perduto nella selva oscura e lo conduce fino al paradiso. Alfred si salva quando comprende che l'uomo ha bisogno di una visione alta degli umani eventi, visione che l'oro non può dare.

Avevo parlato di un terzo autore: questo è il Mare Jonio del Golfo di Squillace, dove Cassiodoro volle tornare per quella che chiamò **lux perspicua,** una luce chiara che apre la mente e calma lo spirito. In quella terra nacque l'Italia con re Italo, venne Pitagora a Crotone, e vi profetizzarono Gioacchino da Fiore, San Francesco di Paola, Tommaso Campanella…

A me sembra che questo libro costituisca una tappa importante della crescita spirituale di Alfred e Barbara, crescita avvenuta con l'aiuto del terzo autore, quel **mare parlatore** che detta al cuore sogni di bellezza che unisce dal profondo.

Salvatore Mongiardo
Scolarca della Nuova Scuola Pitagorica di Crotone

I

Il Patrimonio Ferri

<<Provo emozioni contrastanti nel pensare alla nostra decisione di andare là>>, disse Barbara quando decollammo dall'aeroporto di Montreal diretti a Roma. <<Ho sognato questo momento per tutta la mia vita e ora che siamo sulla strada per Santa Caterina dello Ionio in Calabria, nel profondo sud dell'Italia, mi chiedo che tipo di vita ci aspetti laggiù>>.

<<Chérie - la interruppi - non stiamo andando là a stabilirci per una nuova vita.

Ne abbiamo già una in Canada a Montreal e lì è la nostra casa; stiamo andando nella tua terra per ricostruire parte della tenuta che hai appena ereditato, solo per utilizzarla per le vacanze.

<<Chéri - mi interruppe lei - amo il tuo approccio pragmatico ma per la mia famiglia, e per tutti noi di origine calabrese, è tutt'altra storia. Hai avvertito le emozioni suscitate negli ultimi cinque anni ogniqualvolta abbiamo cercato di spiegare la nostra intenzione di ricostruire Borgo Ferri. È stato estremamente difficile per i miei nonni e per tutti i membri della famiglia firmare l'atto notarile, un atto che di fatto ha troncato le loro radici con l'amata Calabria>>.

<<Capisco>>, interruppi il suo sfogo carico di emozioni. <<Per favore ascoltami. Il nostro piano è chiaro. Non vogliamo andare là per investire tempo e denaro, molto denaro, da soci di venti o più componenti della famiglia ognuno con i propri obiettivi. Non abbiamo rubato nulla a nessuno, abbiamo pagato il prezzo giusto secondo una valutazione indipendente della proprietà. Dopotutto ricorda la dichiarazione di tuo nonno Cosmo

davanti a tutti dopo la firma: "Tu, Barbara, sei l'unica proprietaria del patrimonio Ferri. Tu sei l'ultimo membro dei Ferri ad essere nato là e io do la mia benedizione a te, Alfredo e Massimo". Cerchiamo di essere ottimisti. Non abbiamo ereditato un tesoro nascosto, sebbene a volte abbia l'impressione che non ci sia solo semplice terra bruciata tra rovine di palazzi antichi, ma che ci sia dell'altro. Prima o poi lo scopriremo ma decisamente non incominceremo con la caccia al tesoro. Prima dobbiamo creare infrastrutture e iniziare a ricostruire la parte principale della casa in rovina. Del resto hai sposato un uomo di affari con una formazione da ingegnere; credimi, non spenderemo grandi cifre solo per mostrare alla famiglia e alla gente di Santa Caterina che possiamo resuscitare l'antica gloria. La Casata dei Ferri, la dinastia Ferri è oramai finita da un pezzo e tu sei l'ultimo membro ad avere la possibilità di salvaguardarne almeno la permanenza nella storia>>.

Le presi le mani e stringendole le dissi: <<Non essere inquieta, ce la faremo a ricostruire almeno una parte del castello principale e farci un pied-à-terre. Per favore ora cerca di dormire perché atterreremo a Roma al mattino>>.

Una volta arrivati, i primi giorni soggiornammo in un hotel di Soverato, una cittadina a circa dodici chilometri dal nostro Borgo, ma poco dopo affittammo un appartamento per stare più comodi.

Appena finimmo di occuparci del notaio, degli avvocati, dell'urbanistica e delle autorità locali preposte alle licenze edilizie, venne il momento di consultare un architetto, un ingegnere e un costruttore. Considerando la mia limitata padronanza della lingua italiana, dovetti imparare velocemente in modo da poter capire non solo la burocrazia, ma anche la cultura locale e un'espressione in particolare - "non ti preoccupare" - ripetuta continuamente dalla gente del posto. Sentire quella frase costantemente mi preoccupava alquanto; ma il tutto divenne gradualmente più chiaro e facemmo notevoli progressi.

Due mesi dopo Barbara partì per Montreal e ritornò con nostro figlio Max e suo padre Gregorio che iniziò a lavorare con noi immediatamente. Il suo aiuto fu ben accetto perché diede a me la possibilità di continuare a viaggiare per le mie attività nel ramo degli investimenti minerari.

Il lavoro di ricostruzione progredì velocemente tanto che dopo dieci mesi ci trasferimmo nella nostra dimora parzialmente rifatta.

Il Natale 1992 a Montreal fu molto speciale per tutti i Ferri ansiosi di vedere cosa avevamo portato da mostrare. Subito dopo la cena della Vigilia, proiettammo diapositive con rapidi scorci sull'avanzamento dei lavori.

Nella prima diapositiva, la ricostruzione della torre nord del castello coronata da merlature aragonesi sembrava quasi irreale. Questa struttura dipinta con colori pastello e circondata dalle palme appena piantate vicino a una vasta piscina non ancora completata, era una novità per tutti.

Il padre di Barbara spiegò il progetto che sarebbe stato realizzato una volta completata la ricostruzione. Nell'osservare le reazioni dei presenti, ebbi l'impressione che preferissero le memorie nostalgiche della tenuta in rovina alla nuova realtà in arrivo, che sembrava una dimora da ricchi e famosi piuttosto che un piccolo castello rurale fortificato, adibito principalmente ad uso agricolo e chiamato dalla gente del posto "La Liva".

La sola persona ad applaudire fu il nonno di Barbara, Cosmo, che ci ringraziò anche per gli sforzi nel ripristinare la forma originaria del castello, adattato ai nostri bisogni con l'interno ridisegnato, una piscina e un campo da tennis.

Nonostante l'età avanzata, 89 anni, Cosmo aveva mente lucida e buona memoria. Alla fine della proiezione si alzò in piedi con evidente difficoltà, sollevò il suo bicchiere di vino e guardò gli altri a tavola dicendo: <<Dal profondo del cuore e da tutti noi, sinceramente grazie per tutti i vostri sforzi e l'augurio di essere felici là in Calabria>>.

La sua voce era forte ma ci fu totale silenzio intorno alla tavola natalizia. Mi alzai in piedi ringraziandolo per gli auguri e aggiunsi che ci sarebbero voluti molti anni prima di completare la ricostruzione. Dissi anche che non avevamo intenzione di ripristinare la destinazione originaria di tenuta agricola, ma che avremmo conservato il marchio per il vino, l'olio di oliva e altri prodotti selezionati.

Spiegai che, una volta completata la ricostruzione, avevamo anche intenzione di ricostruire la parte della proprietà nel paese vecchio, ma che quel progetto avrebbe dovuto aspettare fino a quando il Comune non avesse deciso quale area dell'antico villaggio, distrutto dall'incendio del 1983, potesse essere ricostruita e abitata.

Cosmo stava seguendo la mia spiegazione con minuziosa attenzione e di nuovo alzò il bicchiere, chiedendo a tutti di fare lo stesso, augurandoci tanto successo nella nostra nuova impresa.

Inaspettatamente guardò nuovamente tutti, si alzò dalla sedia a capotavola e mi chiese di seguirlo nella biblioteca. Tutti i parenti guardarono sorpresi Cosmo che volle me solo e chiuse la porta dietro di sé.

II

Il racconto di Cosmo

<<Caro Alfredo - Cosmo disse in italiano per poi continuare in francese - questo è il mio ultimo Natale e il mio ultimo Capodanno>>.

<<Oh, no, nonno, hai ancora molti anni davanti a te>>, lo interruppi, ma lui alzò la mano e mi chiese di lasciarlo continuare.

<<Avrò 90 anni nel 1993, pertanto come puoi constatare ho vissuto il ventesimo secolo quasi per intero e più della metà di esso in Italia; e quel periodo in Italia fu il più disastroso nella storia dell'umanità. Vedi, ricordo il terremoto che nel 1908 distrusse Reggio Calabria con oltre centomila vittime, la prima guerra mondiale, la rivoluzione russa, il fascismo di Mussolini, la seconda guerra mondiale, Stalin, il Comunismo, le Brigate Rosse e i sequestri di persona fatti dalla mafia. Tutti quegli eventi cambiarono profondamente l'Italia e soprattutto la nostra Calabria, per sempre. La popolazione impoverita, incapace di sopravvivere alla maniera tradizionale, emigrò in massa in America e anche la nostra famiglia seguì quell'esodo. Nella nostra città di Santa Caterina c'erano quasi cinquemila abitanti, ed ora nel centro storico e in Marina, sulla costa ionica, ce n'è solo la metà. Purtroppo i giovani partirono in cerca di un avvenire migliore altrove. La nostra famiglia aveva una vasta tenuta agricola con centinaia di dipendenti ma dopo la seconda guerra mondiale eravamo incapaci di mantenere quel livello di occupazione. In poche parole, nessuno voleva continuare a coltivare la terra, ognuno aspirava a diventare un impiegato statale nei centri abitati. Ti prego di accettare le mie scuse per tutti quei disagi e lo dico con grande tristezza e vergogna.

Ho vissuto gli ultimi 40 anni insieme alla mia famiglia nel benessere della vita nordamericana, parlando della Calabria soltanto durante le riunioni natalizie come oggi. In questa Nazione, ho creato una vita normale per la mia famiglia, tutti i miei bambini hanno ricevuto un'educazione comune, ho allevato una famiglia qualunque e condotto una vita ordinaria rispetto a quella precedente in Italia. Nessuno in famiglia ha veramente abbracciato la cultura o la lingua italiana e non ha neanche avuto il desiderio di ritornare laggiù. Per le vacanze vanno in Florida, Messico o in altri posti eccetto la Calabria. C'è soltanto una stella luminosa in questo orizzonte grigio: Barbara, tua moglie, mia nipote. Di tutti i miei nipoti, lei è l'unica nata in Calabria. La sola vera Ferri, sposata ad un uomo degno di lei, dandomi un pronipote, Massimo, che oggi mi ha parlato in italiano. La tua famiglia ci ha dato luce e speranza nell'oscurità della storia per un futuro della nostra famiglia, la cui storia che ha mille anni o anche più. Ti sono molto grato nel vedere che senza esitazione alcuna hai deciso di iniziare una nuova vita nella Tenuta Ferri, secondo le tue esigenze. Sono felice di vedere il modo in cui hai intenzione di cambiare il posto per farne una destinazione adatta alla tua famiglia. Tuttavia, come da sempre, se desideri creare il futuro devi conoscere il passato. Come hai sicuramente capito, non esiste un'altra famiglia Ferri in zona e hai probabilmente sentito della storia di mio padre il quale pare fosse il figlio abbandonato di qualche nobile allevato da un'altra famiglia a Santa Caterina. Oggi desidero raccontarti una storia vera>>.

<<Mio padre, Gregorio, non nacque a Santa Caterina nel 1866, secondo quanto scritto sulla sua lapide nella cappella di famiglia, bensì il 27 settembre 1865 nel giorno dei santi Cosmo e Damiano, a Lucca, in Toscana. Domenica delle Palme, il 4 aprile 1866, la famiglia Giannini lo portò a Santa Caterina dello Ionio come ultima volontà di sua madre, Yolanda Ferri, che morì subito dopo aver dato alla luce il bambino. Puoi capire ora perché il mio nome è Cosmo e mio fratello si chiamava Damiano>>.

Stavo ascoltando quell'uomo in età avanzata parlare con voce chiara fissandomi con occhi che mandavano scintille. Era anziano ma in buona salute e dava l'impressione di una persona molto più giovane, nonostante la sua difficoltà a camminare. Capelli bianchi e sottili, baffi e una pelle chiara gli conferivano uno stile antico e nobile. Parlava con un po' di tristezza nella voce facendo con le mani gesti tipicamente italiani.

Non lo interruppi mai, cercando di capire il messaggio che tentava di comunicarmi.

Continuò bevendo un sorso d'acqua.

<<Mio padre fu battezzato con il nome Gregorio nella chiesa di Santa Caterina a Lucca il 25 novembre 1865, il giorno di Santa Caterina d'Alessandria, la stessa santa patrona del nostro paese in Calabria. Sua madre era Yolande Ferri e suo padre era Jean Laurent Durand visconte di Villers. Sua madre apparteneva ai Ferri di Lorena, casata molto antica e nobile. In quella famiglia, le donne hanno sempre ricoperto ruoli di primo piano: una regina di Francia, diverse principesse, una santa e perfino un primo ministro francese alla fine del diciannovesimo secolo. Come ho appena accennato, mia nonna morì all'inizio dell'anno 1866, pochi mesi dopo la nascita di mio padre. Mio nonno aveva il doppio della sua età e probabilmente era già sposato in Francia quando si conobbero in Italia. Egli era un alto ufficiale nella Guardia Imperiale francese comandata da Napoleone III, incaricata della protezione del Papa Pio IX durante l'assedio di Roma dal 1861 al 1870. Ricorda che l'Italia fu unificata nel 1861, ma Roma non ne divenne la capitale prima del 1870. Roma e la regione intorno erano parte dello Stato Pontificio e il Papa non voleva aderire al Regno d'Italia sotto Vittorio Emanuele II. L'armata francese difese il Papa fino al 1870, quando Napoleone III crollò e Garibaldi prese d'assalto Roma dichiarandola capitale dell'Italia unita. Non voglio entrare troppo nei dettagli, ma permettimi di ritornare sul discorso di mio padre.

Lui morì durante il periodo di Pasqua nel 1956; quello fu un giorno triste nel villaggio e tutti parteciparono al funerale ad eccezione di mio fratello Damiano che era in America. Prima della sua morte, un giorno mi prese con sé e andammo nella cappella di famiglia nel cimitero; mi mostrò il posto dove voleva essere sepolto, poi una piccola bara che accoglieva un bambino. Era Gregorio Ferri, primogenito di Damiano, che morì quando aveva solo due anni. Quel giorno, mio padre mi disse che nella piccola bara, sotto le ossa del bambino, c'era una busta con una lettera che spiegava alcuni fatti importanti della nostra famiglia, una busta che avrei dovuto aprire dopo la sua morte. Lui morì quell'anno e l'anno successivo, il 1957, morì anche mia madre. Mia figlia Antonietta sposò Francesco che viveva in Canada e mia figlia Tina la seguì e sposò Elio. Il padre di Barbara, Gregorio, studiò a Salerno e la mia figlia più giovane, Franca, a Soverato. A mia moglie, Maria, mancavano le figlie. Decidemmo allora di andare in Canada solamente per un breve periodo ma, l'anno successivo, anche mio figlio Gregorio venne a Montreal per studiare Filologia e più tardi sposò Lucette, tua suocera, appartenente a una famiglia francese della citta di Québec. La situazione in Calabria era difficile, di conseguenza decidemmo di stare più a lungo in Canada e, come puoi ben vedere, siamo tutti qua da più di 30 anni. Tutti i miei nipoti sono nati in Canada ad eccezione di tua moglie Barbara, sebbene non abbia mai vissuto in Italia perché Lucette e Gregorio ritornarono in Canada quando lei aveva solo sei mesi. Chissà perché, fin da quando era bambina la sua mente e il suo cuore erano sempre là e voleva ascoltare quanto più poteva sul suo luogo di nascita aspettando il giorno in cui sarebbe ritornata. Tu sei stato quello che ha realizzato i suoi sogni, portandola in Calabria durante la vostra luna di miele nel 1985, ma ciò fu soltanto due anni dopo l'orribile incendio che distrusse l'intero paese antico e anche la nostra tenuta. Temevo che non sarebbe mai ritornata in Calabria dopo aver visto solo distruzione e tristezza.

Vedi, nessuno è mai ritornato là, ma voi avete visto la bellezza e il potenziale di quella terra e Barbara l'ha sempre portata nell'anima. Ho visto allora, e lo vedo anche ora, che voi avete un destino a Borgo Ferri e questo è stato il motivo per cui ho trasferito l'intero patrimonio a Barbara. Oggi sono l'uomo più felice al mondo, ma ho una confessione da farti. Non ho mai aperto la piccola bara e non ho mai visto la lettera che dovrebbe essere ancora lì. Mi sembra di capire che la lettera contenesse istruzioni per continuare il lavoro che mio padre incominciò ma non finì, e di conseguenza io e mio fratello avremmo dovuto continuare la sua missione.

Mio fratello era in America e io in Canada. Oggi provo vergogna per non aver compiuto la volontà di mio padre e per aver abbandonato la mia patria. Prego ogni giorno di essere perdonato. Non ho mai raccontato a nessuno questa storia, ma oggi desidero che tu ne sia a conoscenza. Qualunque cosa tu decida di fare dipende unicamente da te, ma confido nel fatto che avrai molto giudizio che ti farà da guida nel futuro. Non ti ho dato nessuna istruzione o consiglio a proposito della ricostruzione del Borgo Ferri e hai superato le mie attese.>>.

Fece una pausa, guardandomi e probabilmente cercando di cogliere una mia reazione, così gli chiesi: <<Nonno, perché mi racconti questa storia?>>.

Volse lo sguardo verso di me con le lacrime agli occhi poi girò la testa verso la finestra, cercando di evitare che i nostri sguardi si incontrassero, e incominciò lentamente. <<Alfredo, mi sarei dovuto aspettare questa domanda da te, però non ho una risposta chiara, ma voglio provare ugualmente. Vedi, ero troppo debole per continuare sulle orme di mio padre e in quella piccola bara ci dev'essere un messaggio per continuare la sua missione>>.

<<Per favore nonno, la mia domanda è diversa. Perché io e non tuo figlio Gregorio oppure uno dei tuoi generi o perfino tuo nipote Francesco?>>.

<<Ebbene, quel messaggio era per mio fratello o per me, ma noi non eravamo in grado né abbiamo avuto il coraggio di fare qualcosa quindi mio figlio e suo figlio non sono in grado di fare nulla in Calabria. Tutte le mie figlie hanno sposato uomini che vogliono vivere qui nel loro ambiente e probabilmente non ritorneranno mai là; tra l'atro, nessuno di loro è del nostro paese>>.

<<Nonno, mi spiace essere così franco, ma ho promesso a Barbara che avremmo ricostruito una parte della tenuta per i nostri bisogni e puoi immaginare che già quello sia un investimento considerevole. Per lo stessa somma potevamo comprare una dimora a Palm Beach e avere una vita favolosa più vicini alla nostra casa a Montreal, ma non ci pentiamo della nostra decisione perché Borgo Ferri non è semplicemente una dimora. Ora, nell'ascoltare il tuo racconto, posso pensare che ci sia molto altro sepolto sotto quelle rovine. Dunque, cosa dovrei fare?>>.

<<Questo non lo so>>, rispose guardandomi dritto negli occhi. <<Morirò presto e non volevo portare con me nella tomba il messaggio di mio padre, perciò oggi mi sento libero perché ho passato a te quel messaggio e mi ritengo privilegiato per averti come membro della nostra famiglia. Qualunque cosa tu decida di fare è irrilevante per me a questo punto. Non posso predire il futuro e non posso obbligarti a fare nulla; tu hai già fatto più di qualunque altro di noi della Casata Ferri, ma se hai il desiderio, un giorno, di andare più a fondo nelle radici di quella famiglia, saprai dove trovare il collegamento>>.

<<Così sia>>, concluse alzandosi e dandomi un bacio affettuoso sulle

guance, pronto a ritornare a tavola dove tutta la famiglia stava aspettando ansiosamente di scoprire l'esito del nostro incontro riservato.

Prima di aprire la porta aggiunse: <<Hai probabilmente visto all'entrata del nostro castello la frase "Crepa l'Invidia", ebbene affronterai l'invidia là in Calabria e anche nella nostra famiglia. Così è la vita, sii forte>>.

Aprì la porta ed entrammo nella sala da pranzo dove tutti ci aspettavano. Cosmo non disse nulla della nostra conversazione e nessuno chiese niente, ma l'atmosfera era tesa e nell'ora successiva quasi tutti i membri della famiglia se ne andarono.

Solo Barbara ed io andammo alla messa di mezzanotte, celebrata nella stessa chiesa dove ci eravamo sposati sette anni prima.

Quello fu un Natale fantastico in Canada.

<<Di cosa voleva parlati nonno? >>, Barbara chiese sulla strada di ritorno verso casa.

<<È veramente una brava persona e voleva esprimermi gratitudine per i miei sforzi nel ricostruire il patrimonio della famiglia pur non essendo io calabrese, ma di origine straniera. Tra l'altro, mi ha raccontato la storia di suo padre>>.

<<Oh, questa voglio ascoltarla>>, mi interruppe immediatamente.

<<Effettivamente non l'avevo mai sentita prima, ma ne possiamo parlare domattina; tuttavia mi sono rattristato quando ha annunciato che sarebbe morto quest'anno>>.

<<Per favore non ti preoccupare; lo ripete da anni ma noi gli auguriamo una vita lunga>>, disse Barbara varcando l'ingresso di casa a Montreal.

III

Tesori nella Cappella Ferri

Prima di andare in Italia, passammo due settimane sulla spiaggia a Naples, in Florida, con nostro figlio Max, preparando i nostri progetti per il nuovo anno, il 1993. L'obiettivo principale in Italia era consolidare l'intera donazione in una tenuta con il nome Borgo Ferri. Si trattava di un compito particolarmente arduo perché diverse parti della tenuta erano occupate da lontani parenti, familiari e anche ex dipendenti.

Dovemmo usare diplomazia e, in alcuni casi, anche denaro per raggiungere l'obiettivo di unificare la maggior parte della vasta tenuta.

All'inizio di marzo ricevemmo una chiamata da Montreal che ci informava del peggioramento della salute del nonno di Barbara, Cosmo, e Gregorio immediatamente lasciò l'Italia per ritornare in Canada da suo padre.

Due giorni dopo il suo arrivo, il 18 marzo 1993, Cosmo morì con il solo desiderio di essere seppellito nella cappella di famiglia a Santa Caterina. Il funerale si tenne a Montreal ma la bara con il suo corpo fu trasportata in Italia, al cimitero di Santa Caterina.

Al corteo funebre dalla Chiesa di Santa Maria alla Cappella Ferri partecipò l'intero paese e furono presenti anche alti funzionari della città, della provincia e della Chiesa.

Con nostro grande stupore, anche un rappresentante del Vaticano insieme al Nunzio Apostolico in Francia, rappresentante diplomatico della Santa Sede in Francia, vennero a presentare le loro condoglianze e offrirono a Barbara l'assistenza necessaria. Era incredibile constatare come un'innumerevole quantità di persone parlasse bene della Famiglia Ferri e come fossero rispettose nei confronti di Barbara.

Durante la cerimonia della deposizione della bara nella cappella, all'improvviso la mia attenzione fu attirata da una piccola nicchia nel lato sinistro dove era collocata una solitaria bara di legno.

Mi avvicinai per osservarla meglio.

Sulla piccola piastra metallica vi era inciso Ferri Gregorio 13.02.1924 – 25.03.1926.

Non vi era altro, appena un piccolo crocifisso sotto il nome.

La bara era lì da più di 70 anni, mai toccata da nessuno e coperta di polvere.

<<Dunque, in questa bara sotto le ossa e le ceneri vi è una busta o una sorta di documento, ma chi altro ne è a conoscenza? >>, mi chiedevo.

Cosmo ora è morto, ma ha raccontato questa storia a qualcun altro?

Barbara non aveva saputo mai di questa storia e, suo padre, Gregorio, probabilmente non ne era nemmeno a conoscenza.

E se si fosse trattato di una specie di testamento oppure di un incarico difficile da compiere? Probabilmente meglio lasciare la bara tale e quale per il momento.

Ci pensai per diversi giorni ma avevo anche parecchie altre cose a cui pensare, compreso un viaggio in Indonesia per in miei investimenti minerari, incontri e conferenze telefoniche. Quindi il racconto di Cosmo sarebbe passato in seconda linea per il momento.

Tuttavia, incominciai ad essere più interessato alla storia della Calabria, di Santa Caterina e della Casata Ferri. Avevo sempre provato un amore profondo per la storia, ma ora era diventata la mia passione e le dedicavo ogni momento libero, perfino durante i miei lunghi viaggi.

Scoprii che la storia della Calabria era estremamente affascinante e che nientedimeno il nome Italia proveniva da lì perché i primi abitanti della penisola calabra si chiamavano Itali intorno al duemila a.C.

Nell'ottavo secolo a.C. arrivò la colonizzazione greca che vi stabilì una fiorente civiltà chiamata Magna Graecia, cioè Grande Grecia.

La prima università al mondo fu creata a Kroton (Crotone), intorno al sesto secolo a.C. da Pitagora, filosofo e sapiente molto noto.

La regione fu invasa e occupata quasi da ogni potenza antica: cartaginesi, romani, bizantini, normanni, angioini, borboni, aragonesi,

Bonaparte e Garibaldi, fino a quando infine la Calabria divenne parte dell'Italia unificata nel 1861. Oggi questa parte più meridionale della penisola italiana è ben nota per le sue spiagge bellissime, le città antiche e quasi due milioni di accoglienti abitanti.

Il nostro paese, Santa Caterina dello Ionio (nome che viene dal Mar Jonio), è ancor più intrigante perché la protettrice del paese è Santa Caterina d'Alessandria, martire ad Alessandria d'Egitto nel terzo secolo dopo Cristo, e volevo conoscerne le origini.

Nei vecchi archivi trovai molte scritture e leggende sul ruolo di Santa Caterina come protettrice dei primi abitanti organizzati del villaggio, che si difendevano dagli attacchi dei Saraceni, invasori islamici del Nord Africa.

Essi credevano nel potere di quella santa martire che li proteggeva dagli invasori, pertanto il primo insediamento organizzato e fortificato all'inizio dell'ottavo secolo dopo Cristo fu chiamato Santa Caterina.

Nello studiare i documenti, mi imbattei nel primo dominatore normanno con il nome di Guglielmo braccio di ferro (Ferri) che instaurò la dominazione normanna della regione dal decimo al tredicesimo secolo.

Ero interessato quindi a scoprire il collegamento tra la Casata dei Ferri e i normanni.

Cosmo mi disse che sua nonna veniva dalla Lorena, la regione nell'est della Francia, ma viveva a Lucca, in Toscana. Passai molte ore a studiare il periodo storico del Medio Evo e i rapporti tra i sovrani d'Europa a quel tempo.

Effettivamente trovai molti Ferri in Lorena dal tredicesimo al quindicesimo secolo. Successivamente alcuni di loro andarono nel Granducato di Toscana e negli Archivi Vaticani trovai ancor più riferimenti al racconto di Cosmo.

Scoprii che diverse donne della Casata dei Ferri sposarono capi di ben note case nobiliari calabresi, come ad esempio Concublet nel tredicesimo secolo e Arena nel sedicesimo. Ma la scoperta più interessante fu che vi erano molte Yolande con il nome Ferri e una, la figlia del re Renato di Angiò, andò perfino sposa a un conte di Vaudemont in Lorena di nome Ferri.

Rilevante fu la scoperta di Yolande Ferri, figlia di Adele Ferri di Nancy, in Lorena, nel diciannovesimo secolo.

Come potrebbe tutto ciò essere collegato al racconto di Cosmo? mi chiedevo con insistenza.

Durante una mia visita successiva a Roma, mi recai nuovamente negli Archivi Vaticani e incominciai a indagare sul coinvolgimento francese durante il periodo dell'unificazione d'Italia tra il 1840 e il 1870 trovando un'enorme quantità di documenti.

Finalmente trovai il nome di Jean Laurent Durand visconte di Villers, che si trovava in Toscana durante i negoziati tra il Secondo Impero Francese di Napoleone III e il Regno d'Italia riguardanti la condizione dello Stato Pontificio nel 1864-65.

Quella scoperta mi fece credere ancor più al racconto di Cosmo, tuttavia quello era il solo indizio. <<Il vero anello mancante dev'essere in quella piccola bara nella Cappella Ferri in Santa Caterina>>, mi dicevo.

Tra il 1994 e il 1995 fui molto impegnato con la mia attività di investimenti minerari, quindi passavamo la maggior parte del tempo in Canada viaggiando costantemente, mentre il padre di Barbara badava ad aiutare e controllare lo sviluppo di Borgo Ferri.

All'improvviso, diverse tragedie si susseguirono una dopo l'altra.

Innanzitutto, la madre di Barbara, Lucette, morì di cancro all'età di 52 anni nel 1996.

Neanche due anni dopo suo padre, Gregorio, morì in un incidente stradale vicino Roma.

Eravamo sfiancati da quegli eventi quindi la nostra presenza in Italia fu molto limitata fino al 2000, quando fummo invitati dal Vaticano per la celebrazione dell'Anno Santo del Terzo Millennio.

Avemmo un'udienza con il Papa e lentamente ritrovammo la via del ritorno verso le radici italiane.

Durante quel periodo consolidai i miei investimenti con la fusione di diverse società diventando presidente non esecutivo, il che mi offrì più tempo da dedicare all'Italia.

Il nostro Borgo era quasi completamente ricostruito, quindi incominciammo a vagliare un possibile coinvolgimento nella ricostruzione di alcune nostre proprietà site nella parte antica del villaggio e distrutte dall'incendio del 1983.

Vent'anni dopo l'incendio, il centro storico era diventato una città fantasma per la mancanza di denaro e di interesse da parte delle autorità del paese e della provincia. I palazzi storici erano completamente abbandonati dall'amministrazione municipale e solo tre su sette chiese erano parzialmente restaurate.

La maggior parte della popolazione colpita dall'incendio era stata trasferita in palazzi di cemento privi di gusto situati fuori dal centro storico.

Insieme ad un giovane prete molto energico iniziammo a cercare vecchie foto, progetti e qualunque cosa potessimo trovare in modo da stabilire un programma fattibile di restauro del centro storico.

Era difficile immaginare lo splendore che questo piccolo paese aveva avuto in un passato non molto lontano.

Barbara ed io ci chiedevamo: da dove era venuta l'opulenza necessaria per creare edifici in un posto così remoto? Come era possibile che in un paese con non più di cinquemila abitanti al suo massimo storico ci fossero sette chiese splendide con ricche decorazioni, l'immenso palazzo del Marchese di Francia, e, dirimpetto, uno splendido e molto antico palazzo baronale situato tra la chiesa di Santa Maria e la chiesa del Rosario?

Dentro le mura centenarie di difesa con quattro entrate principali, c'erano almeno una dozzina di palazzi con portali scolpiti in pietra e molte piazze pubbliche con zone commerciali adiacenti.

Il paese era stato costruito su una collina molto ripida, quasi inaccessibile ad eccezione di una sola strada.

Sul luogo del primitivo castello di difesa sulla collina a sud si trova ora un cimitero cinto da mura con diverse cappelle usate come tombe per famiglie nobili.

Un giorno, il parroco Padre Giuseppe mi chiese di seguirlo in un posto nascosto sotto il Palazzo del Marchese. Passammo tra le rovine di un'antica scuola e all'improvviso scoprimmo un posto straordinario: un immenso teatro con splendidi affreschi sui muri in procinto di essere distrutti.

<<Padre, questo è splendido, ma per chi è stato costruito il teatro e chi veniva ad assistere alle rappresentazioni?>>, chiesi.

<<Non lo so - mi rispose -, non sono del posto e questo è soltanto il mio terzo anno nel villaggio, ma ogni giorno scopro qualcosa di nuovo. Seguimi, ti mostrerò una cosa unica della storia di questo luogo>>.

Andammo nel vicolo tra il Palazzo Baronale e la chiesa di Santa Maria dove mi mostrò le fondamenta di un edificio con pezzi molto grandi di un antico portale o ingresso.

<<Vedi, quelle pietre di granito lavorato erano dell'ingresso principale che si apriva tra le mura di difesa. Sono i resti della grande porta che fu distrutta nel 1263 dall'armata di Charles d'Angiò, il re della dinastia degli Angioini che sconfisse gli Svevi dopo la morte di Federico II, avvenuta nel 1250. Alla fine del 1270 un altro della dinastia degli Angioini ricostruì questo palazzo baronale e le pietre tra le fondamenta sono la testimonianza di quel periodo di Santa Caterina>>, concluse orgogliosamente mostrando la sua conoscenza della storia.

<<Stupefacente>>, dissi al parroco. <<La Casata degli Angiò è molto importante nella storia di Francia avendo loro regnato su molti paesi, come la Lorena che è collegata alla famiglia di mia moglie. Più scopro cose nuove e più sono interessato a conoscere la storia di questa regione>>.

<<Oh, sono certo che scoprirai molto sulla storia dei Ferri, perché è veramente una antica casata molto nobile. Mi fa molto piacere che tu sia interessato al nostro villaggio e ti prego di dirmi se hai bisogno di supporto. Sarò lieto di aiutarti a ritrovare documenti negli archivi della Chiesa. Il vescovo di Squillace sarà felice di riceverti, se mai decidessi di fargli una visita. Sarà certamente di grande supporto nella ricerca>>.

<<Grazie molto, Padre - dissi - mi piacerebbe certamente incontrare Sua Eccellenza un giorno perché Barbara ha ereditato dal nonno tutto il patrimonio Ferri. Abbiamo rinnovato la tenuta agricola ma possediamo anche molte proprietà in questo villaggio>>.

<<Lo so - mi interruppe - guarda lì dietro, questo palazzo è tuo e così lo è quest'altro, e quell'edificio. E il Palazzo Baronale apparteneva alla famiglia di tua moglie in passato. È triste vedere come tutto sia andato in rovina in un periodo così breve. Spero che Dio abbia un disegno per questo paese e per la sua gente>>, disse e ci dirigemmo verso la Chiesa del Rosario in silenzio.

Guidando di ritorno dal centro storico verso il nostro Borgo, avevo sensazioni contrastanti. C'è qualcosa che posiamo fare per riportare un po' di vita in questo posto abbandonato?

Non avevo una risposta pronta tuttavia, varcando lo splendido cancello di ferro battuto del castello ricostruito, mi resi conto che nemmeno dieci anni fa lì c'erano solo rovine e noi lo avevamo fatto rivivere.

E se potessimo farlo anche là? mi chiedevo.

Nel 2004 la nonna di Barbara, moglie di Cosmo, morì in America e il suo corpo fu trasportato a Santa Caterina per essere seppellito nella Cappella Ferri, vicino a suo marito. Durante la cerimonia mi trovavo nella cappella e osservavo gli operai piazzare e sigillare il marmo per coprire la bara quando, all'improvviso, girai lo sguardo alla piccola bara sul lato sinistro.

Che ci sia veramente dell'altro a parte ossa e ceneri?

Erano passati 10 anni dal momento in cui Cosmo mi aveva raccontato la storia segreta di una busta custodita nella bara della cappella, ma non l'avevo mai presa sul serio.

Ora sua moglie, l'ultima e sola altra persona che potesse essere a conoscenza di quella storia, è morta e questa bara non è stata mai toccata; quindi sono il solo ad aver ascoltato la storia di Cosmo. Ma come aprire la bara?.

Due settimane dopo il funerale della nonna di Barbara, giungemmo a conclusione che la cappella avrebbe dovuto essere rinfrescata e riverniciata, quindi chiedemmo a Luigi di preparare il progetto.

Un pomeriggio andai con lui per constatare il da farsi.

Appena Luigi partì, mi avvicinai alla piccola bara e la guardai più da vicino.

Come mai questa bara non è sigillata con una lastra di marmo come ogni altra bara? mi chiesi e mi avvicinai ancor di più per esaminare ogni dettaglio della sua posizione.

All'improvviso ebbi un'idea. Perché non rimuoverla e aprirla?

Per riverniciare la cappella dobbiamo in ogni caso rimuovere questa bara e successivamente la sigilleremo con una lastra di marmo.

Feci un respiro profondo e spostai la bara.

Con mio stupore, era molto leggera e si spostò senza alcuna difficoltà.

Sicché, incoraggiato, incominciai ad esaminare come la si potesse aprire. Avrei avuto bisogno di una cassetta degli attrezzi. Andai all'auto, aprii il cofano, presi la cassetta degli attrezzi, ritornai nella cappella e mi guardai intorno per vedere se ci fosse gente nelle vicinanze.

Con particolare attenzione, piazzando il coltello tra il coperchio e la base della bara, finalmente riuscii ad aprirla.

Restai sbalordito nel vedere che non vi era traccia di ossa o cranio, ma piuttosto c'era una piccola urna di porcellana blu e sotto di essa una dozzina di buste brunastre invecchiate dal tempo.

Presi le buste e richiusi rapidamente la bara.

Poi incominciai a leggere. Nella prima busta c'era una lettera di condoglianze scritta in italiano dalla famiglia di Antonio Carnovale a Damiano Ferri e famiglia.

Non era certo il messaggio misterioso che mi aspettavo di trovare dopo il racconto di Cosmo! Aprii allora la busta successiva che conteneva un analogo attestato di cordoglio. Finalmente, nella nona busta trovai qualcosa di completamente diverso.

Era una lettera su una mezza pagina fatta di antica carta spessa, scritta a mano in francese. Mi alzai e incomincia a leggere.

Sul lato in alto a sinistra della pagina vi era una data, 26 novembre 1955, e di seguito:

<<Au nom de Dieu, moi Gregorio Ferri... Nel nome del Signore, io Gregorio Ferri trasmetto questo messaggio a colui il quale lo aprirà. In questa cappella, in alto a sinistra nell'ultima porzione di una tomba, si trova una cassetta di sicurezza con una serratura a combinazione che contiene la storia della mia famiglia e i documenti relativi. Desidero trasmettere questi documenti a chi continuerà la mia missione in cerca di verità, giustizia e riconciliazione, nel nome di Gesù Cristo nostro Signore. Ora, giunto alla fine della vita, non sono in grado di realizzare il compito che mi è stato assegnato e non ho la capacità di continuare il mio lavoro. Chiedo a qualcuno della prossima generazione di non smettere mai di cercare la verità finale>>.

C'erano circa dieci altre frasi senza ulteriori istruzioni o indicazioni.

In basso alla pagina vi era la firma di Gregorio Ferri e quattro cifre: 1865.

Mi fermai per un attimo senza sapere esattamente cosa fare, ma d'impeto riaprii la bara, rimisi a posto le buste e riposizionai la bara stessa nella posizione originaria.

Conservai la busta di Gregorio nella tasca della giacca, spensi la luce del cancello della cappella e lasciai il cimitero.

Sulla strada di casa, mi fermai sul tratto che dava sulla stupenda costa mediterranea, aprii di nuovo la lettera, la rilessi tre volte cercando forse di trovarvi un messaggio nascosto ma, alla fine, avevo più domande che risposte.

Tuttavia una cosa era certa, Cosmo mi aveva raccontato una storia vera e né lui né alcun altro aveva mai aperto quella lettera. Rimasi sul posto a lungo ammirando la vista e pensando a quale destino ci avesse condotti lì.

Inizialmente volevamo avere una casa per una villeggiatura romantica nel luogo di nascita di Barbara, ma la catena della storia dei Ferri, della quale Barbara è l'ultimo anello, è molto lunga e con radici profonde.

Le maglie di quella catena a volte sembrano rotte, in realtà sono semplicemente disperse ma intatte.

Ora io sono in possesso di una di quelle maglie disperse e devo quindi riattaccarla alla catena e tirarla saldamente fino a quado troverò le risposte alle mie domande.

IV

Il libro di ricordi di Gregorio Ferri

Passammo il Natale del 2004 e il Capodanno 2005 a Nassau nelle Bahamas, parlando anche della strategia del nostro futuro in Italia, dove incominciavamo a sentirci sempre più a casa.

Il 2005 fu veramente una pietra miliare per la nostra famiglia. Max completò i suoi studi alla Tasis, The American School in Switzerland, e incominciò i suoi studi universitari a Boston.

Dal canto nostro, ottenemmo dal Comune di Santa Caterina il permesso di cambiare la destinazione urbanistica di parte della nostra tenuta ottenendo così la possibilità di iniziare un progetto di sviluppo residenziale e turistico. Incominciammo a costruire un campo da golf, una clubhouse e 30 ville ad uso residenziale che vendemmo a diverse famiglie del Nord Europa.

Lo sviluppo immobiliare non intralciò la nostra vita, ma al contrario ci arricchì di persone molto interessanti, dando alla nostra proprietà status e riconoscimento internazionali. In breve, Borgo Ferri divenne un complesso residenziale chiuso davvero unico in Calabria.

Non mancava niente, se non che la lettera trovata nella bara continuava a impedirmi di trovare pace e serenità. Era chiaro che qualcosa doveva essere fatto ma non avevo accennato della lettera a Barbara fino al sopraggiungere di un evento del tutto inatteso.

All'inizio di maggio, incominciammo il restauro della cappella di famiglia nel cimitero, restauro che stimammo sarebbe durato non più di due settimane.

Vincenzo con due operai installò l'impalcatura e tutti i materiali necessari per completare i lavori come da programma. Non si trattava di una grande opera di restauro, ma il tetto era da rifare e sia i muri interni che esterni erano da riverniciare.

Quattro giorni dopo l'inizio dei lavori, a fine giornata andai per controllarne l'avanzamento ma soltanto gli interventi preliminari erano stati compiuti creando detriti dentro ed intorno alla cappella.

Chiesi a Vincenzo di darmi le chiavi per chiudere la cappella, visto che gli attrezzi da lavoro erano all'interno.

Appena tutti andarono via, mi arrampicai sull'impalcatura in fondo alla cappella a sinistra e mi avvicinai al loculo chiuso che doveva accogliere in futuro bare ed urne.

Mi guardai attentamente intorno, verificando che nessuno fosse vicino alla cappella, e incominciai ad esaminare il muro di mattoni intonacati che chiudeva il loculo e scoprii che si trattava di un muro particolarmente sottile e facile da rompere.

Stando alla lettera di Gregorio, dentro quel loculo ci sarebbe dovuto essere un forziere o una cassetta di sicurezza.

Senza esitazione impugnai un martello e abbattei il muro sottile creandovi un grande buco. Poi, con poche altre martellate, riuscii a veder dentro il loculo, ma non fino in fondo perché era troppo buio.

Infine, nella cassetta degli attrezzi trovai un accendino e mi arrampicai di nuovo sull'impalcatura.

Tenendo l'accendino all'interno del buco, notai qualcosa in fondo al vano, ma dovetti allargare il foro per essere in grado di raggiungere l'oggetto con le mani.

Puntando la luce verso l'oggetto, mi fermai incredulo: c'era una cassetta di sicurezza, proprio come descritto nella lettera di Gregorio.

Attentamente provai a muoverla e con stupore scoprii che la cassetta non era molto pesante e allora incominciai ad avvicinarla a me.

Finalmente, riuscii a vederla meglio: era una cassetta di sicurezza fatta di metallo, di circa 90 x 60 x 30 centimetri verniciata color verde scuro e chiusa con una serratura a combinazione.

Era incredibile, avevo trovato un altro pezzo del puzzle ma come aprirla e scoprire cosa ci fosse dentro? Provai a forzarla ma senza successo, quindi decisi di portarla a casa e trovare un modo di aprirla. Non era molto pesante, forse 30 chili, quindi fui in grado di portarla giù dal ponteggio senza difficoltà. Giunto a terra, la piazzai su una carriola, la ricoprii con un telo, lentamente varcai il cancello del cimitero in direzione della mia auto e la posi nel cofano.

C'era della gente in fondo al cimitero, occupata nelle proprie faccende, quindi ritornai verso la cappella con la carriola vuota, la misi dentro la cappella e chiusi la porta di ferro.

Contavo di ritornarvi presto al mattino per chiedere a Vincenzo di riparare il buco nel loculo in alto e spiegargli che ero stato semplicemente curioso di vedere la profondità di quei loculi senza rivelare la mia scoperta.

Quello divenne il mio nuovo segreto, ed ero ansioso di ritornare a casa per aprire la cassetta.

Giunto al Borgo, piazzai immediatamente la cassetta in un angolo vuoto del garage e la coprii con degli strofinacci usati per pulire i vetri dell'auto.

A cena, parlai con mia moglie dell'avanzamento dei lavori nella cappella, dicendole solo che non sarebbero durati più di una settimana e, ovviamente, senza parlare della scoperta della cassetta.

Dopo una cena leggera, Barbara andò nella stanza della tv per guardare il telegiornale e il programma americano Entertainment Tonight, così ebbi il tempo per ritornare al garage.

Con una buona fonte di luce, incominciai ad esaminare minuziosamente la cassetta. Si trattava effettivamente di una cassetta di sicurezza costruita da Fichet Company, con una notevole serratura che presentava una combinazione di quattro cifre.

La mia prima impressione era che non la si poteva aprire facilmente senza usare una sega elettrica Bosch, ma non avevo scelta.

In qualche modo si deve aprire, mi dicevo.

All'improvviso, osservando nuovamente la serratura a combinazione con quattro numeri, ebbi un'idea.

Perché Gregorio firmò la lettera con il numero 1865, senza nessuna spiegazione?

Non era quella la sua data di nascita?

Tuttavia, nella parte superiore della pagina, scrisse in calligrafia francese la data 26 novembre 1955, quindi 1865 potrebbe essere il numero della combinazione…

Osservando di nuovo minuziosamente la serratura, notai che i quattro numeri erano posizionati sullo zero.

Inesperto di serrature a combinazione, mi trovavo di fronte ad un dilemma.

Cosa fare con questa cassetta di sicurezza: forzarla o provare ad aprirla?

Optai di usare quella probabile combinazione prima di forzarla. Manipolando la serratura, notai che reagiva piuttosto bene e, senza difficoltà, inserii i numeri 1, 8, 6, 5, premetti il pulsante in alto e sbloccai la serratura senza resistenza.

Avevo aperto la cassetta di sicurezza di Gregorio Ferri.

Aprendo la cassetta molto attentamente, notai il forte odore di naftalina proveniente dall'interno, ma capii immediatamente il perché.

La cassetta era piena di documenti, quindi si trattava di una sorta di protezione contro le tarme. Le pareti interne erano spesse circa tre centimetri e ricoperte d'argento.

Sopra i documenti c'era un libro piuttosto grande e su di esso un crocifisso di un verdastro dorato con un nome visibilmente impresso: San Gregorio Taumaturgo.

Rimuovendo il crocifisso, presi in mano il libro con la copertina in pelle. Era piuttosto pesante e spesso, con probabilmente 100 o più pagine, ma sembrava in buone condizioni.

Aprendo la prima pagina, vidi un nome scritto a mano: Gregorio Ferri. E le pagine successive contenevano molti nomi scritti a mano, intrecci genealogici, date e così via.

Mettendo il libro da parte, aprii il primo documento di carta antica ingiallita, arrotolato e sigillato con una corda sottile color rosso bordeaux.

Molto, molto attentamente, incominciai a srotolare il lungo documento, probabilmente largo 30 centimetri per 40 di lunghezza.

Ero a dir poco sorpreso.

Innanzi a me stava un documento con un grande timbro di inchiostro rosso di San Pietro e Paolo con il nome del Papa allora regnante: Leo PP.XIII, AD 1885. Sembrava un decreto papale del Vaticano.

Riavvolsi lentamente il documento e lo rimisi nella cassetta insieme al libro.

Questa cassetta non può di certo rimanere nel garage, mi dissi.

La trasportai in uno dei nostri appartamenti per gli ospiti, chiudendola in un armadio a muro.

Una cosa era certa per me, quei documenti appartenevano in passato a Gregorio Ferri e dovevano essere esaminati a fondo.

Capii che tipo di tesoro c'era nella cassetta.

Non riuscii a dormire l'intera notte pensando al contenuto del libro e dei documenti.

Il mattino dopo, Barbara andò a Catanzaro per un incontro con alcuni funzionari governativi, quindi ebbi diverse ore per lavorare da solo, rinchiudendomi nell'appartamento adiacente al castello e chiedendo di non essere disturbato.

Questa volta ero attrezzato con una grande lampada alogena, una lente d'ingrandimento e, indossando guanti bianchi, sembravo un ricercatore di biblioteca.

Piazzando la cassetta sul tavolo, la aprii, ma all'improvviso non sapevo con quale documento iniziare, allora decisi di incominciare con un libretto.

Questo libretto sembrava un libro di ricordi scritto a mano, ma era in francese.

Perché mai un libro di memorie di un italiano doveva essere scritto in francese? mi chiedevo e nondimeno, leggendo le prime pagine, incominciai a capire.

<<Nacqui nel comune di Lucca il 27 settembre, giorno di San Cosmo e Damiano,1865>>

Ebbi una prima strana reazione perché la data di nascita di Gregorio Ferri, scritta nella cappella di famiglia, era diversa, ma continuai a leggere.

<<Fui battezzato nel giorno di Santa Caterina di Alessandria, il 25 novembre, 1865 d.C., nella chiesa di Santa Caterina, dentro le mura di Lucca. Mio padre era Jean Laurent Durand visconte di Villers in Lorena, Francia, e mia madre era Yolande Ferri di Lucca, figlia di Adèle Ferri, della famiglia del conte di Vaudemont, Lorena, Francia. Nel giorno del mio battesimo i genitori non erano ancora sposati quindi il mio nome fu

registrato dal reverendo Giacomo Letto come Gregorio Ferri. I miei genitori si incontrarono nel 1864 a Firenze durante la Convenzione di settembre tra l'imperatore francese, Napoleone III, e il Re d'Italia, Vittorio Emanuele II, riguardante Roma e lo Stato Pontificio. Jean de Villers rappresentava Napoleone III e Yolande Ferri faceva parte dei rappresentanti italiani nelle trattative. La madre di Yolande era Adèle. Suo marito, Antoine, lasciò la Francia per recarsi in America nel 1850 quando Yolande aveva 10 anni e non ritornò più, probabilmente ucciso durante la Guerra Civile americana. Adèle divenne una cattolica e un'attivista emancipata, sicché mandò sua figlia, Yolande a Reims come novizia per studiare nel monastero di Santa Chiara, poi a Firenze e Lucca in Toscana.

Yolande non sentì mai una forte vocazione per diventare una religiosa, ma divenne piuttosto un'accademica, studiando storia, lingue e filosofia. Era alta, bella, con i capelli biondo scuro e gli occhi verdi, ed era molto orgogliosa>>.

Nel continuare a leggere le poche altre pagine che descrivevano i genitori di Gregorio, trovai un passo romantico sul loro primo incontro, secondo quanto raccontato da Jean.

<<All'inizio di settembre 1864, il documento finale della Convenzione era pronto, ma la versione francese non corrispondeva esattamente al testo italiano, di conseguenza le discussioni divennero accese e i rappresentanti francesi si irritarono molto. Una sera, il Conte Ricasoli propose di condurre un'accademica del Monastero di Santa Chiara che sarebbe stata in grado di aiutare ad appianare le divergenze, ma la proposta non fu ben accetta. Il Visconte Jean chiese al Conte Ricasoli: <<Come può una suora del povero convento delle Suore di Santa Chiara essere di aiuto nella redazione di un documento così complesso?>>. Ma Ricasoli insistette e Jean non poté rifiutare. Il mattino dopo, il segretario di Ricasoli introdusse la nobildonna Yolande Ferri de Vaudemont, che si sarebbe unita al tavolo delle trattative. Si alzò di fronte agli otto uomini partecipanti, girò la testa e fissò negli occhi Jean senza vergogna o timore dicendo in francese "Bienvenue a Florence Vicomte, je suis à votre disposition" (Benvenuto a Firenze Visconte, sono a vostra disposizione). Jean rimase sbalordito dalla sua bellezza e fierezza, ma disse elegantemente <<Grazie per la vostra presenza e volontà di lavorare con noi per chiudere questo storico accordo>>. Poi, guardandola più curiosamente, aggiunse: <<Conosco Jules Ferri, il capo

principale dell'opposizione al nostro Imperatore. È in qualche modo un vostro familiare?>>.

<<Si, lo è, ma possiamo discutere di famiglie un'altra volta. Ora abbiamo molto lavoro da fare>>, rispose.

Jean non poté dire altro, quindi si girò e chiese a ciascuno di prendere posto. Alla fine della giornata, tutti erano d'accordo di continuare il giorno successivo con spirito di cooperazione e senza alcuna animosità.

La presenza di questa giovane, forse venticinquenne, cambiò completamente la dinamica delle trattative.

Era molto costruttiva, intelligente e competente e fu fonte anche di grande distrazione. Nessuno riusciva a rifiutare le sue proposte, quindi usò questo vantaggio per avvicinare le parti verso un accordo conclusivo. Madame Yolande fu tuttavia una grande distrazione per il Visconte Jean.

Dopo il primo giorno passato a lavorare insieme, non riuscì a dormire per tutta la notte pensando solo a lei senza un motivo in particolare. Jean voleva sapere tutto della sua vita, ma non poteva chiedere nulla direttamente, quindi provò a creare un'occasione per farle delle domande personali e, nei giorni successivi, riuscì ad ottenere alcune informazioni sui suoi studi a Firenze.

Tutto il gruppo lavorava al terzo piano di Palazzo Vecchio nel centro di Firenze, ma ogni giorno Yolande era riaccompagnata in carrozza al convento di Santa-Chiara nella periferia della città.

Giunti alla seconda settimana di lavoro, anche Yolande trovò Jean più interessante e incominciò a sorridergli più spesso. Poi, la settimana successiva entrambi trovarono la loro compagnia più piacevole parlando regolarmente di politica, chiesa e perfino delle loro vite private.

Un giorno Jean le chiese se avesse viaggiato altrove in Italia.

<<Oh, sì - rispose immediatamente – in lungo e in largo. Non sono chiusa nel convento. Sebbene fossi stata accettata come novizia per diventare suora, dopo due anni divenne chiaro in me il bisogno di essere libera e dedicare la mia vita alla scienza piuttosto che a servire Dio e la Chiesa. La maggior parte del tempo vivo a Lucca, dove ho molti cugini, ma sono stata a Roma per un'udienza con il Santo Padre, poi a Padova, Bologna, Venezia e Napoli e ho passato quasi un anno a Stilo che si trova in Calabria>>.

<<Santo Dio - Jean la interruppe - perché a Stilo? Anche io sono andato a Stilo>>.

«Ebbene, certamente non per lo stesso motivo. Voi, signore, siete un militare mentre io sono un'accademica alle prime armi e per questo motivo ho studiato a Stilo, nel convento di Santa Chiara. Ma mi incuriosisce molto il motivo per cui voi, Visconte, un uomo al servizio di Sua Altezza l'Imperatore, siate andato in Calabria, e quando?».

«Anche adesso, quella regione non è molto stabile perché Ferdinando sta cercando di riconquistare il suo Regno delle Due Sicilie».

All'improvviso, Jean non seppe come continuare questa conversazione, quindi cercò di troncarla dicendo: «Veramente, il mio interesse era completamente diverso, ma questo non è un soggetto da discutere qui. Per cortesia non offendetevi se vi invito per un tè o a cena oggi, dopo questa seduta, o un qualunque altro giorno di vostro gradimento. Risiedo al Paris Hotel, proprio davanti a Palazzo Vecchio».

«Grazie per l'invito», disse lei provando lo stesso tipo di emozione inspiegabile. «Oggi non posso perché devo sempre informare la mia superiora sui miei spostamenti da un luogo all'altro, ma forse domani».

Il giovedì successivo, 10 settembre, si sedettero assieme in una sala da tè molto elegante del Paris Hotel a Firenze.

Jean era vestito più elegantemente del solito, indossava una sciarpa avvolta al collo, un gilet, un cappotto di colore contrastante e una cravatta fermata da un gioiello.

Yolande indossava una giacca a righe grigie, maniche rivestite di tessuto contrastante e una gonna intonata.

Aveva raccolto i capelli copiosi in un retino elegante. Entrambi erano molto nervosi, pur cercando di essere cordiali. Il servizio al tavolo era impeccabile e molto discreto. Due ore dopo si conoscevano meglio e scoprirono il piacere reciproco di stare insieme.

«Mi avete detto dei vostri studi a Stilo – a un certo punto chiese Jean - quindi vi dovete essere imbattuta in Tommaso Campanella».

«Si, certamente», rispose lei con calma. «Egli nacque là e studiò nel Convento Domenicano per molti anni, ma devo deludervi; lui non mi piace e tantomeno la sua filosofia, particolarmente la sua idea utopistica di creare una società basata su beni e mogli in comune. Sono una donna e un essere umano creato da Dio a sua immagine e non un oggetto. Tuttavia, per odiare le sue teorie devo conoscerle, dunque ho letto molte delle sue opere».

<<Questo è affascinante>>, disse con occhi che brillavano. <<Avete letto la sua Città del Sole, la profezia di Luigi XIV, o forse gli Articuli Prophetales con la profezia dell'aquila?>>

<<Quanto dite è molto interessante>>, disse pensierosa. <<In realtà non mi è piaciuto il dialogo della Città del Sole ma ho apprezzato la profezia sulla nascita del Re Sole Luigi XIV; tuttavia non ho mai trovato la Profezia dell'Aquila, anche se è citata nella bibliografia di Tobias Adami. Forse è stata distrutta nei suoi ultimi anni di vita in Parigi. Perché avete interesse per i libri di Campanella?>>, lei chiese con ovvia curiosità.

La guardò, prese un lungo sorso di tè inglese pensando a quanto fosse bella la giovane donna che gli stava di fronte ed incominciò il suo racconto.

<<Sono certo che nello studiare storia e filosofia avete apprezzato il periodo delle grandi scoperte tra il Rinascimento e il Barocco, incominciando con il Nuovo Mondo, astronomia, anatomia e anche astrologia. La gente di quel tempo rivisitò le antiche profezie e le adattò al nuovo modo di pensare. Avete probabilmente sentito parlare delle profezie di Nostradamus e anche di quelle di Campanella che studiò astronomia e astrologia. Molti re, imperatori e sovrani potenti credettero nell'astrologia e seguirono le indicazioni delle profezie, usandole per giustificare importanti decisioni a volte malviste. Campanella scrisse profezie basate su eventi astrologici per il Papa Urbano VIII e, come ricorderete, il famoso Ecloga in portentosam Delphini nativitatem, predicendo la nascita di Luigi XIV, il monarca che regnò più a lungo nella storia. Tutte le sue predizioni furono assolutamente esatte. Secondo i documenti riguardanti la bibliografia di Campanella, egli scrisse anche La Profezia dell'Aquila, basata sullo studio dell'antico calendario Maya e le profezie dell'aquila-condor. Campanella affermò che dopo l'estinzione della dinastia del Re Sole, su un'isola aspra del Mediterraneo sarebbe nato un principe Aquila che avrebbe superato qualunque altro precedente sovrano dell'umanità. Disse che questa Aquila avrebbe conquistato e unificato l'Europa continentale estendendo i suoi territori fino al Nuovo Mondo. Avrebbe regnato come un imperatore e sarebbe stato amato dal suo popolo, il clero e i nobili per generazioni, fino a 800 anni. Questa profezia probabilmente non fu mai pubblicata, ovviamente perché i sovrani Luigi XIII e XIV, XV e XVI non vollero mai che questa opera affiorasse, specialmente perché Campanella fu liberato dalle prigioni dell'Inquisizione spagnola su richiesta personale del Papa, fu ricevuto

dal re francese Luigi XIII con tutti gli onori e fu protetto dal Cardinale Richelieu. Come ho già detto, questa profezia è di fatto sconosciuta al pubblico, ma un editore tedesco di Campanella, Tobias Adami, la descrisse chiaramente nei suoi documenti. Napoleone Bonaparte da giovane ufficiale fu assegnato a Valence, Francia, nel 1885. Egli studiò storia, geografia e filosofia e si imbatté nelle opere di Tommaso Campanella, inclusa la Citta del Sole, la Profezia di Luigi XIV e gli Articuli Prophetales che citavano La Profezia dell'Aquila. Napoleone sviluppò un grande interesse per le opere di Campanella, specialmente per la Profezia dell'Aquila, ma non fu in grado di trovare il manoscritto originale. Nel decennio successivo costruì un percorso glorioso basato su questa profezia, immedesimandosi nell'Aquila e nel 1801 firmò il concordato tra la Francia e il papa Pio VII separando lo Stato e la Chiesa e confermando la sua superiorità sui capi politici e religiosi. L'Aquila era in ascesa. Nei due anni successivi conquistò l'intera Europa continentale e si incoronò non come re, ma come imperatore di tutte le nazioni sotto il segno dell'Aquila. Lo avevano annunciato i profeti, secondo le scritture antiche e le contemporanee, credendo fermamente nella sua superiorità come essere umano guidato dallo Spirito Santo. Il solo elemento mancante nella sua teoria era la profezia originale. Prima di pianificare la sua incoronazione a imperatore, alla fine del 1802, egli mandò suo fratello Giuseppe, Re di Napoli, a cercare "La Profezia dell'Aquila" di Tommaso Campanella. Riteneva che gli scritti di un uomo riconosciuto dal Papa e dal Re francese avrebbero fortemente favorito la sua ambizione di essere incoronato imperatore. Il regno di Napoli si trovava sotto la giurisdizione di Giuseppe Bonaparte che quindi incominciò entusiasticamente la ricerca dell'opera di Campanella credendo di trovarla molto facilmente. Mandò subalterni, appositamente nominati, agli archivi di Roma, Napoli, Cosenza, Parigi e Stilo in Calabria, saccheggiando ogni convento domenicano dove Campanella aveva lavorato o studiato. I conventi di Placanica, San Giorgio Morgeto, Nicastro, Cosenza e particolarmente Stilo, furono messi sottosopra. I monaci furono interrogati e torturati per fornire informazioni sui documenti ricercati. Molti mesi di ricerca e di violenze brutali e ostilità non portarono i risultati attesi. Napoleone Bonaparte adottò l'Aquila come suo simbolo e anche i suoi eserciti sotto i marescialli francesi furono, da allora in poi, sotto l'insegna dell'Aquila copiata dall'aquila romana.

Il 2 dicembre 1804, giorno dell'incoronazione, suo fratello Giuseppe non era presente e Napoleone incoronò sé stesso imperatore invece di essere incoronato dal Papa, presente solo come testimone.

Il suo impero crollò un decennio dopo perché il Dio della guerra non trovò mai la sua profezia>>.

Jean fece una pausa e chiese a Yolande se desiderasse cenare, ma lei era più interessata al racconto di Jean e anche a lui. All'improvviso lo guardò e chiese: <<Signor Visconte... >>.

<<Oh, per favore chiamami Jean>>, la interruppe subito.

<<Allora Jean perché mi raccontate questa storia? Sono passati quasi 70 anni dalla fine della guerra di Napoleone a Waterloo e oggi abbiamo in Francia suo nipote Napoleone III come Imperatore, sebbene questa volta senza un impero, con il ruolo di arbitro dell'Europa e protettore del Papa dal fronte di liberazione italiano. Spero riusciremo a completare questo accordo storico che porterà pace a Italia e Francia e preparerà la strada per la fine delle sofferenze di milioni di persone. Lasciamo che il Papa sia il capo spirituale senza un suo Stato e che il popolo creda in Dio in pace a casa sua. Dopotutto abbiamo lavorato a questo scopo da diverse settimane e crediamo entrambi in una conclusione delle trattative>>.

Osservava Jean che non sembrava la ascoltasse, ma la fissava intensamente negli occhi.

<<Oh, sì cara Madame Yolande, o semplicemente Yolande, se posso>>, chiese.

<<Sarà un piacere per me, Jean>>, rispose sorridendo un po' timida.

<<Meraviglioso, meraviglioso>>, rispose lui con occhi brillanti.

<<Ti dispiacerebbe, tuttavia, se finissi il racconto della mia visita in Calabria?>>.

<<Certo che no. Effettivamente, sono molto interessata ad ascoltarla. Non sarà stata per lo stesso motivo della spedizione di Giuseppe Bonaparte>>, disse con grande interesse nella voce.

<<Ebbene, sono spiacente di deludervi. Era in realtà per lo stesso motivo. Trovare La Profezia dell'Aquila di Tommaso Campanella>>.

Lo guardò stupita, ma lui corresse il tiro e continuò. <<Sicuramente siete a conoscenza della vita e carriera politica del nostro Imperatore Napoleone III, ma forse non sapete del suo grande interesse per le profezie, specialmente quelle di Campanella. Sapeva che suo zio Napoleone aveva utilizzato tutti i mezzi e risorse a sua disposizione per trovarle, ma non vi

riuscì neanche usando il potere del suo esercito; tuttavia Napoleone III era convinto che il modo di trovarle fosse attraverso l'organizzazione della Chiesa. Studiò l'opera di Campanella durante il periodo rivoluzionario in Italia con i carbonari di Mazzini negli anni intorno al 1830 e prese perfino molte idee dalla Città del Sole. Dopo la sua elezione a Presidente della Repubblica Francese nel periodo delle rivolte del 1848 in Europa, realizzò molte idee socialiste e incominciò immediatamente un processo di rapide riforme economiche che condussero a un periodo di espansione e prosperità per la Francia. Nonostante ciò, anche se molto apprezzato, il Presidente Principe non poteva essere rieletto per più di un mandato di quattro anni secondo la Costituzione francese. Era amato dal popolo, aristocrazia e clero e godeva di un ottimo rapporto con Sua Santità Papa Pio IX. Agli inizi del 1851, io divenni uno dei suoi più stretti consiglieri nel tentativo di trovare un compromesso per estendere il suo mandato come Presidente. Essendo un Bonaparte, non aveva nessuna intenzione di vivere semplicemente nel palazzo presidenziale all'Eliseo al termine del mandato, ma una modifica costituzionale era quasi impossibile a quel tempo. I suoi avversari a volte lo schernivano, lo paragonavano a un tacchino che crede di essere un'Aquila, ma lui credeva veramente di esserlo, come suo zio, quindi la profezia di Campanella era un elemento necessario al suo destino. Quella profezia era conosciuta dal Papa regnante e un tale appoggio sarebbe stato impossibile da ignorare. Ottenemmo informazioni dagli Archivi Vaticani secondo cui molte delle opere di Campanella potevano essere ancora nascoste da qualche parte in Calabria, pertanto quello fu il motivo della mia spedizione. Dapprima, andammo al convento domenicano di Cosenza, poi a Placanica e infine a Stilo. Passammo molti mesi là, esaminando archivi, leggendo una quantità notevole di documenti e intervistando monaci competenti, ma alla fine in quei luoghi non trovammo nessuna traccia della Profezia dell'Aquila. Tuttavia, scoprimmo che Campanella visse tra il 1598 e il 1599 nel convento domenicano di Santa Caterina vicino Stilo. Durante quel periodo egli scrisse diversi libri, ma la maggior parte delle sue opere non fu mai pubblicata. Come probabilmente potete ricordare, era stato accusato di aver organizzato a Stilo una rivolta contro i sovrani spagnoli, ma fu tradito e catturato; fu quindi incarcerato a Napoli dove venne condannato al carcere a vita. Stranamente, nessuna delle sue opere finì nelle mani degli spagnoli.

Il convento di Santa Caterina fu distrutto successivamente nel 1659, ma i nostri scavi sotto le rovine non hanno portato a nessuna scoperta. Facemmo enormi sforzi, ma la nostra spedizione fallì e non trovammo nessuna traccia del manoscritto sulla Profezia dell'Aquila di Campanella. Ritornai a Parigi a mani vuote ma il Presidente seguì il suo corso e ottenne l'approvazione del popolo di Francia con un plebiscito nazionale che lo autorizzava a mantenere il potere di governare. Il 2 dicembre 1851, giorno dell'anniversario dell'incoronazione di Napoleone I, il generale Jacques Lery assunse il governo, sciolse l'Assemblea Nazionale e nominò il presidente Imperatore Napoleone III. Eravamo tutti d'accordo con quella decisione, necessaria per ripristinare la supremazia francese in Europa. L'Aquila vinse ed è al potere ancora oggi, preparando la strada per un accordo storico tra Europa e Stato Pontificio>>.

Yolande lo interruppe all'improvviso: <<Condivido molte decisioni politiche del governo di Napoleone, in particolare la riforma del sistema educativo che apre le università alle donne. È anche mia intenzione iscrivermi alla Sorbona a Parigi nei prossimi due anni, una volta completati i miei studi qui in Italia.

C'è tuttavia un punto che è piuttosto singolare. Napoleone I non fu benedetto dalla Profezia dell'Aquila, ed ora Napoleone III sta ampiamente utilizzando l'Aquila come simbolo per la sua propaganda dappertutto, ma forse è più un tacchino che un'Aquila. Spero di non avervi offeso, Visconte>>, conclude.

<<Un altro punto… Ho studiato Campanella ampiamente e credo che il manoscritto della Profezia dell'Aquila esista, forse nascosto da qualche parte non lontano dalle rovine del Convento Domenicano a Santa Caterina. Vedete, Campanella forse era un utopista ma era anche avvezzo al segreto. Lo sapevate che stava trattando con i turchi che avevano vascelli da guerra pronti ad attaccare gli spagnoli nel Golfo di Squillace? L'ammiraglio turco Cicala concluse un patto con Campanella e aspettava il segnale per attaccare con la sua flotta di 30 vascelli, ma la rivolta fu tradita e Campanella arrestato. Il documento che prova le trattative e molte casse con le opere di Campanella furono portate via da Stilo verso la flotta di Cicala, tuttavia non raggiunsero mai i turchi. Le casse furono nascoste tra Stilo e Squillace, forse a Placanica oppure a Santa Caterina>>.

<<Oh, è estremamente interessante>>, Jean interruppe con delicatezza

Yolande. <<Come mai sapete delle trattative di Campanella con i turchi? Non ne ho mai sentito parlare>>.

<<Sono rimasta in Calabria probabilmente più a lungo di voi, trovai questa informazione negli archivi del Vescovo di Squillace. Le sue teorie utopistiche e il suo stratagemma folle erano soltanto la facciata di un uomo diverso dentro. Non dimenticate che è stato anche un astrologo, un mago e una persona molto vicina al Papa Urbano VIII, Galileo, il Cardinale Richelieu e il Re Luigi XIII. Immagino che Campanella nascose tutti i suoi documenti per non essere accusato di eresia dall'Inquisizione Spagnola. Oh, quasi dimenticavo, un anziano monaco nella Certosa di Serra San Bruno mi parlò di catacombe nascoste sotto la chiesa domenicana originaria nell'antico paese di Santa Caterina. Ho visitato quella chiesa ma non ho trovato nessuna traccia degli archivi; tuttavia, l'antico Palazzo baronale adiacente, una volta appartenente ai miei antenati, è indubbiamente un monumento interessante, essendo stato testimone di molte guerre e segreti>>.

Jean non credeva alle sue orecchie. Questa giovane nobildonna non soltanto conosceva la lingua francese, italiana e latina, ma aveva anche ampiamente studiato storia verso la quale aveva un approccio pragmatico.

Non sapeva come comportarsi con questa giovane, nobile, colta e bellissima. Come era diversa dalle donne ben vestite e profumate, ma dentro vuote, del suo entourage parigino.

Il suo matrimonio combinato, privo di amore e senza figli con Louise, Contessa di Blois, divenne all'improvviso una vecchia candela, pronta ad essere spenta.

Non riusciva a capire cosa gli fosse successo, ma voleva che Yolande divenisse parte di tutta la sua vita. Non era in grado di celare più a lungo il suo desiderio.

Yolande notò l'ardore nei suoi occhi e neanche lei sapeva come reagire.

Si guardarono per un lungo momento poi Yolande all'improvviso si alzò, ringraziò Jean per la piacevole conversazione e annunciò la fine della serata.

Due settimane dopo, il 15 settembre, al Palazzo Vecchio di Firenze l'accordo tra Francia e Italia fu firmato. Durante la cerimonia ufficiale, il capo del governo italiano, Conte Ricasoli, menzionò il ruolo di Yolande Ferri nel favorire il perfezionamento dell'accordo e le chiese di accettare il titolo di patrizia di Firenze.

Jean era molto fiero di lei e follemente innamorato, ma dovette rispettare le distanze.

Yolande lo vide ed ebbe molta difficoltà a nascondere i suoi sentimenti.

Alla fine della cerimonia si abbracciarono forte e Jean notò i suoi occhi umidi colmi di tristezza. Non poteva rimanere più a lungo in Italia perché l'accordo doveva essere firmato da Napoleone III a Fontainebleau, ma promise a Yolande di ritornare presto.

Lei gli diede l'indirizzo del convento di Monte San Quirico dove pensava di rimanere per un altro anno.

Due giorni dopo, Jean partì per la Francia, ma lí venne a sapere del malcontento del Papa in seguito all'accordo che prevedeva il ritiro dell'esercito francese da Roma entro i due anni successivi.

Papa Pio IX interpretò l'accordo come un atto di abbandono dello Stato Pontificio all'armata barbarica delle camicie rosse di Garibaldi. Napoleone III doveva riassicurare il Papa delle sue buone intenzioni.

Inoltre, la moglie devota di Napoleone, Eugenia, lo spingeva a proteggere il Papa.

Jean dovette ritornare a Roma subito dopo il Natale del 1864. Questa volta si trattava di una missione molto piacevole per lui, pensava solo a Yolande e contava i giorni per l'incontro. Le mandò una lettera informandola del suo arrivo in Italia, il che la rese la persona più felice al mondo.

Anche lei contava i giorni e pregava perché arrivasse sano e salvo.

Jean arrivó con un vascello che approdò a Civitavecchia in un giorno burrascoso, il 14 gennaio 1865, e immediatamente andò a Roma per un incontro con il Papa. Era molto impazienze di passare due settimane a Roma, ma si trattava di una missione estremamente importante e delicata.

Il Papa era a conoscenza dei piani del Regno d'Italia per un'unificazione completa includendo Roma e lo Stato Pontificio con le altre regioni della penisola.

Napoleone III non aveva lo stesso esercito di suo zio Napoleone I, per di più stava conducendo attività di guerra in troppi posti: Italia, Crimea, Messico e Africa.

Non era un guerriero, preferiva agire da arbitro dell'Europa piuttosto che da conquistatore. D'altra parte, la potenza prussiana stava crescendo proprio a est della Francia creando un'ulteriore tensione per la sua politica estera.

La missione di Jean fu molto diplomatica e alla fine rassicurò il Papa sulla lealtà assoluta della Francia e sulla futura creazione di una corposa légion étrangère, una legione straniera a disposizione e protezione del Pontefice.

Finalmente dopo due settimane di intensi incontri Jean lasciò Roma nel freddo e piovoso primo febbraio 1865, in direzione di Firenze per ulteriori incontri con il Conte Ricasoli, ma vi rimase per soli due giorni puntando verso Lucca.

Prese alloggio e immediatamente mandò un messaggio a Yolande.

Lei arrivò di primo mattino il 3 febbraio nel grande salone di ricevimento dove Jean la stava aspettando. Vedendola varcare l'ingresso, si alzò in piedi incapace di proseguire.

Lei si diresse verso di lui con la grazia di un raggio di luce ingrandito da uno specchio di cristallo. Jean si ricompose, la strinse tra le braccia e baciò sulle guance finché non incontrò le sue labbra.

Lei non si oppose e si scambiarono il loro primo bacio appassionato e lungo.

Seduti in un angolo dell'immenso salone si guardarono per ore discutendo di piani per il futuro, ma Yolande doveva andarsene nel primo pomeriggio per un incontro importante nella Cattedrale di San Martino e promise di ritornare a metà del giorno seguente.

Jean ebbe abbastanza tempo per organizzare, con l'aiuto di un amministratore della famiglia Baciocchi, una visita fuori Lucca a Villa Elisa, che in passato era appartenuta alla sorella di Napoleone, Elisa.

Venerdì 4 febbraio, Yolanda arrivò come promesso verso metà giornata e immediatamente vide Jean in sua attesa davanti al Palazzo San Luca con una carrozza pronta a partire.

<<Ci attende una giornata meravigliosa amore mio>>, disse dopo averla accolta con baci calorosi.

<<Facciamo una piccola passeggiata fuori dalle mura di Lucca. Ho un posto romantico da mostrarti>>.

Nel momento stesso in cui Jean chiuse la porta della carrozza e il cavallo incominciò a muoversi, Yolande si sedette sulle sue ginocchia e incominciò a baciarlo appassionatamente, aprendo leggermente la camicetta per rivelare un po' del suo seno prosperoso.

Passarono una settimana a Villa Elisa e, alla fine, Jean propose di sposarla una volta che avesse ottenuto il divorzio. Dopodiché progettarono di trasferirsi a Parigi.

Verso la fine di febbraio Jean lasciò l'Italia da Civitavecchia per Marsiglia e da lì si diresse a Parigi.

Napoleone III ricevette notizie disastrose dal Messico sulla rivolta contro il suo protetto, l'Imperatore Massimiliano, pertanto esortò Jean a lasciare immediatamente la Francia per quella missione difficoltosa.

Smisi di leggere il libro di ricordi e saltai delle pagine tanto per vedere cosa fosse scritto nelle successive. Apprezzavo la storia romantica ma cercavo anche di capire perché quella parte fosse importante per il libro di memorie.

A metà diario ritrovai diverse date, diagrammi e alberi genealogici con lunghe descrizioni, ma dando un'occhiata all'orologio mi resi conto che avevo ancora tempo per leggere qualche pagina prima che Barbara tornasse, quindi ripresi la storia d'amore tra Yolande e Jean.

Nelle pagine successive c'era la corrispondenza con scambio di informazioni tra di loro che però non era costante perché la Guerra Civile Americana aveva creato gravi interruzioni dei servizi postali.

A metà del 1865, dopo un lungo silenzio, Jean ricevette una lettera di Yolande nella quale esprimeva il grande desiderio di volerlo rivedere al più presto.

Jean non riusciva a darsi pace ossessionato dal ricordo della sua donna, ogniqualvolta chiudeva gli occhi vedeva Yolande e quando li riapriva l'immagine della sua donna scompariva come un miraggio nel deserto. Tutto era ancora vivo più che mai, gli sguardi rubati durante i primi incontri, la sua voce, il primo bacio, il profumo del suo collo mentre le sue labbra ne percorrevano la pelle e le sue mani impugnavano con forza i lunghi capelli sciolti di una donna degna di essere adorata. Il tocco di Yolanda rubava le sue inibizioni, il senso di vergogna, la decenza e tutto ciò che rimaneva di lui era una creatura che ardeva di passione per la sua donna. L'attesa era insopportabile.

Jean riuscì a ritornare dal Messico agli inizi del 1866 e le mandò diverse lettere senza ricevere alcuna risposta.

Non ricevette neanche risposta dal convento di Santa Chiara e quindi sospettò che qualcosa di terribile fosse successo. Infine, contattando il suo amico Henri dell'Ambasciata Francese, ricevette notizie orribili: Yolande Ferri era morta a Lucca il 14 ottobre 1865 a causa di una malattia sconosciuta. Henri informò Jean del fatto che prevedeva di ritornare a Parigi e probabilmente portare notizie in più su quella tragedia. Si incontrarono a Parigi intorno al maggio 1866 e Jean si accorse immediatamente che Henri era a disagio per parlare della situazione. Alla fine gli fece sapere che Yolande era rimasta incinta ed era morta subito dopo un parto complicato. Il bambino era nato il 27 settembre e lei morì il 14 ottobre.

Henri aveva incontrato un uomo di nome Antonio Giannini la cui moglie, Francesca, lavorava nel convento ed era diventata una persona di fiducia e amica di Yolande.

Francesca era presente alla nascita del bambino e provvide a battezzarlo col nome di Gregorio Ferri secondo le ultime volontà di Yolande. Antonio e Francesca erano di Todi in Umbria, ma originari della Calabria dove progettavano di ritornare. Antonio diede a Henri una lettera scritta da Yolande e indirizzata a Jean il quale la aprì in fretta, ma, dopo aver letto le prime parole, si portò le mani al volto e pianse forte.

Per lui il mondo intero era crollato. Ringraziò Henri, prese con sé la lettera e tornò a casa passando i giorni successivi senza vedere nessuno, semplicemente leggendo le parole di Yolande ripetutamente. Il finale della lettera era estremamente forte e doloroso:

<<Amore mio, sto morendo ma dò una nuova vita come frutto del nostro amore. Gregorio è sano. Sopravvivrà e diventerà un uomo forte come suo padre. Confido che Francesca Giannini lo porterà a Santa Caterina in Calabria e lo alleverà come un ragazzo buono, colto e cristiano. Le ho lasciato tutto il sostegno finanziario per la sua famiglia e Gregorio. Ci sono anche dei fondi destinati a lui lì nella Chiesa del Rosario. Se potrai e vorrai prendertene cura una volta cresciuto e fare di lui un uomo a tua somiglianza, ti prego di farlo. La mia vita sta per finire ma è stata sufficientemente lunga e degna di essere vissuta solo per averti amato. Prego Dio di rimettere i miei peccati e prego per te e Gregorio. Saremo di nuovo assieme un giorno, ti aspetterò. Ti prego di perdonarmi per averti abbandonato così presto, senza darti il mio ultimo bacio. Con amore, Yolande>>.

Smisi nuovamente di leggere il libro pensando come fosse tragica la vita di queste due persone che si amavano l'un l'altro!

Nelle pagine successive capii che Jean si era fatto forza, ma di fatto il mondo intero gli era crollato addosso.

L'Imperatore Massimiliano fu giustiziato dai rivoltosi, l'Impero francese di Napoleone III crollò, sconfitto dalla Prussia, e lo Stato Pontificio cessò di esistere, annesso al Regno d'Italia con Roma capitale.

Napoleone III come suo zio Napoleone I andò in esilio in Inghilterra e Jean andò a Losanna in Svizzera, dove stabilì contati con la famiglia Giannini a Santa Caterina.

Nel 1875 ricevette la notizia che suo figlio Gregorio procedeva molto bene negli studi in un collegio religioso in Calabria, cosa che lo rese molto felice.

Nel 1880 Jean andò a Parigi e si incontrò con lo zio di Yolande, Jules Ferri, il quale da avversario di Napoleone era diventato Primo Ministro del governo della Repubblica Francese.

Jules disse a Jean che la madre di Yolande, Adèle, era morta nel 1871, sapeva del bambino di sua figlia e aveva lasciato un testamento registrato al Dipartimento dei Vosgi in favore di Gregorio Ferri.

Nel 1885 Jean andò a Roma per incontrare il nuovo Papa Leone XIII in udienza privata. Si conoscevano già dalla curia di Papa Pio IX, dove il Cardinale Pecci, ora Papa, era stato molto attivo durante le trattative dell'Accordo di Settembre.

Il nuovo Papa, favorevole ai repubblicani, era visibilmente contento di rivedere Jean e gli diede il titolo di Visconte e Cavaliere. Il segretario di Stato del Papa, vescovo di Squillace, gli conferì un notevole appezzamento di terra nella provincia di Catanzaro e palazzi a Roma e Napoli.

Jean era sopraffatto dalla generosità di Papa Leone XIII, lo ringraziò per tutti i doni e gli chiese un solo favore: benedire suo figlio, Gregorio Ferri, che si trovava a Santa Caterina e sarebbe presto giunto a Roma.

Quell'anno, alla fine di giugno, Gregorio andò a Roma e finalmente incontrò suo padre.

Ebbero un'udienza con il papa il 24 giugno, durante la celebrazione di San Giovanni Battista.

Giovane, colto e quasi ventenne, Gregorio era molto commosso di incontrare suo padre, che aveva quasi settant'anni. Passarono sei mesi insieme a Roma, Firenze e Lucca.

Alla fine del 1885, Jean andò a Parigi e poi a Nancy nella sua amata Lorena dove morì nel 1886.

Gregorio completò i suoi studi e ritornò a Santa Caterina nel 1887 con la sua sposa Oriana.

Smisi di leggere e mi resi conto di quanto poco della storia di Gregorio Ferri la famiglia di Barbara conoscesse.

Durante il pranzo chiesi a mia moglie: <<Chérie, cosa sai del tuo bisnonno?>>

<<Che domanda è questa – rispose - e perché mi chiedi di lui? Veramente non ne so molto, è come una leggenda. Non nacque a Santa Caterina, ma in qualche altro posto e nessuno mi raccontò chiaramente chi fossero i suoi genitori, eccetto che veniva da una famiglia molto nobile. C'è ancor più mistero sui suoi primi anni di vita, la sua formazione, ricchezza e legami con la Chiesa. Ciò nonostante, tutti sempre hanno detto che era un grande uomo, umile e generoso ma che sorridesse molto raramente. Se ben ricordo dai racconti di mio zio Ciccio, la sua prima moglie morì giovane, poi si risposò con Maria Antonietta che gli diede quattro bambini: Damiano, Cosmo, Caterina e Rosa. Damiano andò in Francia in cerca di una ricchezza misteriosa e successivamente finì in America comportandosi da aristocratico senza mai lavorare, al contrario di Cosmo che si occupò sempre dei beni di famiglia. Gregorio I, lo chiamo così perché ci fu, dopo il figlio di Damiano morto giovane e con lo stesso nome, un altro Gregorio a Filadelfia negli Usa, e naturalmente mio padre. Dimmi, perché improvvisamente mi chiedi tutto ciò?>>.

<<Non proprio all'improvviso. Anni fa ebbi una conversazione con tuo nonno su quella storia, ma recentemente ho rinvenuto delle vecchie carte disperse che effettivamente confermano e avvalorano le leggende di Gregorio Ferri>>.

<<Capisco, ma siamo nel 2005 e oggi nessuno della mia famiglia vuole parlare di queste storie. Viviamo qui, in un posto con tremila anni di storia e ogni metro quadro è potenzialmente un sito archeologico con cose di ogni sorta del passato. Dopo la morte di mio padre ho lentamente trovato serenità nel mio cuore e oggi voglio vivere qui felicemente in salute e amore. Ti ammiro per il tuo interesse per la storia, ma nostro figlio è a scuola e dobbiamo andare a trovarlo il prossimo fine settimana a Lugano. Lui è il nostro futuro, più importante di un lontano passato>>, conclude.

Tuttavia in attesa del fine settimana il giorno dopo ritornai nell'appartamento degli ospiti, aprii la cassetta di Gregorio di nuovo ma questa vota non volevo leggere il libro, quindi incominciai a esaminare le mappe arrotolate, i disegni e altri documenti.

Mi imbattei in un'ampia mappa catastale con descrizioni a lato scritte in latino. Ho una conoscenza rudimentale del latino e usai il programma di traduzione del mio Mac Book per aiutarmi.

Guardando attentamente la mappa riconobbi i nomi La Liva, Marascio, Selvaggio, Mola, Don Giancarlo, Magoni, Acquaro, Galano, Santa Maria ed altri ancora.

Fu una grande sorpresa: erano i nomi di poderi ereditati da Barbara, ma su questi documenti vi era la firma di un Papa, il che spiegava i legami di Gregorio con la Chiesa.

Uno degli altri documenti era una mappa di Santa Caterina, e di nuovo riconobbi le strade, gli appezzamenti di terreno, Magoni, Yumbu, Largo San Michele, Largo San Sebastiano, Chiesa del Rosario, Palazzo Ferri, Palazzo di Francia e Palazzo del Balzo.

Alla fine riconobbi le fondamenta delle chiese e palazzi del periodo precedente alla distruzione. Era sorprendente che in una città di circa cinquemila abitanti ci fossero 12 chiese, due conventi, un castello e due grandi palazzi, tutti racchiusi entro mura di difesa con quattro porte di ingresso imponenti.

Secondo queste carte, Gregorio Ferri era un proprietario molto importante di terre e palazzi in questo paese e all'estero. In uno dei documenti particolarmente dettagliati vi erano mappe e disegni del convento domenicano fuori paese, compresa la chiesa dentro le mura che somigliava all'odierna chiesa del Rosario.

Ciò significa che al tempo di Tommaso Campanella esisteva a Santa Caterina un convento domenicano di rilievo.

Stando a quella mappa, le fondamenta del Palazzo Baronale erano diverse da quelle attuali, il che indicava che il più recente Palazzo Ferri e la chiesa domenicana erano adiacenti.

Nella cassetta c'era anche un documento sulla donazione del Palazzo Salamander sul Gianicolo a Roma, il Palazzo Cassano a Napoli e un palazzo a Lucca.

Era stupefacente vedere tutti i documenti di donazione firmati dal Papa al barone del feudo, Cavaliere Gregorio Ferri.

Ero sbalordito nel constatare l'importanza degli avi diretti di Barbara e della loro parentela.

All'improvviso, mi ritrovai in mano alcuni documenti veramente insoliti.

C'era una donazione di terre suddivise con mappe e disegni di diversi palazzi firmati dal Conte di Terragona in Aragona e poi un'altra donazione da Grande-Anse nel Dipartimento francese della Martinica.

Infine, mi ritrovai con una serie di documenti da Nancy-Villers, Vaudemont e Vosgi riguardanti Jean-Laurent Durand, visconte de Villers, e Yolande Ferri, contessa di Vaudemont.

Tutto sembrava inverosimile e subito mi venne in mente la propensione allo scetticismo di mia moglie.

Non avremmo di certo rivendicato la titolarità di queste terre in tutte le parti del mondo.

All'improvviso vidi un documento molto antico di pergamena. Mentre lo srotolavo attentamente, la data del 1547 balzò ai miei occhi.

Si trattava di un'antica mappa del villaggio fortificato di Santa Caterina e in basso vi erano nomi quali Marchese Bruno Arena, Francesco Arena, Isabella Ferri, Vincenzo Galate e il Vescovo di Squillace.

Era un documento straordinario che confermava che le famiglie Arena e Ferri non soltanto erano insieme nella cappella Ferri del cimitero, ma lo erano anche nel 1547.

All'interno della pergamena vi era un altro documento più piccolo, in condizioni peggiori ma ancora riconoscibile, che mostrava le fondamenta e i possibili passaggi sotterranei del complesso fortificato.

Somigliava all'attuale Piazza San Michele, Palazzo Ferri, Palazzo Baronale e Chiesa del Rosario, ma con una conformazione molto diversa da come si vede oggi.

Nel documento successivo c'era una mappa dettagliata con le misure di qualche oscuro labirinto sotterraneo probabilmente sotto il Palazzo Baronale e l'adiacente Chiesa del Rosario.

Non c'era nessuna informazione sul perché queste carte si trovassero nella cassetta di sicurezza.

Tuttavia non avevo ancora finito di leggere il libro che forse mi avrebbe dato una spiegazione dettagliata.

Sul fondo della cassetta scoprii una scatola d'argento non sigillata e la aprii.

Vi ritrovai molte lettere sulle quali era disposto un rosario con un crocifisso ornamentale d'oro, due pezzi di gioielleria bizantina in oro, un'altra croce bizantina e un anello con il simbolo di una corona e una croce.

Con particolare cura aprii la prima lettera. Era di Jean per Yolande da Lucca, datata 14 maggio 1865, ed era scritta con una calligrafia bellissima e piena di amore e passione.

Tanto bastava per quel giorno.

Avevo verificato quasi tutti i contenuti di quella cassetta, ma non avevo ancora capito come collegarli.

Per quale motivo tutte queste mappe, disegni e diagrammi si trovano nella cassetta?

L'aspetto più intrigante era l'antica mappa dettagliata dei passaggi sotterranei segreti del Palazzo Baronale.

Conclusi che il solo anello mancante dovesse essere nel libro e andai a giocare a golf per prendere un po' d'aria e schiarirmi le idee.

———⊱●⊰———

La domenica successiva pioveva al mattino ma all'improvviso un arcobaleno spettacolare si alzò sull'intero orizzonte marino. Dopo mezz'ora il sole splendeva e così decidemmo di andare nel centro storico del paese per la messa.

Guidando una piccola Fiat 500 attraverso le vie strette finalmente arrivammo nella piazza principale davanti alla chiesa di Santa Maria e cercammo parcheggio.

La piazza era piena di fango accumulatosi dopo la pioggia ed era quindi ovunque difficile parcheggiare.

L'antica e maestosa chiesa barocca del 1606 era coperta di ponteggi e materiali da costruzione. Erano passati quasi vent'anni da quando l'incendio aveva devastato l'antico paese, ma la realizzazione dei restauri era molto lenta.

Per la maggior parte i palazzi storici erano totalmente o parzialmente distrutti e solo alcuni ancora abitati. Un tetto temporaneo copriva lo splendido Palazzo del Marchese di Francia e solo una piccola parte nella zona posteriore era abitata.

Il Palazzo Baronale insieme al palazzo Ferri erano stati completamente distrutti ed erano rimaste soltanto le facciate.

Osservammo questi edifici con grande tristezza.

Questo era stato un paese bello, ricco, pieno di vita e cultura.

Subito dopo la messa a cui assistettero forse non più di trenta persone, ci dirigemmo in macchina davanti al Municipio dove incontrammo il nuovo sindaco.

Lui ci vide e si avviò immediatamente verso di noi.

<<Complimenti, dottor Letta>>, disse Barbara. <<Come si sente in questa nuova funzione?>>.

<<Grazie per i complimenti, ma questa nuova funzione, come la chiama, è tutt'altro che gradevole. Non abbiamo il denaro necessario per la ristrutturazione del centro storico perché l'urgenza principale è sistemare le famiglie bisognose e costruire nuove case per loro. Capite... >>.

Ci mostrò con fierezza due palazzi prefabbricati, orrendi cubi di cemento.

<<Avremo bisogno di almeno altri quattro palazzi come questi per accogliere i più bisognosi altrimenti la popolazione della parte antica del paese si trasferirà in marina, sulla costa>>.

<<Quindi Lei non vede un futuro per questo paese antico?>> chiesi con malinconia.

<<Ebbene, come sapete, quasi l'ottanta per cento della parte antica del paese è stata distrutta, tutti sono partiti ad eccezione della Marchesa di Francia che è ancora qui e abita con una domestica in un appartamento aggiustato provvisoriamente, ma le altre famiglie nobili, come la vostra, se ne sono andate.

Anche voi avete preferito ristrutturare Borgo Ferri invece di ricostruire il vostro palazzo nella parte antica del paese. Abbiamo così tanti palazzi distrutti e soltanto un miracolo o una sorta di benefattore privato potrebbe salvare questo paese. In 1200 anni di storia Santa Caterina fu distrutta molte volte, ma in un modo o nell'altro sopravvisse sempre. Adesempio, dopo il terremoto del 1905 il bisnonno di Barbara contribuì con notevoli somme di danaro alla ristrutturazione di molte chiese e palazzi distrutti, compreso il suo. Forse anche da questo disastro scaturirà qualcosa di buono e qualcuno porrà il primo mattone per ricostruire il passato favoloso del paese. Perché non ci aiutate a fare qualcosa qui? Avete ricostruito il Borgo stupendamente e qui potete trovare dell'altra ispirazione per creare un luogo splendido sulle rovine. Abbiamo bisogno di più mani che ci aiutino>>.

<Grazie molte, signor Sindaco, abbiamo le mani piene di impegni al momento, ma ci rattrista vedere una parte così importante della nostra storia scomparire>>, Barbara rispose. E partimmo in silenzio.

Erano quasi le tredici quindi suggerii a Barbara di consumare un pranzo leggero al Ristorante La Cuttura.

Prendemmo posto ad un tavolo, il cibo era come al solito fresco e saporito e incominciammo a parlare della nostra vita a Santa Caterina dello Ionio e del nostro futuro.

Eravamo sul posto da più di tredici anni e avevamo ristrutturato meravigliosamente l'antica tenuta vivendo in un castello medioevale in mezzo ad ulivi e vigneti.

Per il nostro agio, avevamo aggiunto un campo da tennis, una piscina, una Jacuzzi e un'importante rete di strade interne.

Tuttavia, per diversi motivi, non avevamo intenzione di diventare produttori agricoli, soprattutto a causa della nostra scarsa conoscenza e per poter seguire i nostri investimenti nelle miniere d'oro.

Amavamo avere una casa nella città internazionale di Montreal, in Canada, un rifugio invernale a Nassau, nelle Bahamas, e nostro figlio Max stava frequentando l'università a Boston.

In tale situazione, Borgo Ferri era considerato la nostra casa estiva, nonostante la sua notevole dimensione; nondimeno incominciammo a chiederci cos'altro si potesse fare là.

Non lo venderemo mai e nostro figlio avrà qui anche in futuro un posto per la sua famiglia.

Guardando Barbara negli occhi, cominciai a descrivere altre possibili alternative.

<<E se cambiassimo il piano urbanistico di una parte della proprietà da agricola a residenziale e turistica?

Abbiamo così tanta terra ben situata dalle colline al mare e gran parte non è coltivata. Forse potremmo avere qui non solo un destino, ma anche una destinazione. Cambiando il piano urbanistico per circa 100 ettari di terreno, vale a dire solo una parte della tua proprietà, possiamo costruirvi un campo da golf e diverse ville residenziali portandovi gente da tutto il mondo con interessi simili ai nostri. Potremmo creare una comunità diversa non basata soltanto su parentela e visite di amici>>.

Fissai nuovamente Barbara per vedere se stesse ascoltando la mia proposta con qualche interesse e, con mia sorpresa, vidi i suoi occhi illuminarsi.

<<Chéri, tu sei mio marito e non sei italiano, ma sei stato tu a riportarmi qui e ad investire una notevole somma di denaro, tempo ed energia facendo di questo luogo quello che è oggi. Se io avessi sposato un italiano saremmo vissuti probabilmente in America, come ogni membro della mia famiglia, e avremmo parlato delle nostre radici in Italia durante le riunioni di famiglia a Natale. Non ho paura di nessuna delle tue idee e non siamo vincolati da nessun obbligo: la storia appartiene al passato e tu sei il mio Uomo Rinascimentale che immagina e crea il futuro. Sto con te e appoggio le tue idee>>.

<<Bella, non diventeremo imprenditori immobiliari a tempo pieno, incominciamo a costruire un campo da golf di nove buche, una clubhouse e delle ville adiacenti; vendiamo le ville a una clientela internazionale e vediamo come va. Questo approccio è più cauto in quanto non produrrà alcun profitto, ma creerà piuttosto una destinazione. Più avanti, potremmo sviluppare una seconda fase con un'area residenziale ragguardevole, aggiungere nuove buche ed eventualmente anche un hotel. Con un progetto simile, potremmo creare un potenziale economico per questo paese che lotta per sopravvivere e finanche contribuire a ricostruire il centro storico. Sono certo che il nuovo sindaco sarebbe particolarmente interessato a questa proposta e ci aiuterebbe nelle pratiche per i permessi>>.

<<Mio caro marito, come ti ho già detto sono con te, ma promettimi che non cambieremo la nostra vita per rimanere permanentemente coinvolti in questo progetto. Mi piace la vita nelle grandi città e anche Max deve ricevere un'istruzione adeguata, per di più tu sei molto occupato con gli investimenti minerari a livello mondiale. Naturalmente, avendo tu esperienza in ingegneria e finanza, per te questo sarebbe semplicemente un altro progetto, meno complicato che costruire una miniera d'oro in qualche parte remota del pianeta>>.

«Per favore, lasciami preparare qualche piano preliminare per poi discuterne», conclusi. Poi terminammo il nostro pranzo delizioso di buon umore.

La settimana successiva dovetti andare in Indonesia per concludere un importante progetto minerario, quindi portai con me le mappe della nostra terra in modo da preparare la pianificazione preliminare di sviluppo durante i miei lunghi viaggi.

Questo primo viaggio durava solo una settimana, ma nel secondo portai con me il libro di memorie di Gregorio.

Ero ansioso di scoprire se vi fosse una spiegazione per la presenza di così tante mappe antiche, disegni e alberi genealogici.

Seduto nella comoda business class di un volo Emirates da Roma a Dubai, ripresi la lettura del libro di memorie al capitolo dell'incontro di Jean con suo figlio Gregorio a Roma nel 1885.

Alla fine capii che Jean non voleva semplicemente incontrare suo figlio per spiegargli i loro legami e il motivo per cui Gregorio avesse vissuto a Santa Caterina, ma che desiderava anche trasferire i suoi beni al figlio e assegnargli un compito nella vita.

Leggendo le pagine successive, incominciai a capire l'importanza delle mappe e dei documenti contenuti nella cassetta di sicurezza.

Gregorio descriveva minuziosamente la presenza della Casata dei Ferri in Calabria attraverso i secoli e i suoi legami con diverse altre casate nel passato.

Durante il periodo normanno, tra il 1040 e 1240, Guglielmo Braccio di Ferro (Ferri), Conte di Calabria, costruì la prima fortificazione a Santa Caterina. Successivamente la moglie di Conclubeth, intorno al 1400, fu Maria Ferri. Nel 1865, il Marchese Erasmo Arena sposò Loretta Ferri, discendente diretta di Yolande, figlia del Re Renato II d'Angiò. Nel 1445, Yolande de Bar sposò Ferri, Conte di Vaudemont in Lorena e sua sorella Margaret sposò Enrico IV, re d'Inghilterra.

Il buon re Renato ebbe un numero impressionante di titoli: Re di Angiò, Duca della Provenza, Conte di Piemonte, Duca di Bar, Re di Napoli, Re di Aragona, Sicilia, Majorca e Corsica e anche Re di Gerusalemme.

Tutti quegli alberi genealogici univano molte famiglie nobili attraverso matrimoni e fornivano una spiegazione sul perché la Casata dei Ferri si trovasse in Calabria da secoli.

Subito dopo il disastroso terremoto che devastò Calabria e Sicilia nel 1783, Bernardo Ferri di Lucca fornì i fondi necessari per la ricostruzione di molte chiese, incluse quelle di Santa Caterina.

All'improvviso, a pagina 73 del libro, trovi la spiegazione di una mappa di Santa Caterina del 1547.

Quella mappa indicava precisamente i piani della fortificazione e anche le strutture sotterranee. Durante un assedio le cose più importanti erano le riserve d'acqua, di cibo e armi.

Il sito più segreto era sempre il nascondiglio per le reliquie, i libri sacri e i tesori. La mappa indicava anche un'importante rete di corridoi che univano la Chiesa Domenicana, il Palazzo Baronale, il Castello Arena e le vie di fuga.

Nella parte nord del Palazzo Baronale vi si trovava una grande stanza che serviva da cappella e da aula di assemblea.

Durante il periodo delle invasioni, specialmente turche, il paese era frequentemente assaltato e il nemico giungeva sempre dal mare quindi a metà dell'unica strada di accesso al paese furono costruite due torri per dare l'allarme di attacchi imminenti.

Una di quelle era la Torre Alba di Borgo Ferri che avevamo ristrutturato di recente.

Nelle pagine successive trovi la spiegazione dell'esistenza di una piccola e dettagliata mappa delle volte costruite per conservare gli oggetti più sacri e preziosi del paese e anche del piano di evacuazione e autodistruzione delle vie di fuga in caso di capitolazione.

Per limitare il rischio di tradimento o ribellione, solo poche persone di rilievo erano a conoscenza di questi piani.

Nel leggere le pagine del libro, ebbi una visione più chiara dei piani e delle mappe del paese, ma non riuscivo ancora a capire il motivo della loro presenza nella cassetta di sicurezza. Tutto cambiò nella seconda parte del mio viaggio da Dubai a Jakarta, quando lessi l'ultima parte del libro.

Sulla base delle informazioni fornite da Yolande Ferri, Jean Durand concluse che il manoscritto conosciuto come La Profezia dell'Aquila di Tommaso Campanella fu scritto durante la sua permanenza, nel 1598, nel Convento Domenicano di Santa Caterina e che doveva essere nascosto nei sotterranei della Chiesa Domenicana adiacente al refettorio.

Campanella voleva mettere in salvo tutti i suoi documenti in modo da prevenirne la confisca da parte degli spagnoli in caso di fallimento della rivolta del 1599.

I suoi progetti di ingaggiare l'ammiraglio turco Hassan Cicala fallirono e alla fine egli fu tradito, catturato, arrestato e mandato a Napoli.

I documenti non finirono mai in mani turche o spagnole.

L'Inquisizione Spagnola non ebbe sufficienti prove documentali per condannare Campanella a morte e finì per condannarlo all'ergastolo.

Jean ebbe accesso agli archivi segreti del Vaticano, esaminò gli spostamenti di Campanella e la sua conclusione fu chiara: i documenti dovevano trovarsi a Santa Caterina.

Aveva intenzione di ritornare in Calabria, ma dopo la presa di Roma l'intera Italia era controllata dalle Camicie Rosse di Garibaldi, in particolare il Sud dove l'ultimo re Borbone di Napoli, Francesco II, fomentava costanti rivolte.

Jean non fu mai in grado di ritornare in Calabria, e allora trasferì tutta la sua conoscenza e i documenti pertinenti al figlio Gregorio Ferri, assegnandogli il compito di ritrovare i manoscritti di Tommaso Campanella.

Egli credeva fermamente che i manoscritti esistessero e che fossero nascosti sotto la Piazza del Rosario e le rovine adiacenti della chiesa domenicana che si univa alle fondamenta del Palazzo Baronale.

All'improvviso, mi imbattei in uno strano passo del libro riguardante la distruzione di Vaudemont in Lorena, che era in mano del Conte Ferri sotto il ducato di Carlo IV.

Re Luigi XIII invitò Campanella in Francia nel 1634 su raccomandazione di Papa Urbano VIII e sotto la protezione del Cardinale Richelieu.

A Parigi, Campanella incontrò Maria de Medici che gli presentò sua cugina Nicoletta della Casata dei Ferri, la moglie ripudiata di Carlo IV che aveva poi sposato Beatrice.

Nicoletta invitò Campanella a Vaudemont per un breve soggiorno durante il quale Campanella le rivelò la profezia di Luigi XIV secondo cui il neonato re avrebbe regnato per il periodo più lungo della storia dell'umanità.

Alla fine la profezia fu scritta semplicemente sotto forma di poema intitolato Ecloga in portentosam Delphini nativitatem, ma la seconda parte che annunciava la venuta di un'Aquila che sarebbe nata su un'isola del

Mediterraneo e che avrebbe superato tutti i sovrani precedenti del mondo, non fu mai rivelata.

È certo che il Cardinale Richelieu e anche Re Luigi III ne avessero sentito parlare e chiesero a Campanella di consegnare loro il manoscritto, ma lui negò l'esistenza di una tale profezia.

Richelieu sospettava che il manoscritto della profezia fosse stato consegnato a Nicoletta per nasconderlo da qualche parte a Vaudemont.

Il re chiese al Papa di scomunicare Carlo IV di Lorena per bigamia avendo così il pretesto di dichiarare guerra contro il Ducato di Lorena e distruggere la fortezza di Vaudemont.

Secondo gli archivi in Nancy, tutti i libri trovati a Vaudemont furono bruciati, ma non vi è menzione alcuna sulla possibile distruzione del manoscritto La Profezia dell'Aquila.

Jean concluse che la profezia non lasciò mai la Calabria e fu nascosta a Santa Caterina durante la rivolta di Campanella nel 1599.

Seguendo quella conclusione, Jean assegnò il compito di ritrovare il manoscritto al figlio Gregorio Ferri, un manoscritto che fu l'ossessione di Napoleone I e successivamente di Napoleone III e che sarebbe diventato parte fondamentale della missione di Jean Laurent Durand Visconte de Villers.

Gregorio Ferri divenne il custode dei documenti sul manoscritto di Campanella raccolti durante un'intera vita da Jean, con il compito di completare la missione e ritrovare La Profezia dell'Aquila.

Nell'ultima parte del libro vi era un albero genealogico completo della Casata Ferri con descrizioni dei legami con molte note famiglie nobili d'Europa attraverso i secoli.

Alla fine, Gregorio Ferri ereditò l'intera fortuna di Jean Durand e anche di Yolande, da usare per la creazione di un patrimonio ragguardevole e consentirgli di portare a tetmine la missione di ritrovare i manoscritti di Tommaso Campanella così come i tesori persi e i cimeli in Calabria.

Durante le nove ore di volo da Dubai a Jakarta completai la lettura del diario di memorie di Gregorio Ferri, libro che mi diede una visione completamente nuova della nostra missione in Calabria.

Quelle pagine scritte cinquant'anni fa mi confermavano che mia moglie, Maria Barbara, è di fatto l'ultima discendente della Casata dei Ferri e che io ho il compito di ritrovare il manoscritto di Campanella, nascosto da mezzo millennio sotto la nostra proprietà.

Re, Papi e imperatori l'avevano cercato e il padre di Gregorio, Jean, passò quasi tutta la vita alla ricerca del manoscritto senza trovarlo. E lo stesso Gregorio non ebbe migliore fortuna. Dopo la sua morte, nessuno fu in grado di continuarne la missione, e adesso ero io quello che doveva fare qualcosa in merito.

Dal libro, dalle mappe e dai disegni ebbi l'impressione che, oltre al manoscritto di Tommaso Campanella, ci fosse nascosto dell'altro. Probabilmente molto di più.

Quando lasciai Roma il primo aprile, non avrei mai immaginato che una settimana dopo, di ritorno nella Capitale, avrei assistito ai funerali di Papa Giovanni Paolo II.

Barbara e io ci incontrammo a Roma l'otto aprile; i funzionari del Vaticano l'avevano invitata al funerale. Mi accorsi subito che era triste.

<<Oh, Chéri, questo è un giorno molto triste, sebbene io sia piuttosto sorpresa di essere stata ufficialmente invitata al funerale tra capi di stato e funzionari diplomatici.>>

<<Ebbene, credo che tu meriti di essere invitata>>, risposi.

<<Tu sei una Ferri e questa Casata è sempre stata vicina al Vaticano nei secoli; tuttavia, con questo invito abbiamo il dovere di fare di più per la nostra fede, per la Chiesa e per il nostro impegno come famiglia.

Noi, specialmente tu, abbiamo una storia ancestrale molto lunga e particolarmente complessa, ma ci sono alcune cose che devono essere continuate e compiute. Bella, per favore partecipa alla cerimonia, io preferisco piuttosto andare a letto dopo una settimana di viaggi e incontri di affari. Oh, a proposito, se ti capita di vedere tra i Cardinali sua eminenza Tauran, direttore degli archivi segreti del Vaticano, potresti chiedergli se posso passare qualche ora a studiare un periodo particolare della storia della Chiesa? Niente di sensazionale o estremamente segreto; sono interessato alle opere di Tommaso Campanella durante la sua permanenza in Vaticano come consigliere astrologo del Papa Urbano VIII>>.

<<Wow!>>, reagì prontamente.

<<Che cosa hai scoperto durante il tuo viaggio nel mondo mussulmano?>>.

<<Oh, forse qualcosa di molto importante per la nostra vita. Pensa un po', sono alla ricerca del manoscritto di Tommaso Campanella intitolato "La Profezia dell'Aquila", probabilmente composto nel Convento Domenicano di Santa Caterina intorno al 1598. Spero di trovare qualche indicazione in più in Vaticano; dopotutto, Campanella era un astrologo per Papa Urbano VIII e predisse anche il futuro a quel pontefice con grande precisione. La profezia dell'Aquila è molto importante per il nostro futuro in Calabria.

Più tardi ti racconterò cosa ho scoperto nel libro di memorie scritto dal tuo bisnonno, Gregorio Ferri>>, conclusi baciandola.

V

Il Palazzo Baronale

Nel 2005 prendemmo la decisione definitiva di cambiare il destino di Borgo Ferri realizzando, sulla parte la cui destinazione urbanistica era stata mutata, un campo da golf e un'area residenziale per una comunità internazionale.

Nei tre anni successivi, la nostra comunità residenziale privata divenne una realtà e giunse il momento di prendere la decisione finale sulla sorte del centro storico di Santa Caterina.

Studiai ampiamente le mappe antiche, i disegni e anche la pianificazione della città in modo da fare la scelta giusta.

Seguendo le mappe e le raccomandazioni riportate nel libro di Gregorio, alla fine decisi che il solo sito interessante da restaurare sarebbe stato il Palazzo Baronale con l'adiacente piazza. L'aspetto più oscuro era lo stato attuale delle fondamenta e delle fortificazioni sotterranee coperte da rovine.

Rinunciammo a rivendicare gli altri palazzi e concludemmo un accordo con il consiglio comunale, firmato dal sindaco.

Ci impegnammo a restaurare la principale piazza storica del paese e a restaurare completamente il Palazzo Baronale per nostro uso personale e con pieno titolo di proprietà.

Insieme al sindaco, andai alla Soprintendenza, organo del Ministero per le Belle Arti e Monumenti, e contrattai un accordo che prevedeva una ristrutturazione completa delle mura esterne del Palazzo Baronale, a nostre spese, ricostruendole per come erano prima dell'incendio del 1983; ma l'interno poteva essere ristrutturato secondo un nostro progetto.

Il Ministero avrebbe avuto il diritto di soprintendere alla ricostruzione esterna, ma non avrebbe avuto nessuna giurisdizione sul progetto di ristrutturazione dell'interno.

Il direttore del Ministero era molto scettico sulle nostre intenzioni perché un privato non aveva mai compiuto nulla del genere a proprie spese.

Non aveva mai visto nessuno con la voglia di restaurare, nel pieno centro di un paese medioevale distrutto, un palazzo con 50 stanze disposte su cinque piani per uso personale, ma il sindaco era entusiasta e rassicurava il direttore dimostrandogli la nostra capacità nella già attuata ricostruzione di Borgo Ferri.

<<Dopotutto, quelle rovine appartengono alla storia della famiglia della Nobildonna Ferri e noi, cittadini di Santa Caterina, le siamo grati per la sua generosità e amore per il patrimonio dei suoi antenati>>, concluse il sindaco. E firmammo l'accordo.

Ho una formazione da ingegnere ed esperienza nella costruzione di strade, ponti e miniere d'oro, ma riscostruire un monumento storico manualmente, senza alcun macchinario moderno, non era un compito normale.

Ci vollero anni prima che l'impalcatura eretta per la ricostruzione fosse smantellata e perché gli occhi di tutti potessero finalmente ammirare l'incredibile palazzo riportato agli antichi splendori.

Su entrambi i lati del portale monumentale di granito aggiungemmo una targa discreta con la scritta "Palazzo Baronale Ferri-Lenarciak".

Tutti rimasero impressionati dal risultato finale che diventò un fantastico soggetto da fotografare.

Completammo anche il restauro della piazza principale davanti alla Chiesa di Santa Maria e finalmente la splendida facciata barocca poté essere ammirata.

Il Ministero completò anche il restauro del Palazzo Medici e il paese antico di Santa Caterina ritornò a nuova vita.

L'intera parte interna del palazzo necessitava anche di un'intensa opera di ricostruzione, compresi i muri portanti e le pareti divisorie di tutte le 32 stanze dei tre piani superiori.

Era anche urgente rimuovere i detriti dai pavimenti al piano dei servizi e negli scantinati.

Il lavoro di restauro esterno era stato completato per il momento, quindi dovemmo cambiare la squadra di lavoro per una grande ripulitura e lo scavo.

Mi sedetti con Vincenzo e gli chiesi di trovare almeno tre o quattro operai affidabili disposti ad intraprendere l'arduo e lungo compito. Stimavamo fossero necessari almeno un anno o due e una squadra di quattro operai per scavare e rimuovere a mano i detriti accumulatisi con il crollo delle pareti interne e poi trasportali con un Ape fuori dal centro del paese.

Il giorno dopo, di pomeriggio, Vincenzo venne per informarmi che i soli operai affidabili erano Mauro Benetto e i suoi due figli, Enzo e Pino, ma non avrebbero potuto lavorare per più di quattro mesi all'anno perché avrebbero perso le loro indennità di disoccupazione.

<<Cenzo, sai bene che noi abbiamo bisogno di lavoratori fissi con tanto di permesso e non semplicemente lavoratori part-time>>.

<<Esattamente>>, rispose Vincenzo.

<<Apprezzeranno questo lavoro; è proprio vicino a casa loro e non richiede abilità particolari.

Per di più, papà Mauro è un mastro, quindi sarà il solo responsabile del lavoro e anche della registrazione come appaltatore, di conseguenza voi non sarete in nessun caso responsabile per loro. In pratica, solo chi condurrà l'Ape deve essere registrato. Sanno troppo bene che questo è un lavoro da sogno e che molti altri in paese vorrebbero averlo, quindi saranno molto diligenti. Se siete d'accordo, possono incominciare domani>>.

<<Beh, pare che tu abbia già deciso per me. Che incomincino con il "lavoro da sogno" di togliere i rifiuti e scavare sotto un palazzo crollato>>.

Il mattino dopo incontrai la mia nuova squadra di operai e il lavoro iniziò.

VI

Scavo sotto il Palazzo

Ci incontrammo brevemente e dissi loro di fare attenzione a qualsiasi oggetto insolito ritrovato fra i detriti, ma non capivano che tipo di oggetti io avessi in mente e quale cosa di valore potesse essere rinvenuta in mezzo a tonnellate di spazzatura.

Avevano ragione; per mesi, durante i primi scavi, non trovammo niente di interessante eccetto frammenti di ceramica, piastrelle ed altro.

Il lavoro procedeva rapidamente, sgombrammo sette stanze nel piano dei servizi e trovammo un passaggio per l'accesso al livello sottostante per cui immediatamente ordinai loro di continuare a scavare in quella zona.

Due mesi dopo, le due stanze più vicine erano sgombre di rifiuti e la struttura della parte più antica delle fondamenta divenne visibile.

Da quel punto in poi, incominciai a seguire i vecchi disegni dell'antico palazzo adiacente al refettorio domenicano e alla chiesa.

Allora mi fu chiaro perché Gregorio Ferri costruì un palazzo di dimensioni più piccole esattamente sulle fondamenta dell'antico complesso.

Durante i terremoti del 1783 e del 1905, l'antica struttura crollò e il lavoro di ricostruzione non seguì i piani originali.

Del Balzo costruì una parte del Palazzo Baronale sul lato sud, più vicino alla Chiesa di Santa Maria, poi i Di Francia edificarono una grossa struttura sul lato ovest del Largo San Michele a filo della rupe sottostante.

Gregorio ottenne la terra dai Domenicani ma non fu in grado di ricostruire sul sito del refettorio del convento e neanche sul sito della Chiesa di San Michele, quindi costruì il suo palazzo sul lato sud di Piazza del Rosario sulle fondamenta dell'antico complesso baronale.

Durante la ricostruzione, Gregorio condusse un ampio scavo sotterraneo nel tentativo di trovare il passaggio che conduceva dalla vecchia torre del castello medioevale al Palazzo Baronale e alla Chiesa Domenicana.

Secondo la mappa antica del tempo degli Arena nel sedicesimo secolo, quella doveva essere l'area dove si trovavano le volte segrete che nascondevano i più importanti documenti, reliquie, valori preziosi e armi.

Jean Durand ebbe il sospetto che quelle volte sotterranee potessero essere anche il nascondiglio dei documenti di Tommaso Campanella, che non giunsero mai al vascello turco dell'Ammiraglio Cicala durante la rivolta del 1599 in Calabria.

Gregorio Ferri, eseguendo la missione assegnatagli dal padre Jean, scavò una parte notevole dell'area sotterranea ma non riuscì a penetrare le fondamenta vecchie e spesse della parte nord del Palazzo Baronale.

Il solo punto di accesso poteva essere dalla parte nord del Palazzo, ma a quel tempo Squillacioti, che occupava il palazzo, non era in buoni rapporti con nessuno, compreso Gregorio, e successivamente entrò nel movimento fascista facendo svanire ogni possibilità di giungere ad un compromesso.

I lavori di scavo sotterraneo furono interrotti per anni e, durante la Secondo Guerra Mondiale, completamente abbandonati.

Tuttavia, la fine della guerra portò diversi cambiamenti in Italia.

Con un referendum, l'Italia divenne una repubblica con conseguente abolizione della monarchia e dei titoli nobiliari e la confisca di molte proprietà.

L'ingente emigrazione della giovane generazione in America creò una penuria di forza lavoro per le molte famiglie nobili dedite alla produzione agricola con metodi manuali.

Oramai ottantenne, Gregorio cercò di adattarsi ai cambiamenti drammatici, ma il figlio maggiore, Damiano, andò in America lasciando suo fratello Cosmo a capo della tenuta.

La nuova generazione era interessata più agli studi e alla vita cittadina nell'Italia Settentrionale che alla produzione agricola in Calabria.

In quel contesto, i bisogni immediati erano più importanti degli scavi nel passato così Gregorio decise di scrivere il suo libro di memorie e passarlo alla generazione successiva insieme ai documenti raccolti

Cominciò a preoccuparsi del futuro della Casata dei Ferri in Calabria dopo la sua morte.

Nella sua discendenza non vi era nessuno capace e disposto a continuare ad operare per la Dinastia.

Per più di mezzo secolo aveva costruito una grande proprietà, ma ora ne vedeva l'imminente declino.

Oltre alle vicissitudini quotidiane, si rese conto che la missione a lui assegnata dal padre Jean Durand Visconte di Villers - ritrovare il manoscritto perso di Campanella - non sarebbe mai stata compiuta.

Negli ultimi anni di vita cercò di trattare con la Famiglia Pugliese, che allora occupava la parte nord del Palazzo Baronale, per ristrutturare una parte dell'edificio, ma senza successo.

Un anno prima della sua morte completò il libro di memorie con disegni, mappe e istruzioni rilevanti, raccolse il tutto e lo custodì in una cassetta di sicurezza celata nella cappella di famiglia.

Solamente suo figlio Cosmo era a conoscenza della cassetta che non fu mai aperta fin quando Cosmo, prima della sua morte, disse a me il segreto di suo padre.

Mi ritrovavo di nuovo a esaminare le mappe dello scavo fatto fino alle fondamenta adiacenti al refettorio domenicano e mi fu chiaro che per trovare il passaggio che conduceva alle camere a volta, dovevamo scavare un piano più in basso in direzione nord est.

Durante l'incontro successivo con Vincenzo e Mauro preparammo un piano dettagliato di scavo seguendo i vecchi disegni delle fondazioni sotterranee.

Quasi dopo un anno di arduo lavoro, finalmente scoprimmo un arco indicante l'entrata di una nuova stanza.

Nei giorni successivi ci imbattemmo in una grande stanza con soffitti a volta sorretti da due pilastri in granito. Chiesi a Mauro di svuotare completamente quel locale rimuovendo tutti i detriti e di pulire il pavimento di granito.

Una sera di tre mesi dopo, andai nel palazzo con un disegno custodito nella cassetta di sicurezza di Gregorio. La grandezza e le misure della stanza combaciavano perfettamente con quelle del disegno, il muro massiccio in fondo al lato est somigliava a quello descritto nel libro, che indicava il luogo dove gli scavi di Gregorio erano terminati 70 anni prima.

Ovviamente, quel muro non si poteva demolire se non con dell'esplosivo. Ci troviamo nel luogo giusto, conclusi.

Nel mio ufficio a casa, esaminai il disegno della parte sotterranea della struttura non ancora portata alla luce, pensando agli sforzi degli ultimi due anni per scavare sotto il palazzo.

Di fatto non avevamo scoperto nulla ad eccezione di diverse stanze vuote, porticati, archi, muri e frammenti insignificanti di ceramica e piastrelle.

Tuttavia, tutte le strutture scoperte corrispondevano agli antichi disegni e descrizioni, un segno incoraggiante per continuare il lavoro.

Per di più, non sapevamo cosa stessimo cercando esattamente perché, a parte il libro di memorie di Gregorio e antichi disegni, non avevamo informazioni esatte sui manoscritti di Tommaso Campanella.

Stando ai disegni, ci accingevamo ad entrare nei depositi delle armi e degli oggetti preziosi custoditi nel periodo medioevale, quando il paese era fortificato.

Un giorno Vincenzo venne al Borgo e mi chiese di seguirlo al palazzo perché avevano scoperto un'altra porta ad arco attraverso la quale si accedeva al passaggio verso il piano inferiore.

Ritornammo rapidamente in paese, portando con noi soltanto la copia dell'antica mappa per consultarla. Appena entrato nel sito scavato, incominciai a esaminare la struttura dell'arco e le lastre di granito che coprivano il pavimento che era almeno un metro più in basso rispetto alla stanza precedente. A prima vista, sembrava che la costruzione di quella stanza non fosse dello stesso periodo. Il soffitto era completamente diverso e anche i mattoni erano di dimensione diversa, perciò chiesi agli operai di concentrarsi in quella zona cominciando in direzione est.

Era una scoperta intrigante perché non vi erano segni di distruzioni passate.

Passammo il Natale in Canada e Capodanno alle Bahamas, ma dissi a Vincenzo di continuare il lavoro sotto il palazzo e di chiamarmi se avessero scoperto qualcosa di insolito.

Non mi chiamò nei due mesi successivi, quindi tutto procedeva come al solito.

A metà febbraio ritornammo in Italia con prima fermata a Venezia per il Carnevale e da lì poi in Calabria.

Ovviamente andai subito a vedere com'era la nuova stanza scoperta da poco.

Con mia sorpresa il lavoro non era stato completato perché la stanza era grande con soffitti alti e finiva stranamente sul lato destro con un massiccio muro in granito.

La stanza era divisa da un muro di mattoni e sostenuta da un grande arco gotico situato nel mezzo. Chiesi a Vincenzo di fare più luce in modo che potessi vedere meglio i dettagli degli archi e del pavimento.

All'improvviso, mentre osservavo il materiale che doveva essere rimosso, mi accorsi che non si trovava lì a seguito di una distruzione. Le pareti e il soffitto non avevano alcun segno di danno.

La stanza era stata probabilmente riempita di detriti presi da qualche altra parte, ma perché e da chi?

Chiesi a Mauro di continuare gli scavi e di svuotare completamente il locale.

La stanza appena scoperta mi incuriosiva molto, ritornai ad esaminare le mappe e la descrizione nel libro di Gregorio. Poi, cercando nell'Enciclopedia Cattolica, trovai un passaggio sulla distruzione del convento domenicano di Santa Caterina ad opera degli spagnoli nel 1659, scritto da Carlo Spinelli, rappresentante del re di Spagna. Egli affermava che la perquisizione del convento, della chiesa domenicana, della torre del castello e del Palazzo Baronale era finita senza trovare i documenti che cercavano.

I monaci non cooperavano e si mostravano ostili, cosicché distrussero il convento.

Quell'atto barbarico degli spagnoli avvenne diversi anni dopo la rivolta di Stilo in Calabria organizzata da Campanella che fu catturato e chiuso in prigione a Napoli.

Mi fu chiaro allora che vi era la prova che mancassero dei documenti durante il tentativo di fuga di Campanella nel 1599.

Il Tribunale dell'Inquisizione Spagnola voleva condannarlo a morte, ma non aveva i documenti da usare contro di lui.

Essi sapevano dell'esistenza di quelle prove e del loro possibile nascondiglio a Santa Caterina.

Il giorno dopo tornai di nuovo al palazzo ed esaminai meticolosamente la planimetria delle stanze sotterranee. Conclusi che la disposizione dei muri delle fondazioni corrispondeva esattamente al disegno.

Nell'ultima parete in direzione nord vi era un'altra porta ad arco chiusa con mattoni che non erano dello stesso periodo della costruzione originaria, il che mi fece pensare che si trattasse di una sorta di uscita di emergenza.

Nel ritornare a casa mi resi conto di quanto fosse ardua la ricerca archeologica e di come richiedesse passione, perseveranza e immaginazione. Servono tempo, manodopera, danaro, sapere, immaginazione e anche semplicemente un po' di fortuna.

Non sono un archeologo e il mio sapere era limitato alla vaga descrizione del libro di Gregorio e ai diversi e non sempre precisi vecchi disegni.

Incominciavo a pensare che non avremmo mai trovato il manoscritto di Tommaso Campanella, ma valeva la pena ristrutturare quel palazzo antico, se non altro come un pezzo da collezione.

Un mio amico miliardario e filantropo mi raccontò una volta che aveva comprato un violino Stradivari durante una vendita all'asta a Londra semplicemente per possederlo.

<<Anche se non so suonarlo, amo l'idea di possederlo e posso anche prestarlo a un musicista di talento che non può permettersi di comprarne uno>>, disse.

Era un po' come il nostro approccio verso il palazzo.

Non ci avremmo probabilmente mai vissuto, ma avremmo potuto allocarvi un museo oppure un laboratorio d'arte e condividere con gente appassionata lo splendore e i valori del passato. Inoltre è parte della storia di Barbara.

Già solo questo era una conquista.

Mi sentivo fiero, tuttavia gli scavi erano lontano dall'essere finiti, specialmente dopo la scoperta di quell'ultima stanza misteriosa.

D'un tratto mi resi conto che non avevo una conoscenza adeguata della vita e delle opere di Tommaso Campanella.

Stiamo cercando il documento perso, scritto da lui, e forse dovremmo sapere di che tipo di documento si trattava, mi dicevo.

Passai ore e giorni interi facendo ricerche sulla sua vita ed opere, ma alla fine decisi di andare direttamente alla fonte.

Il punto di partenza per incominciare la ricerca era il luogo di nascita di Campanella.

Stilo in Calabria.

VII

Tommaso Campanella e Stilo in Calabria

All'inizio dell'estate, una domenica mattina mentre ci godevamo il nostro cappuccino arricchito dal gusto del Caffè Guglielmo, chiesi a Barbara: <<Chérie, si prospetta una bellissima giornata di sole, quindi invece di andare a messa nella nostra chiesa di Santa Caterina perché non adiamo a Stilo? Mi piacerebbe visitare il luogo dove Tommaso Campanella è nato e cresciuto, la sua casa, il convento domenicano, la Cattolica, chiesa di stile bizantino, il suo museo e probabilmente anche altro. Mi interessa qualunque cosa possa trovarvi. È a soli 15 chilometri, non lontano dal nostro Borgo, pertanto al ritorno possiamo pranzare al ristorante Gambero Rosso>>.

<<Oh, sarebbe magnifico, che splendida idea>>, disse con entusiasmo e poi aggiunse: <<Ad una sola condizione: puoi dirmi che cosa stai cercando? Sei sempre stato appassionato di storia, ma questa volta ho l'impressione che non sia soltanto per studio. Tra l'altro, perché Tommaso Campanella?>>.

Bevvi il mio ultimo sorso di cappuccino, la guardai, ma poiché non mi andava di passare il resto della mattinata a fornire una lunga spiegazione le diedi una breve risposta.

<<Bella, non voglio raccontarti una lunga storia, ma Campanella è una persona a dir poco affascinante, uno dei più grandi esponenti di questa terra. Nacque a Stilo nel 1568 e divenne uno dei più grandi filosofi e scrittori del suo tempo. Ebbe una vita piena di alti e bassi. Pensa un po', trascorse

27 anni in prigione, condannato dall'Inquisizione Spagnola, fu poi liberato per diventare consigliere di Papa Urbano VIII e successivamente consigliere del Re di Francia, Luigi XIII. Persino oggigiorno i suoi libri sono attuali. Mi sono interessato a lui in seguito alle memorie scritte e tramandate dal tuo bisnonno Gregorio Ferri.

Stando a quanto da lui scritto, suo padre Jean Durand Visconte di Villers, tuo antenato, stava conducendo una missione per conto di Napoleone III per cercare il manoscritto di una profezia di Campanella. Questo manoscritto potrebbe essere stato scritto nel convento domenicano di Santa Caterina durante il suo soggiorno nel 1599. Innumerevoli persone bramavano di trovarlo, compresi il Re Spagnolo, il Re di Francia, Napoleone I e Napoleone III che incaricò Jean Durand di trovarlo una volta per tutte. Il più ansioso di venirne in possesso fu Napoleone I che ordinò a suo fratello Giuseppe, Re di Napoli, di cercarlo, ma nulla fu trovato e allora chiuse tutti i conventi della Calabria e imprigionò i monaci. Forse dietro tutto ciò c'è più di un semplice libro>>, le dissi.

<<Capisco. Quindi non stai semplicemente rimuovendo i detriti da un palazzo distrutto, stai lavorando come un archeologo dilettante insieme alla tua squadra sul posto. Ora anche io sono eccitata dall'idea di poter trovare quei documenti perduti. Ma perché non assumi uno studente dal dipartimento di archeologia o storia per aiutarti? Vincenzo e i suoi aiutanti possono essere utili solo fino ad un certo punto e fondamentalmente per scavare, ma dovrai trovare qualcuno che possa aiutarti in tutta questa materia.

Possiamo parlarne dopo. Sarò pronta tra 20 minuti e poi possiamo andare>>.

Varcammo il cancello di Borgo Ferri intorno alle dieci in direzione del centro storico di Santa Caterina e seguimmo la strada panoramica che dava sul Mare Mediterraneo con le montagne alle spalle.

Barbara era sorpresa di fare quel percorso perché generalmente seguivamo la Strada statale 106 sul litorale ionico.

Attraversando il paese antico, girammo per Guardavalle verso Stilo e accostai per un momento davanti a delle rovine imponenti.

<<Guarda Chérie. Queste sono le rovine del convento domenicano di Santa Caterina dove nel 1598 Tommaso Campanella risiedeva>>.

<<Davvero?>>, disse lei. <<Ho sempre avuto l'impressione che l'antico

convento fosse lassù>>, e indicò il grande complesso adibito a residenza per bambini disabili.

<<Oh, no, no, quello era il convento francescano, questo invece è il domenicano. Lo vedo dalla tua espressione: quante chiese, conventi e palazzi possono trovarsi in questo piccolo paese? È una bella domanda, ma è proprio così. Gli spagnoli distrussero il convento nel 1659 sotto il Re Filippo IV che era alla ricerca dei documenti di Campanella. Cinquecento anni fa questo era un centro di pensiero e opere innovative del più grande filosofo del suo tempo>>.

<<Andiamo a Stilo. È distante soltanto 15 chilometri su questa strada panoramica che si affaccia sul mare>>, conclusi.

Circa mezz'ora dopo, giungemmo alla strada principale di accesso a Stilo e immediatamente notammo un imponente monumento dedicato a Tommaso Campanella nella piazza principale davanti alla facciata barocca della Chiesa di San Francesco.

Parcheggiammo e ci avviammo a piedi verso la statua sotto la quale vi era inciso: "Giovanni Domenico (Tommaso) Campanella 1568-1639"

Vicino alla piazza vedemmo diversi uomini che giocavano a bocce e litigavano per qualcosa nel loro dialetto.

<<Scusate>>, li interruppi, <<potete indicarci la strada per la casa di Tommaso Campanella? >>

<<Certo>>, rispose cortesemente l'uomo più anziano e robusto con folti capelli brizzolati.

<<Ma non con la vostra auto, la strada è troppo stretta. >> Ci spiegò quindi il percorso gesticolando all'italiana.

Lasciammo l'auto accostata alla chiesa e ci incamminammo nella direzione indicata.

Ci vollero probabilmente 15 minuti di marcia attraverso i viottoli del quartiere povero e finalmente ci trovammo dinnanzi ad una piccola e modesta casa senza porte né finestre con una semplice lastra di travertino con inciso:

"Tommaso Campanella, Eroico profeta"

<<Non mi aspettavo che quella casa fosse il luogo di nascita di una persona così famosa>>, commentò Barbara.

«Ebbene, devi sapere che Campanella nacque in questa casa, uno dei sette figli di una famiglia di analfabeti. Suo padre era un calzolaio ma Tommaso fin da giovane aveva un forte desiderio di imparare.

Vedi laggiù quella chiesa grande con una cupola rotonda? Era un convento domenicano. Tommaso Campanella ci andava spesso con la sua famiglia perché suo padre riparava i sandali dei monaci. Il priore del convento prese il giovane ragazzo come aiutante per le pulizie e da lì incominciò a far parte della vita dei domenicani. Successivamente, studiò in un altro convento vicino, a Placanica, diventando un allievo e assumendo il nome di Fra' Tommaso. In quel periodo a Nicastro incominciò a nutrire interesse per la filosofia, l'astrologia, l'astronomia, le profezie e le scienze naturali. Il libro di Bernardo Telesio "De rerum natura iuxta propria principia" ovvero "Intorno alla natura delle cose secondo i loro principi" ebbe influenza notevole sulla sua vita e nei suoi studi. Solo qualche anno dopo, intorno al 1580 a Cosenza, incominciò a scrivere l'opera filosofica "Philosophia sensibus demonstrata", ovvero "La filosofia dimostrata dai sensi", e attirò l'attenzione della Chiesa che lo accusò di eresia. Nel 1592 a Napoli fu sottoposto al suo primo processo di eresia, ma fu rimesso in libertà a condizione che ritornasse a Stilo; tuttavia non obbedì agli ordini e invece andò a Roma, Firenze, Bologna e Padova dove incontrò Galileo e molti altri insigni scienziati del tempo. Alla fine fu costretto a ritornare a Stilo per ordine del tribunale e, nel 1598, soggiornò brevemente anche a Santa Caterina dove incontrò il marchese Bruno Arena e sua moglie Maria Rosa Ferri.

È probabile che durante la sua permanenza a Santa Caterina egli abbia scritto la leggendaria Profezia dell'Aquila. Andiamo a visitare la chiesa domenicana, laggiù».

Scendendo per i viottoli del paese incrociammo tre ragazzi che giocavano a calcio, si chiamavano l'un con l'altro Totti, Messi e Ronaldo usando i nomi dei calciatori più famosi del mondo. Quei ragazzi dovevano avere l'età del piccolo Tommaso quando intraprese la sua strada verso la fama universale, percorrendo quegli stessi viottoli, mi dicevo mentre osservavo quei ragazzi.

Continuando passammo attraverso la Porta Reale per giungere in piazza davanti all'entrata monumentale della chiesa.

La chiesa e il convento furono distrutti parecchie volte e ricostruiti per l'ultima volta nel 1927, data incisa su una lapide di marmo.

Entrando, rimanemmo sorpresi.

Quella non era veramente una chiesa ma piuttosto un museo civico dedicato a Tommaso Campanella.

Immediatamente all'ingresso una giovane donna elegante ci invitò ad unirci ad un gruppo di circa otto persone per partecipare ad una presentazione sulla vita di Campanella a Stilo, la sua formazione, il suo periodo in carcere e, alla fine, le sue opere.

La presentazione durò circa mezz'ora e, visto che nessuno dei molti partecipanti faceva delle domande, incominciai a chiedere dei manoscritti di Campanella non pubblicati e della rivolta del 1599.

Sorprendentemente la presentatrice era ben informata e rispose molto bene alle mie domande.

Non c'era nessun altro gruppo di visitatori dopo di noi e passammo un'altra mezz'ora a discutere della vita di Campanella.

D'un tratto mi chiese perché mai fossi così tanto interessato a Campanella.

Barbara intervenne nella conversazione descrivendomi come uno storico dilettante di origine canadese particolarmente attirato dalla storia della Calabria.

Maria, quello era il nome sul cartellino appuntato al vestito, continuò dicendo che vi era stato un improvviso interesse nel lavoro di Campanella negli ultimi anni, inclusi molti studenti di filosofia prevenienti da tutto il mondo.

Barbara la interruppe chiedendo se ci fossero in quel momento degli studenti impegnati in un tirocinio sul posto.

<<Non in questo momento, ma l'anno scorso abbiamo avuto degli studenti dell'Università di Santa Croce e della Sapienza di Roma. Stavano scrivendo la tesi per un dottorato. Un giovane studente in particolare era rimasto parecchi mesi scandagliando a fondo l'intera vita di Campanella e le sue opere. Diventammo buoni amici e divenne anche amico del parroco, Don Francesco, che gli fornì alcuni documenti rari.

<<Oh, molto interessante>>, Barbara divenne molto più partecipe nella conversazione.

<<Si ricorda del suo nome o forse ha ancora le sue coordinate? Mio marito è interessato ad assumere uno studente a titolo di assistente ricercatore part-time>>.

«Interessante, ma non ho le sue coordinate con me. Un attimo, per favore».

Aprì la borsa e prese il suo iPad.

«Se ben ricordo, il suo nome era Memo, ma non sono sicura se fosse con una o due emme. Proviamo a trovarlo, due mesi fa mi mandò via email un articolo da lui scritto a Bologna. Oh, eccolo! Guardi, si chiama Memo, con una emme e questo è il suo indirizzo email: mimmo.memo@virgilio.it. Lo può contattare usando il mio nome come riferimento, Maria Carnuccio di Stilo», concluse orgogliosamente. Barbara era molto felice e le offrì una mancia di 50 euro. Maria inizialmente rifiutò, poi accettò con un sorriso.

Ritornammo quindi alla nostra auto concludendo la nostra fruttuosa gita a Stilo con una visita della Cattolica, chiesa bizantina del decimo secolo, il castello normanno e l'abbazia di San Giovanni.

A breve distanza da Stilo, verso le tredici arrivammo a Gioiosa Ionica per il pranzo al ristorante Gambero Rosso, uno dei migliori ristoranti in zona quotato nella guida Michelin.

Nino, il figlio del proprietario, riconobbe immediatamente Barbara e ci accompagnò ad uno dei tavoli migliori.

«Adoro questo posto, dovremmo venirci più spesso», disse Barbara non appena ci sedemmo al tavolo adorno di rose gialle.

«Sono felice di sentirtelo dire, ma questo ristorante è nella direzione opposta visto che andiamo sempre verso Soverato, oggi però è un'occasione speciale. Oh, tra l'altro, grazie per avermi procurato l'indirizzo email di Mimmo Memo. Penso tu abbia avuto un'ottima idea nel suggerirmi di assumere un aiuto professionale. Lo contatterò», dissi mentre il cameriere serviva l'antipasto e versava due coppe di vino bianco Madre Goccia.

«Salute Chérie - ripresi a dire -, stiamo per completare la ricostruzione del nostro Palazzo Baronale ma prima di continuare con i lavori all'interno, dobbiamo pensare all'uso che ne faremo. Di sicuro non vivremo mai fissi nel palazzo, è un paese troppo piccolo per noi e, tra l'altro, il nostro Borgo è più spazioso e meglio predisposto come luogo di vacanze. Il palazzo è molto speciale, quindi adibendolo a centro d'arte e invitando artisti a creare ed esibire le loro opere, potrebbe essere una buona idea. Per di più, vorrei dedicare delle stanze ad una mostra della storia della tua, o meglio, della nostra famiglia. Abbiamo già molto da esibire e molto presto altro potrebbe aggiungersi. Mi piacerebbe che tu leggessi tutto il libro di memorie di Gregorio per avere un'idea migliore di quello che sto cercando sotterra. Ovviamente, trovare il manoscritto o libro o altro di Tommaso Campanella sarebbe una scoperta importante. La nostra visita a Stilo questa mattina mi ha dato maggiore stimolo a continuare la ricerca. È incredibile scoprire quanto fosse importante la figura di Tommaso Campanella nel mondo della filosofia. Ricordi la nostra cena con Tony e Angela quando all'improvviso incominciammo a parlare del mio interesse per Campanella? Angela andò nella sua libreria e prese un libro scritto da suo zio, Giuseppe Puturi, un illustre professore di filosofia con un interesse particolare nelle opere di Campanella. Peccato che sia morto, ma forse questo Mimmo Memo sarà una persona interessante da incontrare>>.

<<Sono completamente d'accordo con te e sono ansiosa di leggere le memorie di Gregorio, sarebbe straordinario trovare altro sotto questo palazzo. Ogni giorno imparo un altro pezzo di storia da te, una storia della quale faccio parte e sento la responsabilità di continuare la dinastia della nostra famiglia.

Tu e la tua passione avete destato in me la voglia di essere ancor più una Ferri, e anche nostro figlio e la sua famiglia sono fieri di avere radici profonde nella storia di questa terra, Barbara concluse.

Terminammo il nostro pranzo e ritornammo a Santa Caterina.

VIII

Il primo ritrovamento

Di ritorno da Stilo, arrivammo al Borgo verso le sedici e andammo immediatamente a controllare se ci fossero messaggi nella segreteria telefonica.

Vincenzo aveva chiamato per informarmi che il suo gruppo di operai aveva completato lo scavo dell'ultima imponente stanza e che il giorno dopo avrebbero sgombrato il pavimento da detriti. Non era stato trovato niente ad eccezione di frammenti di ceramica cautamente da lui conservati in un angolo della stanza.

Mi esortò ad andare sul sito all'indomani per stabilire come procedere con gli scavi.

Non volevo aspettare fino al giorno dopo, mi cambiai le scarpe e mi avviai verso il palazzo portando con me la mappa dei sotterranei e una torcia elettrica particolarmente potente. Ero ansioso di scendere giù nella grande stanza appena portata alla luce e vedere che aspetto aveva.

Dal piano d'ingresso scesi tre piani e aprii una porta metallica pesante, da noi installata per proteggere il sito, ed entrai nella zona dei lavori.

Accesa la torcia, percorsi i corridoi fino ad attraversare due archi di granito imponenti posti all'entrata dell'ultima stanza portata alla luce.

Vincenzo aveva ragione, si trattava di una stanza molto più grande delle altre scoperte precedentemente, era coperta da soffitti a volta costruiti con mattoni antichi e aveva un pavimento in lastre di granito.

La dividevano un arco e due muri di mattoni.

Il lato destro della stanza era costruito con blocchi di granito insolitamente grandi e proprio di fronte si trovavano dei mattoni, probabilmente di un altro periodo, che chiudevano una porta ad arco piuttosto stretta. Forse dava accesso ad un'eventuale via di fuga.

Aprii la mia vecchia planimetria per cercare di capire dove quella stanza fosse esattamente situata. Infine, dopo aver valutato diverse possibilità, conclusi che si trattava dell'ultima rispetto all'ampliamento originario del Palazzo Baronale.

Il muro in blocchi di granito doveva costituire le fondamenta principali del lato nord est del palazzo e la porta ad arco stretta una probabile via di uscita che collegava il palazzo alla Chiesa del Rosario.

Tutte le misure confermavano la mia ipotesi. Era la mia ultima chance di trovare qualcosa essendo quella l'ultima stanza situata sotto il Palazzo Baronale.

Passai le due ore successive ad esaminare minuziosamente ogni parte dei muri, dei pavimenti e finanche dei soffitti, ma niente sembrava indicare l'esistenza di una camera nascosta o tantomeno di un'apertura.

Cominciavo ad essere frustrato, esaminai di nuovo tutti i piani e le descrizioni, ma non arrivai a nulla di interessante.

Fino ad allora avevamo scavato in sette stanze e cinque corridoi, avevamo riaperto sei cancelli disposti su tre livelli ed ora ci trovavamo nell'ultimo sotterraneo di quel palazzo. Anni di arduo lavoro sostenuti da una forte determinazione stavano per concludersi con uno zero quasi assoluto. Tuttavia, il fatto più curioso era che quest'ultima stanza sembrava fosse stata riempita di ogni sorta di detriti provenienti da qualche altra parte e non a seguito di disastri quali terremoti o incendi.

Per accedere a questo locale, Vincenzo e la sua squadra avevano dovuto rimuovere innumerevoli pesanti blocchi di pietra e tonnellate di rifiuti da cui la stanza era seppellita. L'unico motivo possibile per riempirla di materiale esterno sarebbe stato per impedirne l'accesso ed evitare che qualcuno potesse prendere qualcosa originariamente conservata.

Ci vollero sette mesi ai quattro operai dotati di attrezzature moderne per entrare in questa stanza e per sgombrarla dai detriti, quindi ci doveva essere una ragione per renderne particolarmente arduo l'accesso.

Ero in piedi nel centro di questa sala immensa e continuavo ad esaminare ripetutamente ogni elemento della costruzione, ma non riuscivo a trovare una risposta o un nesso con il libro di memorie di Gregorio. Niente sembrava indicare la presenza di ripostigli segreti contenenti reliquie, documenti, libri o altri oggetti di valore; tuttavia, questa stanza ere decisamente diversa dalle altre.

Non era mai stata distrutta, ma piuttosto riempita di pietre che ne impedivano un facile accesso e sembrava che nessuno fosse mai entrato prima di noi. Il materiale ritrovato nella stanza era rimasto asciutto, protetto dall'umidità dagli spessi muri esterni e l'ultima porta ad arco, sigillata con mattoni, non era mai stata aperta.

Percorrendo in cerchio la stanza, pensavo: <<Abbiamo speso molto tempo e denaro per ripristinare questo palazzo di famiglia, pronto per essere completato all'interno, poi venne fuori il libro di Gregorio che mi ispirò ad intraprendere delle ricerche archeologiche. Quel tipo di scienza non garantisce mai un successo finale, quindi questa mia esperienza sembra proprio essere uno di quei casi che terminano senza la scoperta del tesoro atteso; comunque abbiamo compiuto qualcosa di importante nel ristrutturare uno splendido pezzo di architettura e di storia della nostra famiglia. La ricerca dei manoscritti di Campanella rimarrà un enigma e semplicemente una leggenda>>, conclusi con un po' di malinconia.

Uscii dal palazzo che erano quasi le venti e le forti grida dalla vicina terrazza di un bar riempivano le viuzze del paese. Molti stavano guardando la partita della Juventus che giocava nella Coppa dei Campioni e si sentivano commenti assordanti.

Il calcio in Italia è più importante della religione e della politica, niente crea un sentimento più forte di una vittoria dell'Italia.

Ripensando alla mia visita deludente del palazzo, mi incamminai verso San Michele in direzione della Chiesa del Santo Rosario, mi fermai per un attimo e riaprii la mappa del paese antico risalente al 1534.

Stando alla mappa, nulla era veramente cambiato da allora, a parte il fatto che non esisteva più la chiesa di San Michele ma vi erano soltanto due pezzi ancora visibili delle vecchie fondamenta.

Il lato nord-est del palazzo non era cambiato dal sedicesimo secolo e quindi le fondamenta dovevano essere le stesse sin da allora. C'era solo un elemento mancante: le presunte volte segrete non si trovavano nella stanza da poco scavata o quantomeno non le avevamo trovate.

Rientrai nel castello del Borgo e rilessi i relativi capitoli nel libro di memorie di Gregorio. Fu allora che notai delle discrepanze tra le sue ipotesi e la realtà dei fatti.

Soprattutto, Gregorio non sapeva cosa fosse nascosto sotto il palazzo e da chi fosse stato nascosto.

Dalle conversazioni con suo padre Jean, Gregorio dedusse che Campanella aveva visitato Santa Caterina parecchie volte, tuttavia, nel leggere più attentamente, mi accorsi che il nome di Emilia Ferri, moglie di Arena probabilmente intorno al 1590, non era mai stato citato nei successivi documenti storici di Santa Caterina.

Tobias Adami, l'editore tedesco di Campanella, incontrò una nobildonna di nome Emilia a Lucca e i due si scambiarono perfino delle lettere.

Possibile quindi che lei avesse avuto un ruolo importante nel tentativo di Campanella di sfuggire ai soldati spagnoli che lo cercavano e anche nel nascondere i suoi documenti da qualche parte in caso di un suo arresto?

Campanella fu arrestato nel 1599. Emilia sparì dalla Calabria assediata dagli spagnoli e andò a Lucca, città del Ducato di Toscana, sul quale gli spagnoli non avevano nessuna autorità.

In quel periodo, anche altri membri della famiglia Ferri si erano stabiliti in Lucca.

Ipotizzando che Emilia avesse lasciato la Calabria subito dopo l'arresto di Campanella, non avrebbe potuto portare con sé un gran numero di documenti, manoscritti o libri, forse soltanto qualche lettera. C'era soltanto una conclusione plausibile: i libri e i manoscritti di Campanella dovevano essere nascosti da qualche parte a Santa Caterina e non lontano dal luogo degli scavi.

Il mattino dopo incontrai di nuovo Vincenzo, Mauro e suo figlio per decidere quale altro lavoro fare.

Osservando nuovamente l'immensa stanza ci chiedevamo se avesse senso continuare gli scavi aprendo la porta ad arco, ma chiesi a Mauro ed Enzo di farlo e a Vincenzo e Pino di pulire per bene le lastre di granito che ricoprivano il pavimento. Io e Vincenzo esaminammo le lastre di granito per vedere se ci fossero delle fessure tra le lastre, spostando perfino alcune delle più pesanti ma niente sembrava indicare l'esistenza di corridoi o passaggi.

All'improvviso, delle parti del pavimento in pietra si sbriciolarono e vidi qualcosa di insolito: i due muri che dividevano la stanza non erano di dimensioni uguali.

La parete sud del muro era notevolmente più spessa della parete nord.

Nel misurarlo, tutto divenne chiaro. La parte sud del muro era più spessa di circa 90 centimetri e decisamente non a filo con il restante muro, per di più la parte più spessa poggiava non su fondamenta, ma era costruita direttamente sul pavimento in granito.

Nessun muro di sostegno dovrebbe essere realizzato senza solide fondamenta dunque doveva essere stato costruito come modifica al muro originale.

Incominciammo ad esaminarlo a fondo e ci fu chiaro che questa parte del muro era stata aggiunta, usando persino dei mattoni e pezzi diversi.

Perché questo muro è stato costruito qui e da chi? mi chiedevo.

Erano quasi le sedici, spegnemmo le luci e ritornammo in superficie, ma non riuscivo a smettere di pensare a questa nuova e insolita scoperta e quindi ritornai nella stanza da solo.

Costeggiando entrambi i muri, ebbi un'idea: è possibile che dietro questo muro sia celata qualcosa?

Presi un martello e incominciai a colpire con forza entrambi i lati del muro, notando un suono diverso, il che indicava un possibile vuoto tra i mattoni. Colpendo ripetutamente il muro, ero sempre più certo che ci fosse una cavità nel centro.

Usando un martello più grande e uno scalpello, provai a rimuovere un mattone ma non fu facile. Alla fine, con grande sforzo, il mattone venne fuori.

Rimasi stupefatto e incredulo: dietro il buco c'era uno spazio vuoto e qualcosa di diverso da un mattone divenne visibile alla forte luce della torcia.

Subito continuai a rimuovere altri mattoni fin quando la cavità fu abbastanza larga da poter veder chiaramente cosa ci fosse dietro.

<<Accidenti!>>, esclamai. Davanti a me si trovava una porta massiccia di rame verdastro, una sorta di armadio a muro o cassaforte.

Era una soddisfazione immensa.

Tutti quegli anni di lavoro, tempo e danaro avevano finalmente prodotto qualcosa.

Mi ci vollero quasi due ore per liberare l'intera porta di rame da quello che sembrava un pesante armadio a muro alto circa due metri e largo due, in perfette condizioni esterne. Ma aprirla era impossibile anche con una grossa spranga d'acciaio.

Questo mi confermò che ci doveva essere qualcosa di molto prezioso all'interno.

Basta per oggi, domani comunque la apriremo, conclusi facendo una foto della nicchia con il mio iPad e chiudendo il cancello principale del palazzo.

Non riuscii a chiudere occhio per tutta la notte, immaginando una vita del tutto nuova dopo quella scoperta.

Il giorno dopo, era un sabato, andai al palazzo prima dei miei operai e scesi immediatamente nell'ultima camera con ansia chiedendomi se la scoperta della notte prima non fosse stata solo un sogno.

Accendendo le luci la vidi immediatamente: la porta di rame verdastro era nello stesso posto e sembrava ancora più imponente.

Avvicinandomi non ero sicuro sul come procedere per aprirla, ma doveva essere aperta.

Non avevamo lavorato per anni solo per lasciarla intatta senza sapere cosa ci fosse all'interno.

Graffiando i battenti della porta di rame sembrava fossero spessi, fatti di una sorta di lega, ma battendo dei colpi più forti ebbi la certezza che la si poteva forzare.

All'improvviso, Vincenzo accanto a me guardò sbalordito.

<<O Dio mio! Che cos'è?>>

<<Che credi che sia, Vincenzo? A me sembra un armadio, no?>>

<<Ma non era qui ieri, come lo avete scoperto?>>, continuò a chiedere con occhi spalancati e fissi sull'armadio.

<<Ebbene Vicenzo, è rimasto qui per forse mezzo millennio, ma era celato dietro il muro in modo che nessuno potesse trovarlo; l'ho scoperto per puro caso. Ma adesso smetti di fissarlo e dammi una mano ad aprirlo>>.

<< Allora proviamo ad aprirlo ora?>>, chiese.

<<Vincenzo, non "proveremo" soltanto ad aprirlo. Deve essere aperto. Queste porte hanno atteso di essere aperte per secoli>>.

Senza esitazione Vincenzo prese il suo coltello calabrese e provò ad inserirne la lama tra le porte, ma senza successo.

<<Queste porte sono ad alta resistenza, dovremo usare una saldatrice per tagliarle>>, disse.

<<Neanche per sogno Cenzo! Queste porte sono di metallo e nel surriscaldarle rischiamo di bruciare quanto contenuto all'interno. Dovremo usare una sega elettrica Bosch, sai di cosa parlo, quella piccola sega che usi per tagliare parti di metallo sottile. Ne hai per caso una a disposizione qui con te?>>, chiesi.

<<Oh, sì, sì, avete ragione, ma non ne ho una qui con me. Devo andare al Borgo e prenderne una>>, disse e in quel momento Mauro e suoi figli arrivarono giù nella stanza.

<<Buongiorno, "comu jamu"?>>, Mauro disse a gran voce e poi rimase immobile con la bocca spalancata. Finalmente si ricompose e aggiunse: <<Ma da dove viene questo armadio?>>.

<<Ebbene, Mauro, come ho appena spiegato a Vincenzo, è sempre stato qui, ma dietro quel muro. Ad ogni modo non ne abbiamo le chiavi, quindi dobbiamo forzarlo per aprirlo. Hai una sega elettrica Bosch a casa?>>, chiesi tagliando corto.

<<Si, ma una piccola, porterò una saldatrice per tagliare facilmente>>, rispose prontamente.

<<No, no, Mauro non useremo una saldatrice qui, per favore mandate Pino a prendere la sega Bosch>>, gli dissi, guardando allo stesso tempo Pino che stava dietro di noi completamente perso, non riuscendo a capire cosa stesse accadendo.

Nel frattempo provammo ad usare tutti i tipi di barre d'acciaio per forzare le porte, ma non funzionava.

L'armadio era incassato alla trave per circa mezzo metro da entrambi i lati e quindi era assolutamente impossibile rimuoverlo, tra l'altro sembrava molto pesante.

Dopo 15 minuti Pino tornò non con una ma con due seghe elettriche e Mauro incominciò a preparare gli attrezzi per la nostra operazione.

Vincenzo preparò un tubo dell'acqua in modo da usarla per raffreddare il metallo in caso di surriscaldamento.

Attivata la sega, la lama incominciò a girare ad alta velocità e Mauro sfiorò il metallo facendo un rumore tremendo e una valanga di scintille.

Il metallo era facile da tagliare, ma continuarono a bagnare con acqua le ante. Dopo circa 20 minuti, aprimmo un buco sufficientemente grande sulla porta sinistra dell'armadio, ma notammo una sorta di isolante in cotone sottostante e un secondo strato di metallo.

<<Deve esserci qualcosa di veramente fragile o prezioso all'interno - Mauro disse - queste porte sono fatte non soltanto per protezione, ma anche per l'isolamento dall'umidità>>.

<<Ora dobbiamo essere molto cauti, quella lastra di metallo potrebbe essere a contatto con qualche materiale infiammabile. Per favore Mauro, andiamo piano piano>>. Continuai a sorvegliare le loro mani all'opera.

<<Capisco>>, disse Mauro incominciando a tagliare con precisione da chirurgo.

Lavorando molto lentamente riuscimmo ad aprire un piccolo varco quadrato nel secondo strato delle porte di metallo e ci imbattemmo poi in un altro strato sottostante, questa volta non di metallo ma piuttosto di cuoio spesso.

Usando un lungo coltello Vincenzo aprì un piccolo buco e, vedendo che non era stato fatto niente di sbagliato, ritagliò un foro più grande nello strato di pelle.

Poi indirizzammo verso il buco una forte luce cercando di guardare all'interno.

Inizialmente non rilevammo nessun cattivo odore di materiali ammuffiti, piuttosto sentiva di sella da cavallo. Guardando più da vicino, notammo una mensola di marmo sulla quale, in un angolo, qualcosa fatto di un materiale brunastro sembrava essere arrotolato.

Aprii un buco più grande con il coltello di Vincenzo e vidi chiaramente sulla mensola un pacco avvolto in una sorta di materiale pesante, forse pellame. Allargammo ulteriormente il buco e toccai il pacco con il coltello, era pesante ma si spostò leggermente.

Fino a quel punto non potevamo immaginare cosa ci fosse nel pacco, ma continuammo ad allargare il buco nella pelle fin quando Vincenzo non fu in grado di toccarlo con le mani.

<<Che cos'è Vincenzo?>> chiesi con impazienza.

<<Non lo so, credo siano libri>>, rispose.
<< Puoi tirarli fuori?>>, chiesi.
<<Oh no, no, sono troppo grandi>>, rispose Vincenzo.
<<Ok Cenzo, passami il coltello>>, dissi inserendo la mano nel buco e cercando di tagliare il materiale che avvolgeva il pacco; non ci riuscii all'inizio, ma finalmente potei ritagliare una piccola apertura.

Effettivamente, dentro il pacco c'erano libri o forse documenti.

<<Hai ragione Cenzo, pare che abbiamo trovato dei libri qui>>.

<<Tutto questo lavoro per un libro>>, disse Pino aprendo bocca per la prima volta.

<<Eh, sì, ma non sappiamo che tipo di libri>>, gli risposi.

<<Oh, di sicuro sono libri di preti. Conservano sempre i loro libri in armadi chiusi, come se fossero un tesoro. Chi penserebbe mai di rubare i loro libri... o forse ci sono dei segreti scritti in quei libri. Chissà>>, concluse.

Lavorammo per un'altra ora fin quando, aprendo una sorta di borsa di colore scuro, presi in mano il primo libro.

Era usato, vecchio, spesso, pesante e in cattive condizioni, ma non marcio o distrutto.

<<Come sospettavo, i libri di un prete. Tanto lavoro per questo. E cosa dobbiamo fare ora?>>. Pino non era certo felice della scoperta.

<<Pino, per cortesia, chiamate Enzo e incominciate la demolizione del muro nell'arco laggiù>>, gli dissi indicandogli la porta ad arco in fondo alla stanza, poi mi voltai ancora ad ammirare il mio nuovo tesoro.

La copertina di spessa pelle di vitello era in pessime condizioni e le lettere in oro quasi illeggibili. Aprii il libro alla prima pagina.

Incredibile! Sulla pagina ingiallita potevo leggere chiaramente:

Bernardino Telesio
Consentini
De Rerum Natura
Iuxta propria principia
Neapoli MDLXXXVI (1586)

Lessi quelle lettere più volte e riconobbi il nome del dotto di Cosenza che nel sedicesimo secolo fu un filosofo di spicco ed esercitò un'enorme influenza sul giovane Tommaso Campanella.

Per me, una cosa era certa: avevamo trovato un tesoro!

Quei libri erano del sedicesimo secolo e non volumi qualunque; racchiudevano l'opera filosofica di Telesio e forse eravamo anche vicini agli scritti di Campanella.

Questo primo volume non apparteneva certo alla raccolta della libreria del Marchese Arena, piuttosto era nascosto in quell'armadio per un motivo ben preciso.

Non sapevamo ancora quale sarebbe stato il prossimo libro e perché quelle opere fossero lì ma eravamo giunti ad una prima grande scoperta. Ma il mio gruppo di operai non era certo impressionato dal ritrovamento.

Nessuno parlerà dei tesori scoperti nelle viscere del palazzo. I libri non sono un argomento interessante di conversazione, pensavo, e chiesi a Vincenzo e Mauro di continuare e aprire completamente la parte destra del vano blindato.

Gli altri due libri che trovai nella sacca sigillata si trovavano in uno stato simile di degrado. Erano scritti da un autore a me sconosciuto: Marsilio Ficino.

Prima di lasciare Vincenzo a dirigere i lavori, feci delle foto dell'armadio con il grande foro nello sportello e ritornai a casa, ansioso di trovare informazioni su quei due autori e le loro opere su Google.

Era mezzogiorno passato quindi i ragazzi del cantiere erano andati a pranzo e, quanto a me, avevo chiesto a Immacolata di prepararmi un semplice minestrone visto che Barbara era a Soverato ed io volevo ritornare al palazzo per continuare la ricerca.

Stavamo lavorando come ladri cercando per ore di tagliare ed aprire la prima porta.

Il lavoro procedeva lentamente a causa del rischio di surriscaldare il metallo e alla fine distruggere il contenuto dell'armadio.

Avevamo già avuto dei segnali su quanto i libri all'interno, e forse qualcos'altro ancora da scoprire, potessero essere fragili. All'imbrunire, non eravamo ancora riusciti ad aprire completamente le ante, quindi coprimmo il tutto con un grande foglio di plastica e, sbarrando saldamente il cancello principale d'ingresso del palazzo, lasciammo il sito fino al lunedì successivo.

Era una serata mite di metà marzo e Barbara decise di addobbare un bel tavolo con rose e candele all'aperto sulla terrazza del castello.

Prendemmo posto a tavola verso le venti e, mentre Francesca ci serviva degli antipasti, aprii una bottiglia ghiacciata di Champagne Ruinart.

<<Che cosa stiamo festeggiando, mon chéri?>> Barbara chiese vedendomi versare champagne nel suo calice.

<<Oh, dovremmo sempre trovare un motivo per celebrare. La vite è bella, ho appena trovato il mio primo libro nei sotterranei del palazzo.

<<Incredibile! Questo non è da poco. È un libro di Tommaso Campanella?>>, mi interruppe incuriosita.

<<Veramente, non un suo scritto ma un libro di Telesio, uno dei suoi autori più influenti. È una scoperta straordinaria perché abbiamo trovato un armadio con molti libri, ma stiamo ancora cercando di aprirlo completamente. Ci potrebbe essere dell'altro in quella stanza blindata>>, dissi.

<<Quindi, ora sei più felice, dopo tutti questi anni di ricerca e di scavi? Alla fine sei riuscito a trovare qualcosa. Beviamo un sorso alla tua prima scoperta. Salute! Tra l'altro, domani è la festa del papà>>.

Alzò il bicchiere e poi si chinò verso di me per baciarmi calorosamente.

Mentre stavamo sorseggiando lo champagne, Francesca ci portò il telefono.

<<Chiedo scusa, è Max per il papà>>.

<<Grazie Francesca, adoro mio figlio>>, dissi prendendo il telefono.

<<Ciao, auguri per la festa del papà, volevo essere il primo a fartteli>>, disse con voce colma di felicità.

<<Veramente mamma me lo ha appena ricordato un minuto fa e stiamo bevendo Ruinart, anche alla tua salute, ma devo dire che sono molto ma molto felice oggi.

<<Papà - mi interruppe - hai ricevuto una consegna da DHL?
<<No, cosa hai spedito e quando?>>.
<<Oh, niente di importante. Ho appena ordinato un libro per te da Amazon, "Inferno" di Dan Brown. Ho pensato che ti sarebbe piaciuto leggerlo>>.

<<Grazie mille, Max! DHL lo consegnerà probabilmente la settimana

prossima, certamente mi farebbe piacere leggere il nuovo libro di Dan Brown, anche se ho appena ricevuto un libro favoloso di filosofia scritto da Bernardino Telesio nel 1586; ti dirò di più nei giorni a venire. È veramente sensazionale>>, dissi semplicemente senza altre spiegazioni.

<<Non conosco quell'autore, papà, ma so per certo che ti piacciono i libri di quel tipo. Per favore, non stare solamente seduto a leggere libri, di tanto in tanto vai anche a giocare a golf. Prevedo di venire per almeno una settimana al Borgo quest'estate e giocheremo sul nostro campo da golf ogni giorno, ti sfiderò!>>, disse

Max ridendo al telefono.

<<Sarò pronto, il mio gioco a distanza corta è buono in questi giorni così come lo è il mio *putting*>>, dissi. Poi Barbara prese il telefono e concluse la telefonata con Max.

Quella fu una delle feste del papà più memorabili anche senza la presenza di nostro figlio. E ovviamente la scoperta aveva cambiato la nostra vita per sempre.

Lunedì, dopo un'intensa giornata di lavoro, finalmente riuscimmo ad aprire la prima porta, ma scoprimmo una lastra di metallo tra le due parti dell'armadio, per cui lo stesso intervento doveva essere ripetuto in modo da aprire il secondo comparto.

Nella prima sezione dell'armadio, o piuttosto in quella che sembrava una camera blindata di due metri quadri, trovammo tre mensole in granito. Su ognuna di esse erano posti dieci involucri avvolti in pelle di vitello leggera di colore marrone ingiallito, forse si trattava di cuoio di Cordova o pergamena.

Ogni involucro era stato legato accuratamente con un cordoncino di lino.

Aprendone delicatamente uno, scoprii libri di Giovan Battista Pigna, Pomponio Leto, Tito Vespasiano Strozzi e, ancora, Dante, Machiavelli e Giordano Bruno.

Ci trovavamo dinnanzi ad un'impressionante biblioteca colma di libri scritti dai più noti filosofi del Rinascimento. Tuttavia, dal modo in cui questi libri erano stati attentamente confezionati, era chiaro che fossero stati preparati per essere trasportati da qualche parte piuttosto che per essere letti sul posto.

Ci fu un tempo in cui il palazzo conteneva una libreria straordinaria con oltre tremila volumi che però furono distrutti dall'incendio che devastò il paese il 29 luglio del 1983.

Di certo quei libri non erano stati celati tre piani sotto terra per essere consultati frequentemente. Molti di quegli autori erano proibiti nel periodo in cui imperversava l'Inquisizione Spagnola del sedicesimo secolo e alcuni di loro, come per esempio Giordano Bruno, furono bruciati sul rogo per eresia.

<<Vincenzo, per cortesia, prendi l'Ape e avvicinala qui. Dobbiamo avvolgere questi involucri attentamente e trasportarli dentro sacchi doppi della spazzatura alla villa al mare>>, dissi mentre continuavo a leggere uno dei libri.

<<Sì, sì, ma credo sia meglio non trasportare l'intero carico alla villa. Vedete, per strada dobbiamo passare davanti alla Cantina Fratelli Rossi e lì c'è sempre quel nano buffone a bere e ci vedrà passare. Quelli sono dei buoni a niente quindi è meglio evitarli. Penso che Torre Alba sia un luogo più appropriato per custodire i libri>>, disse Vincenzo aspettando una mia decisione.

<<Forse hai ragione Vincenzo, ma tieni conto che non stiamo trasportando del materiale rubato ma soltanto dei sacchi della spazzatura contenenti degli scritti. Tuttavia la tua idea di portare i libri a Torre Alba è encomiabile, allora per favore fallo e piazzali nel grande armadio di legno al primo piano. Per quanto riguarda quel "Paolo Nano", ha già abbastanza problemi di suo visto che è sempre preso a litigare con chiunque capiti senza motivo. Hai ragione, non lavora e non ha nient'altro da fare che bere vino scadente e creare problemi>>, dissi.

<<Bene, grazie, trasporteremo i sacchi là ma per favore venite con noi per decidere dove piazzare esattamente l'intero carico. Oh, quel Nano non ha spazio nel paese e ci sono molte persone che desiderano vederlo partire; non vi preoccupate, ce ne occuperemo noi>>, Vincenzo conclude.

Alla fine del giorno, tutti gli involucri erano stati trasferiti a Torre Alba. Allora chiesi al signor Caristo di aggiungere un'altra telecamera connessa al mio computer e di rinforzare porte e finestre.

Da quel momento Torre Alba era di nuovo, come lo era stata secoli prima, una vera torre fortificata a protezione di oggetti preziosi.

Questa raccolta di libri antichi scritti dai più prolifici autori del Rinascimento era davvero un tesoro, ma ne mancava ancora uno: Tommaso Campanella.

Il mattino dopo, Pino e Enzo andarono a scavare il corridoio mentre Mauro, Vincenzo ed io iniziammo il delicato compito di aprire la seconda sezione della stanza blindata.

Ci vollero circa sette o otto ore usando una piccola sega da precisione Bosch per aprire finalmente la seconda porta ed eravamo ansiosi di scoprire cosa vi fosse dentro.

Sulle tre mensole di granito non c'erano degli involucri come nell'altra parte della stanza.

Sulla mensola in alto trovammo due grandi borse fatte di spessa pelle antica, sulla mensola sottostante due bauletti da viaggio e sulla mensola più in basso dei forzieri in legno riccamente adornati con elementi di bronzo lunghi circa un metro.

Vincenzo si voltò verso di me e mi chiese di indicargli quale forziere dovesse provare ad aprire.

Prendemmo i due forzieri posti sulla mensola più in alto e li posizionammo sul tavolo di legno. Con nostra grande sorpresa, non erano molto pesanti, forse 20 o 30 chili, chiusi con una semplice serratura che riuscimmo ad aprire con poco sforzo.

Il primo forziere era in buone condizioni e asciutto, senza segni di danno; lo aprimmo cautamente e vedemmo inizialmente un involucro, una copertina di cuoio sottile ingiallito che spostai delicatamente. Poi vidi una vecchia pagina ingiallita con lettere scritte a mano. Sembrava un manoscritto, mi misi i guanti e girai la prima pagina, spessa e in buone condizioni. La avvicinai alla luce e incominciai a leggere:

De investigatione rerum
A Dionisio Ponzio, confratello e amico
Fra' Tommaso Campanella

Sulla seconda pagina:

MONARCHIA DEI CHRISTIANI
MDXCVI (1596) Fra' Tommaso Campanella

Smisi di respirare.
Mi sentii come colpito da un fulmine!
Ero sicuro. Quelle borse contenevano i manoscritti originali di Tommaso Campanella.

Chiedendo a Vincenzo di aprire un'altra borsa notai che gli operai non erano impressionati; tutto quel lavoro per dei vecchi fogli imbruniti, niente di valore...

Le altre due borse non erano in perfette condizioni, non distrutte ma l'ultima aveva segni di decomposizione visibili sul lato sinistro. La aprii attentamente vedendo subito che le prime pagine erano marce e non leggibili, ma alla quarta c'erano delle grandi lettere scritte a mano quindi incominciai a leggere:

Delineatio Articuli Prophetales
Pronostici Astrologici
MDXCVII (1597)
Fra Tommaso Campanella

Sul retro della pagina precedente c'era una curiosa iscrizione:
<<Io mi chiamo Fra' Tommaso Campanella dell'ordine di San Domenico teologo e predicatore>>.

Alla fine, tirando fuori le pagine del manoscritto ne trovai una con il titolo:

Articuli Prophetales
Prophetia Aquila
Santa Caterina, Padri Domenicani MDXCVIII (1598)

Guardando di nuovo e ripetutamente quella pagina, mi fu chiaro che avevamo trovato il manoscritto originale di Tommaso Campanella scritto a Santa Caterina e forse anche le parti della Profezia dell'Aquila indicate con il titolo Prophetia Aquila, che tradotto significava appunto La profezia dell'Aquila.

Si trattava di una scoperta straordinaria, tuttavia per capire esattamente cosa avessimo rinvenuto avevamo bisogno di un aiuto professionale e ci voleva molto lavoro.

Risistemando le fragili pagine in modo delicato, non sapevo come agire.

Che tutta la storia di Gregorio fosse vera? mi chiedevo. Intanto, Vincenzo mi mostrò l'ultimo scrigno più grande posto sulla mensola in basso.

Provammo a spostarlo, ma il fondo era marcio e si aprì immediatamente rivelando un contenuto completamente diverso da quelli precedenti.

Lo scrigno era pesante in quanto quasi colmo di diversi oggetti metallici.

In cima vi era un grande crocifisso con al centro una pietra verde e diverse pietre rosse su entrambi i lati.

Sotto la croce c'era una splendida cinquedea, spada corta largamente diffusa nel periodo rinascimentale, con una guardia abbondantemente adornata e un'impugnatura che finiva con un pomello e pietre preziose.

Rimuovendo uno per uno i preziosi oggetti, trovammo una Bibbia unica, scritta a mano in pergamena e adorna di capolettere miniate.

Nel fondo dello scrigno rinvenimmo un piccolo cofanetto, una specie di cassetta di sicurezza probabilmente d'argento, piena a metà di monete d'oro e argento.

Ne presi una portandola vicino alla luce e riconobbi che si trattava di una vera moneta spagnola del 1566 con impressa la figura del re di Spagna Filippo II.

<<Questo forse è oro, ma poco>>, disse Mauro guardandomi con malinconia.

<<Avete ragione Mauro, probabilmente queste sono monete in argento e oro, ma non molto. Sapete, sono stato impegnato in esplorazioni minerarie per oltre 30 anni, sempre alla ricerca di grandi filoni, ma non mi aspettavo mai e poi mai di trovare oro a Santa Caterina, quindi questa volta stavamo scavando al posto giusto>>, ribattei ironicamente.

<<Ad ogni modo son quasi le 16 quindi per favore aiutatemi a rimuovere tutti questi piccoli scrigni da qui per portarli al Borgo Ferri>>.

Dalla terrazza Barbara mi vide togliere i sacchi dall'Ape con Vincenzo e chiese: <<Cosa stai trasportando in quei sacchi, Chéri?>>.

<<Oh, niente, soltanto delle vecchie carte e oro>> , dissi sorridendo.

<<Molto divertente. Se riesci a trovare oro a Santa Caterina non dovrai andare più a Myanmar>>, disse ridendo e poi aggiunse: <<Sto per andare a Soverato e conto di essere di ritorno prima della diciannove per l'ora di cena. Oggi a cena coniglio in mostarda. Allora per cortesia prepara un buon Merlot dalla tua riserva>>.

Scese verso di me, mi baciò e chiuse lo sportello della Mercedes.

Programma perfetto perché avevo due ore per collocare l'intero carico nel posto sicuro in cima alla torre del castello, un posto con il più basso livello di umidità e un ambiente controllato da un ottimo sistema di climatizzazione.

Vincenzo pose gli scrigni con i documenti sugli scaffali e se ne andò.

Seduto in mezzo alla stanza nella torre piena di tesori inestimabili, non sapevo da dove iniziarne la mia valutazione del contenuto degli scrigni e non riuscivo a smettere di chiedermi il motivo per cui tutti quei libri e manoscritti fossero nascosti in quella stanza rinforzata e murata.

L'intero contenuto era stato imballato, pronto per un viaggio e lo scrigno con le monete probabilmente era stato preparato per pagare qualcuno per il servizio.

Il palazzo aveva una grande cassetta di sicurezza al secondo piano, trovata dopo l'incendio, e il cui contenuto probabilmente era stato rubato, quindi quella stanza celata tre piani sottoterra non apparteneva alla famiglia che viveva nel palazzo a quel tempo.

All'improvviso una frase scritta da Gregorio mi venne in mente: Grande Signora Laura. Se ricordavo correttamente, c'era una Maria Laura Ferri, figlia di Margherita Eulalia Arena di Santa Caterina, residente a Lucca agli albori del sedicesimo secolo, ma nient'altro era scritto su di lei.

Durante tutta la storia del palazzo, ci furono molte persone che avrebbero potuto avere legami con Tommaso Campanella e che lo aiutarono a nascondere i documenti in attesa di recuperarli un giorno.

Sfortunatamente, o fortunatamente per noi, i manoscritti erano ancora lì ma mi chiedevo come capirne il contenuto, il messaggio e il valore.

Non ero la persona adatta a rispondere a questi miei interrogativi. Tuttavia era la mia scoperta, nel mio palazzo, quindi mi sentii autorizzato a capirne il contenuto e anche a decidere cosa fare successivamente.

D'improvviso, il nome Mimmo Memo mi venne in mente e mi chiedevo se fosse la persona giusta per aiutarmi. Secondo la giovane guida di Stilo, egli aveva passato molti anni a ricercare e studiare le opere di Tommaso Campanella.

Il solo modo di scoprirlo è di stabilire un primo contatto, incontrarlo e chiederne la collaborazione.

Conclusi scendendo dalla torre per preparare il vino per cena.

IX

Domenico Memo

La prima parte della mia missione era compiuta.

Il manoscritto, probabilmente scritto da Tommaso Campanella, era al sicuro, ma a quel punto dovevamo capirne l'essenza: come identificare e tradurre la profezia dell'Aquila.

Avevo in mano centinaia di pagine scritte a mano, quindi sarebbe stato un lavoro estremamente arduo capire, tradurre e interpretare i manoscritti.

Avevo bisogno dell'aiuto di un professionista.

Nel palazzo avevo dato istruzioni a Mauro di continuare lo scavo del corridoio rimanente e di ripulire il disordine fatto durante l'apertura della camera blindata.

<<Cosa farete con quei libri? Li manderete alla Chiesa o direttamente al Vaticano?>>, Mauro chiese nel suo dialetto.

Non mi aspettavo questo suo suggerimento, ma gli assicurai di avere un'idea simile, tanto per terminare quella conversazione e anche per prevenire lo spargersi di voci nella zona sulle nostre scoperte.

Lui fu appagato dal sentire le mie intenzioni e scese giù per continuare gli scavi.

Attraversando il cancello del Borgo, incontrai Lars e Ina mentre andavano al club per giocare a golf con John e Inger, e mi invitarono ad unirmi a loro.

Era una proposta allettante: una bella partita a golf mi avrebbe rilassato e ispirato qualche nuova idea.

Due ore di golf in buona compagnia mi suggerirono una cosa sola: per poter capire cosa avessimo trovato negli interrati del palazzo era assolutamente necessario un aiuto professionale.

Rientrai a casa con l'intenzione di contattare Mimmo Memo ma, chissà perché, non riuscivo a trovare l'appunto sul quale Maria aveva scritto il suo indirizzo email.

Non era sulla scrivania e neanche nei cassetti, allora pensai potesse essere nei pantaloni gialli che indossavo durante la nostra visita a Stilo e che però non erano nello spogliatoio.

Francesca mi disse che aveva appena mandato della biancheria in lavanderia.

<<Francesca, potete chiamare immediatamente Mastro Mico per chiedergli se ha trovato nei miei pantaloni gialli un pezzo di carta con un appunto scritto a mano?>>.

<<Subito>>, rispose e chiamò immediatamente Mastro Mico con il suo cellulare. Pochi minuti dopo mi informò che c'era un pezzo di carta nei pantaloni e Mastro Mico lo aveva conservato pensando che potesse essere importante per me.

<<Perfetto, grazie. Posso parlare con lui per un attimo?>>.

<<Certo>>, rispose passandomi il telefono e un minuto dopo avevo l'indirizzo email del signor Memo.

Prima di mandargli una email ebbi l'idea di contattare delle università pensando che potessero essere interessate alla mia scoperta, ma dopo parecchie conversazioni mi resi conto che vi era poco interesse da parte loro o forse non avevo parlato con le persone giuste.

Soltanto una mi suggerì di inviare l'intero fascicolo di carte facendomi capire che il loro dipartimento di storia mi avrebbe eventualmente contattato in futuro. Tuttavia quella stessa voce femminile al telefono mi informò anche di tagli sostanziali ai loro fondi e che le loro priorità erano decisamente altrove in quel momento.

Il tutto era piuttosto scoraggiante e scrissi allora a Mimmo Memo informandolo del mio incontro con Maria di Stilo che mi aveva dato i suoi riferimenti.

Lo informai del mio grande interesse alle opere di Tommaso Campanella e poi della mia scoperta di diversi libri importanti da lui scritti.

Passarono molti giorni e non ricevetti nessuna sua risposta ma finalmente il 9 giugno mi rispose con una succinta email con la quale mi informava che era molto impegnato in quel momento a scrivere la sua tesi.

Non aveva nessuna disponibilità né tantomeno alcun interesse a cominciare una nuova ricerca al momento, ma fu cortese nel chiedermi cosa avessi per le mani e nell'augurarmi buona fortuna.

Non era decisamente un primo contatto caloroso o incoraggiante, ma risposi immediatamente informandolo che a parte i libri di Telesio, Machiavelli, Bruno e altri, mi ero forse imbattuto nella Monarchia dei Cristiani di Tommaso Campanella in forma di manoscritto.

Un minuto dopo ricevetti un altro suo messaggio.

<<Impossibile. Questi lavori furono persi tra il 1595 e il 1599 e sono considerati introvabili. Come potete pretendere di averli rinvenuti?>>.

La mia risposta fu pure immediata.

<<Caro Sig. Memo,
Non pretendo di averli. Li ho davanti a me in questo momento, a Santa Caterina dello Ionio in Calabria, a 15 chilometri da Stilo.

La Immagino sappiate che Tommaso Campanella risiedette qui, nel convento domenicano, nel 1598>>.

A quel punto, una volta suscitato il suo interesse, la sua risposta via email rimbalzò verso me come una pallina di ping-pong.

<<Signore,
Se ha il manoscritto davanti a Lei, per cortesia, faccia una fotografia dal suo cellulare e me la mandi adesso>>.

Ah! Ora mi ascolta, mi dissi, ma non avevo intenzione di mandargli altre informazioni senza incontrarlo e conoscerlo meglio, quindi risposi alla sua richiesta con una proposta.

<<Caro Sig. Memo,
Non fotograferò questi documenti ma, se Lei ha dell'interesse, ci potremmo incontrare la settimana prossima a Bologna e poi, semmai, decidere>>.

La sua risposta fu di nuovo fulminea.

<<Signore,
Lunedì e martedì prossimo ho due esami, ma giovedì pomeriggio potrei trovare un attimo. Per cortesia, porti con sé tutti i documenti in sua possesso. Sono molto curioso di incontrarla.

<<Perfetto. Incontriamoci la settimana prossima al ristorante Diana alle 13.30>>, proposi, e la sua risposta non si fece attendere.

<<La ringrazio per il suo invito, pare che lei conosca Bologna. Sarò là. Sono sulla trentina, leggermente calvo all'altezza della fronte e ho occhiali quadrati. Indosserò un maglione marrone scuro>>.

<<Ok. Ci vediamo da Diana giovedì 15 giugno. Ho circa sessant'anni, capelli grigi e occhiali rotondi e indosserò una giacca color bordò>>, risposi.

Mi sta chiedendo di portare con me tutti i documenti in mio possesso senza avere la più pallida idea di cosa stia parlando, pensavo, ma ero soddisfatto di poter incontrare Mimmo Memo a Bologna.

Di ottimo umore, andai verso la piscina per cercare Barbara con *Mish*, il nostro barboncino grigio, e le chiesi se volesse venire con me in Bologna.

Inizialmente pensava fossi stato invitato a giocare a golf con Fabio e Roberto, ma quando seppe il vero motivo per andare a Bologna fu sorpresa e felice di sapere che forse avrei potuto trovare aiuto e assistenza per lavorare su tutti quei libri e manoscritti.

Con una settimana a disposizione prima della partenza, ebbi il tempo per prepararmi all'incontro con Memo.

Innanzitutto sarebbe stato impossibile portare con me a Bologna le casse di documenti e quindi decisi di fotografare con il mio iPad pagine dei manoscritti con la firma di Tommaso Campanella.

Il giovedì successivo ero pronto con le mie foto e cinque pagine sciolte, ben sigillate in buste di plastica adatte a proteggere documenti, tratte dal manoscritto Monarchia dei Cristiani, in modo da mostrargli il testo originale.

Giovedì 15 giugno alle 13.15 ero seduto al tavolo del ristorante Diana aspettando Domenico Memo.

Il Diana, probabilmente il ristorante più noto di Bologna, era pieno di celebrità locali e molti stranieri, principalmente tedeschi.

Seduto, ammiravo il ristorante e davo un'occhiata al menu, ma neanche dieci minuti dal mio arrivo notai all'entrata un uomo giovane con occhiali quadrati e maglione marrone.

Mi alzai e vedendomi venne subito verso di me per stringermi la mano. <<Sono Domenico>>, disse sorridendo leggermente.

<<Piacere, Alfredo>>, mi presentai stringendogli la mano. <<Per favore, si accomodi. La ringrazio per essere venuto. Come avrà potuto constatare dal nome nella mia email e come può ben sentire dal mio accento, non sono italiano. Vengo dal Canada, ma sono sposato con un'italiana discendente da un'antica e nobile famiglia di Calabria e più precisamente di Santa Caterina dello Ionio. Mia moglie ha ereditato una grande tenuta con un castello, una chiesa e un palazzo molto antico che fu distrutto nel 1983 da un incendio e dovemmo riscostruire tutto da zero. Durante la ristrutturazione e gli scavi tra questi reperti architettonici abbiamo rinvenuto degli antichi tesori non in termini monetari, ma principalmente libri antichi appartenenti alla storia della nostra famiglia. Questo è il motivo per averla contattata; ho bisogno di un aiuto professionale per capire il contenuto di quei libri e manoscritti. Il nostro Palazzo Baronale è stato completamente ristrutturato e abbiamo l'intenzione di farne un centro d'arte e storia adibito, tra l'altro, all'esposizione di manufatti, oggetti, manoscritti e libri del passato glorioso del nostro paese. Non sono uno storico, tuttavia avendo un vivo interesse personale nella Casata dei Ferri, specialmente durante l'era di Napoleone, vorrei indagare e capire se c'è un legame tra le opere di Campanella durante la sua permanenza nel convento domenicano di Santa Caterina, e la ricerca di Giuseppe Bonaparte, Re di Napoli, della Profezia dell'Aquila>>.

Mi fissò con grande interesse poi disse: <<Il suo è un progetto ambizioso e per portarlo a compimento deve avere nuovi e solidi elementi perché sulla base delle opere conosciute ed esistenti di Campanella, non c'è nessuna evidenza di quel legame. Probabilmente non lo sa, ma neanche io sono di origine italiana, o meglio lo sono parzialmente; mio padre era svizzero francese e mia madre originaria di Stilo in Calabria.

Ora può capire la mia passione per le opere di Campanella, una passione che nacque quando ero molto giovane. Sebbene i miei genitori non abbiano mai vissuto a Stilo, ci trascorrevamo le vacanze estive ogni anno. Quello era un periodo felice per la nostra famiglia. Tuttavia il matrimonio dei miei genitori crollò ed io non fui in grado di farmene una ragione, ero perso; entrai allora in seminario per diventare un sacerdote dei Legionari di Cristo a Roma. Ma dopo soli quattro anni di noviziato abbandonai, incapace di trovare sufficiente fede e coraggio per diventare un servo di Dio. Devo aggiungere che la vicenda di Marcial Maciel non mi aiutò a rimanere. Tuttavia i miei studi a Roma mi offrirono un'enorme opportunità per approfondire le mie conoscenze di storia e filosofia, compreso ovviamente il periodo riguardante Campanella. All'ombra della Legione di Cristo ebbi accesso a parecchie librerie e archivi, e anche l'opportunità di incontrare degli esperti. Purtroppo una volta lasciato l'ordine dei Legionari, non potei rimanere a Roma e così finii qui in Bologna. Non mi piace questa città provinciale che finge di essere una metropoli, ma devo rimanervi almeno un altro anno fino al perfezionamento della mia tesi di dottorato e il conseguimento del titolo di professore. Forse dopo potrei ritornare a Roma oppure andare a Parigi se non a Ginevra. Ad ogni modo, sto parlando troppo di me>>, disse con un po' d'imbarazzo.

Cominciammo a mangiare poi disse: <<Prima di questo nostro incontro, ho cercato su Google informazioni su di lei e sono venuto a conoscenza del fatto che lei sia un uomo d'affari di successo nel settore minerario e immobiliare, ed è anche un filantropo. È un bagaglio culturale e professionale molto interessante ma molto lontano dalle attività di ricerca storica. Allora da dove scaturisce questo suo improvviso interesse per i testi filosofici di Tommaso Campanella? Ha intenzione di scrivere un libro su di lui?>>.

<<Signor Memo, come lei ha ben detto non sono uno storico e, tra l'altro, sono stati già scritti molti libri su Campanella; il mio interesse è meramente personale. Il nonno di mia moglie mi raccontò una strana storia sulla lunga e ardua ricerca da parte di Giuseppe Bonaparte della Profezia dell'Aquila di Campanella, presumibilmente nascosta in Calabria. Secondo il libro di memorie del bisnonno di mia moglie, suo padre, Jean Durand Visconte di Villers, fu pure incaricato di quella ricerca da Napoleone III nella zona di Stilo e di Santa Caterina>>.

D'improvviso mi fissò con ancor più attenzione e mi interruppe: <<Mi scusi. Ha detto il nome Jean Durand?>>.

«Si, ma perché me lo chiede?», questa volta fui io ad interromperlo.

«Ebbene, ricordo quel nome. Lo vidi a San Giorgio Morgeto nel registro della chiesa domenicana. Era a capo di un gruppo di ufficiali dei servizi segreti francesi con lettere di presentazione del Papa, impegnato nella ricerca delle opere di Campanella. Oh, per di più, anni dopo ci fu la richiesta del convento di Santa Chiara di Lucca di consegnare dei documenti su Campanella. Una nobildonna, Yolande Ferri, probabilmente imparentata con la famiglia di sua moglie, aveva firmato la richiesta. Devo ammettere che la storia sta diventando più interessante, piena di suspense. Signor Alfredo, per favore mi dica, o piuttosto mi mostri, cosa ha trovato sotto quelle rovine. È giunto il momento», concluse fissandomi dritto negli occhi.

Non dissi niente; aprii semplicemente la mia cartella, tirai fuori il mio iPad e quelle poche pagine dell'antico manoscritto che avevo portato con me e gli misi tutto davanti agli occhi.

Prese con estrema cautela le pagine di carta antica e le esaminò minuziosamente, una per una, leggendone il contenuto in silenzio. Osservò ancor più attentamente la pagina con la firma di Tommaso Campanella e poi, guardandomi direttamente, chiese: «Quante di queste pagine sono in suo possesso?».

«In totale 973, ma non con me», risposi. «Per cortesia, dia un'occhiata alle immagini sul mio iPad, compreso il titolo dei libri a cui probabilmente appartengono», continuai porgendogli l'iPad con le foto.

Osservò pagine e foto per mezz'ora senza commentare né dire una parola.

Alla fine mi guardò con gli occhi colmi di eccitazione e disse: «Signor Alfredo, credo che lei abbia fatto una scoperta mondiale. Queste pagine sembrano autentiche e molto probabilmente sono legate ai manoscritti dai noi definiti "le opere perdute di Tommaso Campanella". Cosa ancor più sorprendente, queste pagine sono leggibili e quindi devono essere state conservate in condizioni ambientali perfette. Sono onorato di essere probabilmente il primo ad ammirarle, quindi per cortesia mi dica cosa posso fare per lei. Mi piacerebbe aiutarla a classificare tutti i documenti e assemblare le pagine in modo che acquistino un senso».

«La ringrazio molto per la sua offerta. Sono felice di sentire questo, tuttavia mi sembra di capire che tutte le pagine siano già classificate perché, ad esempio, Monarchia dei Cristiani è sistemata in un pacco contenente 284 pagine manoscritte preparate probabilmente per l'editore>>.

Mi interruppe all'improvviso e chiese: <<Oh, veramente? Quindi non ha trovato quelle pagine disseminate tra innumerevoli volumi in qualche libreria nascosta?>>.

<<Ebbene, sì e no>>, risposi continuando.

<<Effettivamente abbiamo trovato i documenti in una libreria nascosta, ma probabilmente l'intero carico era stato preparato per essere trasportato altrove. Posso immaginare che durante la rivolta del 1599, Campanella stesse preparando la fuga e quei libri, compresi i manoscritti, non giunsero mai destinazione a causa del suo arresto da parte degli spagnoli>>.

Signor Alfredo, la sua congettura potrebbe essere esatta ma dove ha trovato tutti questi tesori?>>, domandò con curiosità.

Chiesi al cameriere di servirci due espressi per concludere il nostro pranzo e continuai: <<Dottor Memo, non è una conversazione da proseguire in questo ristorante. Quando pensa di poter venire a visitarmi a Santa Caterina?>>

<<Devo essere sul posto, qui a Bologna, forse per ancora tre settimane, ma temo che non possiamo concludere molto durante una sola visita>>, rispose.

<<Lei ha sicuramente ragione, ma avrà a disposizione una camera con servizi e pensione e, inoltre, le rimborserò le spese di viaggio. Suggerisco di incominciare con due mesi durante la prossima estate, luglio e agosto, e la retribuirò per il suo tempo con la stessa remunerazione corrisposta a un ricercatore nella sua università. Se avremo successo nella nostra avventura, lei avrà diritto anche ad un bonus. Che cosa ne pensa della mia proposta?>>, chiesi in modo schietto.

<<Oh, è molto generosa ma non sono l'esperto migliore sulle opere di Campanella>>, rispose con imbarazzo.

<<Effettivamente posso immaginarlo ma incominciamo insieme e, se sentiremo il bisogno di chiedere supporto esterno, decideremo allora se assumere qualcun altro>>. Stavo cercando di mantenere vivo il suo entusiasmo.

<<Signor Alfredo, lei ha un modo molto deciso per giungere a

conclusione. È molto diverso dal mio ambiente di lavoro. La sua è una proposta che non posso rifiutare perché è una di quelle opportunità che si presentano una volta sola nella vita. Non avrei mai e poi mai immaginato che un giorno avrei avuto la possibilità di partecipare a una tale scoperta, dunque posso solo ringraziarla per questa occasione e spero di essere in grado di aiutarla. Nei prossimi giorni le manderò una email con i miei impegni, grazie ancora per essere venuto qui e avermi invitato a lavorare con lei>>.

Ci alzammo e stringemmo la mano vigorosamente con un sorriso misterioso e lasciammo con discrezione il ristorante Diana.

X
Composizione del puzzle

Lunedì 2 luglio Vincenzo andò a Lamezia Terme per ricevere il nostro ospite Domenico Memo. Il volo Ryanair da Bologna arrivò, come al solito, in perfetto orario alle 11.10 quindi arrivarono al Borgo poco prima di mezzogiorno.

<<Signor Alfredo, questo è un paradiso>>, esclamò Mimmo nello scendere dall'auto.

Sono stato parecchie volte in Calabria e, pur avendo sentito parlare di questo posto, non avrei mai immaginato quanto fosse bello.

<<Oh, per favore non esageri>>, dissi stringendogli la mano.

<<Abbiamo appena ristrutturato una piccola parte dell'antico patrimonio degli avi di mia moglie. In realtà, il Borgo era la parte rurale del loro patrimonio; loro non hanno mai vissuto qui perché il palazzo principale era nel paese lassù. Qui c'era una masseria per la trasformazione dei prodotti agricoli; pensi un po', in questo sito già nell'anno 67 dopo Cristo c'era un avamposto militare. Ad ogni modo, lei probabilmente conosce la storia di questa zona meglio di me. La prego di seguirmi nell'appartamento degli ospiti appositamente preparato per lei>>, dissi facendogli strada.

<<Dottor Memo, mi permette di chiamarla Mimmo e di darle del tu? E per favore, mi chiami Alfredo. Da adesso in poi, siamo una sola squadra con un solo obiettivo. "D'accord?">>.

<<Certamente, Alfredo>>, rispose.

<<Perfetto. Segui Francesca, ti condurrà al tuo appartamento e sarà

disponibile per qualunque cosa di cui tu abbia bisogno. Ti prego ti sentirti come a casa tua e di unirti a noi per un pranzo nel castello fra un'ora circa>>, conclusi.

"D'accord", rispose visibilmente felice.
Durante il pranzo, Mimmo raccontò a Barbara la storia della sua famiglia quindi non avemmo modo di discutere del suo compito, ma avevo l'impressione che bramasse dal desiderio di mettersi all'opera.
Immediatamente dopo pranzo gli feci visitare una piccola parte del Borgo, poi mi chiese di mostrargli la stanza preparata per il nostro lavoro.

<<Andiamo, ma prima vieni con me ad incontrare un'altra persona importante>>, dissi varcando la soglia della biblioteca dove un uomo di mezz'età con un vestito e una cravatta scura ci accolse sorridendo da dietro la scrivania dove sedeva.
<<Mimmo, ti presento l'avvocato Saverio, il mio legale; ha preparato un semplice accordo per definire lo scopo della nostra collaborazione. È sempre meglio essere chiari sin dall'inizio per poi lavorare senza alcun malinteso. Questo è il principio qui da noi, sebbene non sia sempre rispettato fino in fondo da tutti, ma cerchiamo di fare del nostro meglio per essere chiari e osservanti della legge. Sai, dico sempre: "Non sono mai stato in ospedale o in tribunale" anche dopo aver operato per quasi 30 anni nel settore degli investimenti minerari>>.
Si strinsero la mano e Saverio gli porse una pagina con un contratto.
Mimmo si sedette, incominciò a leggerlo e poi disse: <<Non mi aspettavo di incominciare con la firma di un contratto, ma posso constatare che sei ben organizzato e non vedo nessun problema nel firmarlo, dopotutto sei il capo qui>>.
<<Questo non è il punto Mimmo. Non siamo qui per decidere chi sia il capo o meno, ma per esaminare dei documenti probabilmente molto importanti; dobbiamo essere sicuri che la discrezione, o persino la segretezza, sia fondamentale. Iniziamo nei giusti termini questa collaborazione che potrebbe rivelarsi più lunga del previsto >>, concluì. Mi guardò, prese una penna, firmò il contratto e me lo porse perché anche io lo firmassi.
Firmai e l'avvocato Saverio lo timbrò, vi appose la sua firma e ne diede una copia a Mimmo sorridendo e concludendo: <<Tutto a posto>>.

Salimmo sulla torre del castello e entrammo in una stanza buia con temperatura controllata da un sistema di climatizzazione. Nella stanza, due armadi in legno e un grande tavolo sul quale c'erano un computer, una forte lampada alogena e una lente d'ingrandimento di buone dimensioni.

Ci accomodammo entrambi al tavolo e incominciai: <<Caro Mimmo, capisco che tu non sia sceso in Calabria solo per ascoltare la storia della nostra famiglia o semplicemente per visitare la regione. Come ti avevo già accennato, abbiano scoperto più di 900 pagine scritte a mano e parecchie mappe, disegni, calcoli e formule probabilmente connesse all'astrologia. Abbiamo entrambi lo stesso obiettivo: innanzitutto verificare se quei manoscritti siano stati di fatto scritti dalla mano di Tommaso Campanella. In un secondo tempo, capire quale sia il contenuto dei manoscritti. Tutti i documenti erano racchiusi in quattro forzieri preparati per un viaggio probabilmente all'estero. Ogni forziere aveva una denominazione diversa con titoli quali De investigatione rerum, Monarchia dei Christiani, Delineatio, Articuli Prophetales, e nel quarto forziere c'erano diversi documenti. Capisco che tutti questi chiamiamoli "libri", siano estremamente interessanti, tuttavia vorrei esaminare in primo luogo il forziere con gli "Articuli Prophetales". Ho guardato ogni pagina, 292 per essere esatti, e ho trovato diversi sottotitoli: Poesia Symphonia, Prognostici astrologici, Prophetia Aquila e sono convinto che siano tutti collegati. Inoltre tutti quei disegni, diagrammi, segni celestiali e calcoli si riferiscono agli scritti. Tuttavia è ancor più importante per me la parte dei manoscritti con il sottotitolo "Profetia Aquila", ovvero la Profezia dell'Aquila, e ti chiederei di esaminarla con assoluta precedenza. Allora, incominciamo questa avventura>>.

Mimmo aprii la sua piccola cartella e indossò un camice da lavoro bianco, guanti e anche un berretto bianco con visiera come se fosse un chirurgo.

Insieme aprimmo l'armadio in legno più vicino a noi e gli chiesi di prendere il primo forziere di pelle con le borchie di bronzo e una serratura ornamentale.

Lo poggiò sul grande tavolo in mezzo alla stanza guardandomi con aria interrogativa.

<<Per favore, aprilo, è tutto tuo. Oh, aspetta un attimo. Mi permetti di ritrarti così vestito come un neurochirurgo con questo forziere?>>, chiesi.

Era così concentrato che non notò la mia richiesta, aprì con estrema cautela lo scrigno, estrasse qualche pagina del manoscritto, si sedette al tavolo e incominciò a leggere in assoluto silenzio. Mi sedetti dalla parte opposta del tavolo aspettando una sua prima reazione.

Molto lentamente, lesse la prima, seconda, terza e quarta pagina; si raddrizzò e mi fissò negli occhi dicendo: <<Caro Alfredo, molto, ma molto probabilmente, Tommaso Campanella ha scritto queste pagine di sua mano. Si tratta dello stesso stile di scrittura e la struttura delle frasi è identica a quella che ho visto in molti dei suoi libri. Quelle 250 pagine contengono probabilmente tra 60 e 70mila parole alle quali dobbiamo aggiungere disegni, simboli e diagrammi per un totale di più di 100mila parole da leggere, tradurre e poi ricostruire in maniera comprensibile. Spero che potremo realizzare molto nei prossimi due mesi, tuttavia il tentativo di comprendere chiaramente il messaggio di Tommaso Campanella potrebbe condurci a difficoltà imprevedibili e ulteriori ritardi. Potremmo anche chiedere aiuto a un consulente esterno per avere un'altra opinione. È come decifrare il codice di un messaggio criptato scritto 500 anni fa in latino e in un italiano dantesco. Per favore non guardarmi con occhi preoccupati. Sono venuto qui per aiutarti e sono capace di farlo, ma devi essere paziente e darmi tempo. Come posso constatare, hai preparato condizioni di lavoro ideali, quindi sono pronto e motivato a incominciare la mia missione immediatamente. Oh, un altro punto. Disponiamo di una buona connessione internet qui? Avrò bisogno di consultare costantemente molti archivi e biblioteche per ulteriori dati disponibili in rete>>.

Recepivo le sue preoccupazioni e risposi: <<Si Mimmo, abbiamo una connessione Adsl molto veloce. Mio figlio ne ha bisogno ogniqualvolta viene qui e deve operare su vari mercati azionari, pertanto ha preso il miglior sistema disponibile. Siamo anche situati nella zona più alta della torre, visto che dentro il castello gli spessi muri di pietra non aiutano certo la connessione internet né tantomeno dei cellulari. Qui siamo ben connessi. C'è solo un punto da tenere bene in mente, tutto ciò è molto confidenziale, come specificato nel nostro accordo, quindi per favore non usare questo computer per mandare email o messaggi personali. Inoltre, per favore tu non fare foto di nessun tipo. Fotograferemo ogni singola pagina e lavoreremo con le foto. Queste pagine sono molto fragili, quindi è meglio lavorare con delle copie in modo da evitare il rischio di ogni

possibile danno durante la loro manipolazione. Sono rimaste indisturbate per 500 anni, quindi dobbiamo rispettarle e passare questo tesoro alle prossime generazioni.

Un ultimo punto: Francesca provvederà a fornirti tutte le comodità per il tuo soggiorno. Non sei costretto a pranzare e cenare con noi ogni volta, quindi per favore sentiti a tuo agio e decidi tu quando vuoi mangiare ma, ovviamente, non in questa stanza. Questa sera, io e Barbara vorremmo invitarti a cena al nostro ristorante preferito, da Moreno. Mi auguro che pesce e frutti di mare siano di tuo gradimento. Moreno ha il pesce migliore. "D'accordo?">>, conclusi.

<<Certamente. Sarà piacere mio essere vostro ospite a cena. A che ora ci vediamo>>, chiese.

<<Partiamo alle 20.30. Qui d'estate nessuno cena prima delle 21 o quantomeno non prima del tramonto. Ci troviamo in un clima subtropicale, quindi luglio e agosto sono i mesi più caldi dell'anno>>.

L'estate del 2012 non fu molto calda e fu piacevole per Mimmo lavorare in cima alla torre. Non giocava a golf e scese in spiaggia solo poche volte, così come poche volte venne in piscina, ma amava veramente lavorare nei giardini della nostra vallata, seduto sulle panchine e scrivendo appunti sul taccuino. Una volta la settimana discutevamo lo stato di avanzamento del suo lavoro e anche se ero ansioso di sapere quanto più possibile non gli mettevo fretta perché mi fornisse esiti parziali e aspettavo piuttosto risultati completi.

Durante le otto settimane con noi, ritornò a Bologna una sola volta per due giorni e prese due giorni di vacanza a Ferragosto. La sua partenza era fissata per lunedì 15 settembre, quindi riservammo l'intero fine settimana precedente per una discussione finale e per preparare la nostra mossa successiva.

Sabato primo settembre ci incontrammo nella biblioteca e, appena comodi, Mimmo aprì il suo grosso taccuino e diede inizio alla sua relazione.

<<Caro Alfredo, innanzitutto, grazie per avermi dato l'opportunità di lavorare con te, o piuttosto per te, perché in realtà sei stato tu a darmi questo lavoro che non è un lavoro qualunque. È veramente un'opportunità da sogno per un ricercatore o per un novizio della scienza mettere le mani su una delle più significative scoperte riguardante un antico manoscritto scritto da uno dei filosofi più importanti del Rinascimento. Mi auguro di avere la possibilità un giorno di scrivere una tesi scientifica su questo.

Ciononostante, permettimi di cominciare la mia relazione con una frase classica: ho delle buone e delle cattive notizie>>.

Lo guardai sorpreso, ma non lo interruppi e continuò: <<Mi spiace incominciare così, ma in effetti ho soltanto una cattiva notizia. Non ho finito il mio lavoro e non sono in grado di giungere ad una conclusione definitiva; tuttavia, permettimi di spiegarti i miei argomenti a voce e, una volta ritornato a Bologna, potrei scrivere un rapporto completo se lo desideri>>. Questa volta lo interruppi per un attimo. <<Mimmo, per favore continua il tuo exposé verbale e poi decideremo se un rapporto sia necessario tenendo presente che il tuo lavoro non è stato completato. Ti sto ascoltando con la massima attenzione>>.

<<Grazie - continuò - come dicevo ho fatto dei progressi, ma ci vollero anni a Fra' Tommaso per scrivere queste pagine sulla base dei suoi studi di filosofia, astronomia e altre scienze, senza contare audaci supposizioni e previsioni, di conseguenza dobbiamo prenderci il tempo necessario per capirle. Innanzitutto, credo fermamente che Tommaso Campanella abbia scritto quelle pagine di suo pugno. Ho letto e studiato molte delle sue opere e posso distinguere i suoi scritti con riferimento ai diversi periodi della sua vita. La grande maggioranza delle opere è stata scritta durante i suoi 27 anni di prigionia. Queste pagine furono partorite nella sua giovinezza, principalmente durante il periodo trascorso a Stilo, Santa Caterina, Firenze, Lucca e Padova. Era una persona diversa a quel tempo. Era un monaco dotto con uno spirito libero e molto spesso persino un modo di pensare rivoluzionario per quei tempi. Puoi facilmente immaginare che qualunque pensiero o scritto non convenzionale non conforme agli insegnamenti ufficiali della Chiesa o dell'Inquisizione Spagnola fosse considerato eresia. Sulla base dei parametri di quel periodo, queste pagine erano eretiche e finanche letali per un eretico. Dobbiamo tener presente che egli non soltanto scriveva, ma fu anche chiamato ad ostacolare l'occupazione spagnola creando la prima repubblica libera in Calabria. Era la fine del sedicesimo secolo e le monarchie erano considerate sistemi provenienti da Dio. Nessuno era pronto a cambiare quel sistema e il solo pensarlo era punibile con la morte. Leggendo quei manoscritti, sono ancora più stupito dalla personalità monumentale di Tommaso Campanella. Scrisse quelle pagine ad un'età molto giovane, probabilmente prima di compiere trent'anni, ma la sua comprensione della filosofia greca

imbevuta di principi di democrazia come pure di astronomia, astrologia e storia è sorprendente. Capisco perché hai scelto lo scrigno con le pagine dal titolo "Articuli Prophetales" come primo obiettivo, ma quell'opera è probabilmente la più difficile da studiare. Per poterla capire, il lettore deve costantemente far riferimento a diagrammi, calcoli, formule matematiche di movimenti astrali e ai disegni. È stata anche una buona decisione fotografare le pagine, stamparle e rilegarle, il che ne ha reso più facile la manipolazione senza il rischio di danneggiare quelle originali. Il compito che ha richiesto più tempo è stato capire i diagrammi con i riferimenti alle costellazioni cercando le ipotesi corrette. Per darti un'idea, affermò citando anche Pitagora e Platone che l'anno 1600 sarebbe stato un momento cruciale. Un "punto di svolta" perché era composto da cento volte 7 e 9, entrambi numeri fatali.

Non aveva alcun dubbio che la religione, sia essa vera o falsa, fosse la principale e più potente forza di unificazione in campo politico perché governa le anime riunendole. Invitò la Cristianità ad accettare i valori razionali della scienza con fiducia e senza paure ingiustificate come un'autentica espressione di Cristo che proclama la parola di Dio. Tommaso Campanella affermò anche che per volontà di Dio tutto l'universo si forma, il che spiega perché i Padri della Chiesa sono unanimi nel lodare i tre Re Magi che seppero di Cristo attraverso le stelle. Se è volontà di Dio, è chiaro che l'astrologia non può essere un'invenzione umana ma piuttosto una scienza divina che offre profonde possibilità di comprensione della creazione di Dio e l'opportunità di esercitare un potere sui micro-macro cosmi. Era ritenuto un grande professionista della medicina e credeva, sulla base di ripetute osservazioni celesti e analisi di dati trovati in archivi storici, che l'anno 1600 segnasse l'inizio di una nuova era. Nel 1599, con una serie di sermoni apocalittici Campanella annunciò pubblicamente nella chiesa del suo paese, Stilo, questa nuova era, accendendo gli animi contro gli oppressori e paragonando se stesso al profeta Amos. Nel leggere l'ultimo capitolo di "Articuli", che potrebbe essere definito "Prognosticum astrologicum", posso constatare la sua interpretazione innovativa dell'astrologia del cosmo. Sostenne che la profezia biblica, confermata dall'astrologia, annunciasse l'anno 1600 come testimone di grandi cambiamenti con guerre, rivoluzioni, mutamenti degli stati e il ritorno delle libertà "naturali" dell'umanità. Scrisse dell'avvento di una nuova epoca con la futura Repubblica Cristiana salvata da un solo Re Sacerdote, detentore congiuntamente del potere spirituale e del potere temporale. Da allora i sovrani avrebbero assunto il ruolo di difensori e il re cattolico, identificato con il mistico Ciro, avrebbe riunito le forze cristiane>>.

Ascoltavo la relazione di Memo e all'improvviso chiesi: <<Caro Mimmo, guardando la mole degli appunti, potremmo intrattenerci in una conversazione filosofica per ore. Potresti spiegarmi la visione di Campanella in parole povere? Vorrei sapere se ha veramente scritto le profezie che potrebbero influenzare le decisioni dei reggitori del mondo come re, Imperatori e papi>>.

<<Oh, sì! Il potere di predire il futuro con l'impiego di numerosi metodi divinatori faceva gola sin dall'antichità. Sono stupito nel vedere come Campanella potesse scrivere con tanta accuratezza di tali materie senza l'uso di computer e con accesso molto limitato a biblioteche specializzate. Il fatto più sorprendente è la sua convinta, e quasi arrogante fede nelle sue previsioni. A mezzo millennio di distanza possiamo ancora contare molte delle sue accurate profezie. Fa quasi paura pensarci. È comprensibile il motivo per cui Re, Imperatori, Papi e altri potenti egemoni di vari periodi dell'umanità volessero consultare le sue profezie e a volte anche alterare le previsioni interpretandole a loro favore. Permettimi di darti un esempio. È ben nota la profezia di Campanella che prevedeva il lungo e glorioso regno di Luigi XIV, re di Francia, profezia presentata nel 1539 sotto forma di un poema, "Delfini Navitatem".

Qui, nel manoscritto, abbiamo delle previsioni completamente diverse e più elaborate basate sui suoi studi delle costellazioni e del sole. Nientedimeno, Campanella fu il primo a chiamare Luigi XIV "Le Roi Soleil", Il Re Sole. Dobbiamo ricordare che Luigi XIV e il Cardinale Richelieu, su raccomandazione di Papa Urbano VIII, liberarono Campanella dalla prigionia spagnola e pertanto, come ringraziamento, conobbero soltanto la parte più lusinghiera della sua previsione. Nella parte successiva troviamo un epilogo molto differente. Grazie a Dio, il Cardinale Richelieu non ebbe occasione di leggere la profezia completa sul Re Sole e la sua dinastia perché di certo allora non sarebbe più stato il liberatore e protettore di Campanella durante i suoi ultimi anni di vita a Parigi. Permettimi ancora di evidenziare pochi punti importanti della sua previsione. Nel poema "Delfini Navitatem", chiamò il neonato Luigi XIV futuro Re Sole, che avrebbe dovuto risplendere per un periodo più lungo di qualunque altro regno nella storia dell'umanità; tuttavia nelle pagine sotto i nostri occhi, Campanella descrive la Casata di Luigi come una dinastia dispotica che sarebbe stata incenerita da una rivoluzione di popolo due secoli dopo con uno spargimento di sangue senza precedenti. Il popolo avrebbe portato il re a processo e giustiziato l'intera famiglia, compresi gli eredi. Pensa un po', quelle frasi furono scritte nel 1590, la Rivoluzione Francese avvenne nel 1789 e il re fu decapitato sulla ghigliottina nel 1793. È sorprendente e pauroso come abbia potuto scrivere quella profezia con tale accuratezza. Ascolta alcuni dettagli degni di essere citati. Ad esempio, scrisse che l'ultimo despota francese avrebbe appoggiato e finanziato la rivoluzione nel Nuovo Mondo contro il Regno del Leone, un appoggio che ne avrebbe accelerato il crollo.

Descrisse il coinvolgimento di Luigi XVI nella guerra d'indipendenza americana contro l'Inghilterra, coinvolgimento che rovinò la Francia e finì con la decapitazione del re.

E tutto ciò va avanti parecchio. Ascolta solo un altro esempio. Scrisse di una grande monarchia rappresentata sotto una corona con un'aquila bicipite che sarebbe finita nello stesso bagno di sangue un secolo dopo l'esecuzione del dispotico re di Francia e milioni sarebbero periti come mai prima nella storia dell'umanità.

Ebbene, la Rivoluzione Russa incominciò nel 1905, la Zar Nicola fu giustiziato e la sua dinastia non ritornò più al trono>>.

<<Tuttavia, secondo me, la profezia più rivoluzionaria scritta da Campanella fu l'avvento della democrazia che avrebbe governato i popoli del Pianeta Terra nel terzo millennio dell'anno del Signore. Nelle note sull'Agonia della teoria politica egli propone una riforma dell'anima spiegando chiaramente che l'impero voluto da Dio, fondato sulla vera fede e consolidato sotto la guida papale dai sovrani, operanti come "braccio della Chiesa", è quello dove i gli amministratori sono eletti dal popolo unicamente sulla base del loro merito e il governo è basato sui principi repubblicani. A suo parere, la nuova democrazia repubblicana nascerà nel Nuovo Mondo dove il condor sarà sconfitto dall'Aquila e quelle forti correnti conquisteranno il Vecchio Mondo nei 200 anni successivi,

ma soltanto dopo innumerevoli guerre devastanti, ingenti distruzioni e sterminio di esseri umani. Curiosamente, non vide in questa ondata nessun ruolo per i greci, padri della repubblica democratica>>.

<<Wow!>>, esclamai e poi continuai. <<Come potrebbe essere vera la sua predizione nella realtà odierna? Nondimeno, come posso constatare, ti sei molto appassionato a questa ricerca sulle profezie di Campanella, quindi vuoi continuare in modo da completarla? Verso metà settembre andremo in America, quindi propongo che tu porti, diciamo, metà del contenuto dello scrigno con te a Bologna per continuarne lo studio.

Per favore, fotografa le pagine necessarie e lascia qui i manoscritti originali. Ci potremmo incontrare da qualche parte a dicembre per decidere la nostra mossa successiva. Oh, un punto da tener a mente: in questo momento, sono solo interessato a scoprire se in quelle pagine c'è un legame con la profezia dell'Aquila. Questa è la parte più importante del puzzle e senza questa il puzzle non può essere completato.

Sono conscio del fatto che per ricercatori come te ogni pagina di questi manoscritti è importante, ma io ho un obiettivo diverso. Quelle pagine furono scritte più di 400 anni fa e furono immediatamente richieste dal re di Francia, 200 anni fa Napoleone le voleva, 50 anni più tardi il bisnonno di Barbara ebbe l'ordine di Napoleone III di trovarle e forse oggi le abbiamo finalmente trovate, come parte della nostra storia e del nostro destino. Dottor Memo, ho fede nella tua capacità di dare una risposta. Un'ultima richiesta. Se scopri qualcosa di straordinario mandami una semplice email con la frase
"L'aquila è atterrata">>.

XI

La profezia dell'Aquila di Napoleone

Passammo settembre e ottobre in Canada per godere, come al solito, dell'estate di San Martino per poi ritornare in Italia a metà novembre. Una volta al Borgo, chiamai immediatamente Mimmo a Bologna.

<<Buongiorno Mimmo, siamo di nuovo nel paese degli spaghetti>>, incominciai con un lieve sorriso. <<Non ho ricevuto nessuna email da parte tua con un annuncio riguardante l'Aquila, immagino che non ci siano state notizie sensazionali da condividere>>.

<<Oh, no no - mi interruppe - piuttosto è vero il contrario. Quando possiamo incontrarci?>>.

<<Ebbene, come senti, sono qui a tua completa disposizione>>, risposi.

<<Perfetto - disse - fammi dare un'occhiata al mio calendario di lavoro. Sarò occupato per i prossimi dieci giorni, quindi perché non vederci nel fine settimana del 4 dicembre? Avrò quattro giorni a disposizione e quindi tempo sufficiente per entrambi per esaminare tutti gli aspetti del nostro lavoro>>.

<<Bene. Il 4 dicembre è il giorno di santa Barbara, il nome di mia moglie, avremo una cena di famiglia dopodiché potremo lavorare per parecchi giorni. Per cortesia mandami conferma del volo e, come al solito, Vincenzo verrà a prenderti all'aeroporto e l'appartamento numero 2 sarà a tua disposizione>>.

<<Grazie mille. Ti manderò la conferma appena l'avrò>>, conclude.

Il 4 dicembre, come previsto, Domenico Memo arrivò a Santa Caterina nel tardo pomeriggio e, dopo un'ora di riposo nel suo appartamento, si unì a noi per cena, complimentandosi con Barbara per il cibo e con me per il vino.

Non abbordammo il discorso di Campanella finché a un tratto mia moglie chiese: <<Professore stando a mio marito voi comunicate con un codice speciale. Allora, quest'Aquila è atterrata?>>.

Si volse verso di lei e poi verso di me, un po' sorpreso, ma rispose cortesemente e con un lieve tono sarcastico: <<Signora, pare che lei sia "au courant" dei nostri rapporti, mi permetta allora di risponderle con un messaggio in codice. L'Aquila non è atterrata ancora, ma vola descrivendo ampi cerchi e cercando un luogo adatto per posarsi. Stranamente, la possiamo vedere di notte nella parte nord della volta celeste>>.

Mimmo si accorse del nostro stupore ma continuò.

<<Ho citato altre volte la Costellazione dell'Aquila, studiata da Tommaso Campanella qui in Calabria, a Stilo. Dallo studio dei manoscritti che ho avuto l'eccezionale privilegio di leggere, sono riuscito a capire meglio il suo metodo di predizione. Per esempio, vi ho trovato le basi della sua opera "Articuli Prophetales" dove lui si presenta come il padre di un nuovo e fino ad allora sconosciuto metodo di predizione attraverso le stelle. Sulla base delle sue osservazioni astrologiche, credeva che l'anno 1600 segnasse l'inizio di una nuova era. Affermò che il 24 dicembre 1603 si sarebbe verificata la Grande Congiunzione, lo stesso giorno della nascita di Cristo. Immaginate, nel dicembre del 1603 il mondo assistette alla grande congiunzione di Giove e Saturno nel segno di fuoco del Sagittario, spostato dai segni d'acqua al Trigono. L'evento astrologico aveva preceduto la nascita di Cristo. La "Supernova" spettacolare che seguì questa Grande Congiunzione non fece altro che avvalorare la convinzione di Tommaso Campanella sull'importanza dell'evento astrologico. Ancora più incredibile è la precisa descrizione di quegli eventi senza le attrezzature moderne per l'astronomia>>.

Continuò la sua delucidazione per il resto della cena, poi andammo in terrazza e cercammo la stella Altair, la più brillante nella Costellazione dell'Aquila, ma non eravamo sicuri di averla ben individuata. Ciò nonostante, preparammo il programma di lavoro per il giorno successivo mentre degustavamo un bicchiere di Cognac Napoleon Courvoisier, poi andammo a dormire.

Il giorno seguente, dopo colazione ci sedemmo nell'ufficio nella torre; Mimmo aprì il suo taccuino molto grosso, pronto ad incominciare, ma parlai io per primo.

<<Caro Mimmo, grazie mille per essere qui nuovamente; come posso ben constatare dai tuoi appunti voluminosi, hai lavorato duramente negli ultimi tre mesi. A proposito, la tua frase di ieri che descriveva l'Aquila nel cielo in cerca di un posto per atterrare è piuttosto intrigante, allora per cortesia risparmiami ore di spiegazioni scientifiche con una sola frase. Siamo vicini e pronti ad invitare quest'Aquila ad atterrare qui?>>.

Mi guardò con un po' di disagio e poi disse: <<Caro Alfredo, vorrei darti una risposta semplice e positiva. Francamente, sono interessato quanto te a scoprire che tipo di profezia dell'Aquila Campanella stava cercando di trasmettere. Ho esaminato minuziosamente 93 pagine del manoscritto e 37 disegni, fogli di calcolo e mappe celesti, ma al momento non posso giungere ad una conclusione definitiva. Quelle pagine contenevano soprattutto singole osservazioni astronomiche, astrologiche, storiche e bibliche, che successivamente divennero parti integranti dell'opera Articuli Prophetales, ma qui c'è molto di più. Nella sua conclusione, Saturno e Giove sono insieme responsabili della religione, di imperi, regni e dinastie, quindi la loro congiunzione ricorre con cicli ventennali e determina cambiamenti nelle credenze religiose, l'ascesa e caduta di imperi, vittorie e sconfitte nelle battaglie e anche calamità quali epidemie, carestie e altri disastri naturali. Ogni 240 anni si verifica un trasferimento significativo della congiuntura da una triplice coppia elementare ad un'altra. Dopo un periodo di 960 anni, l'intero sistema di congiunzione Saturno-Giove ritorna al suo stato iniziale nell'ultimo segno dello Zodiaco, l'Ariete, un segno di fuoco.

Credeva che questo ritorno avrebbe portato con sé un evento epocale come una nuova fase di storia politica o religiosa, quindi poteva essere associato alla scienza della predizione o profezia naturale basata su ripetute osservazioni celesti e il confronto con fatti storicamente documentati. Elaborò probabili ipotesi sul futuro interpretando i 1.600 anni di storia precedente la Grande Congiunzione, comete ed eclissi, e allineò le sue scoperte alle profezie bibliche di Daniele. Come ti dicevo ieri a cena, previde che la Grande Congiunzione si sarebbe verificata il 24 dicembre 1603, giorno della nascita del Cristo, e aspettava quel momento per un rinnovo totale della società e anche della cristianità. Campanella affermò che le scoperte del Nuovo Mondo avrebbero reso possibile una nuova grande monarchia, la riforma delle leggi, nuovi profeti e un rinnovamento generale del mondo. Ovviamente, quella era una combinazione estremamente originale e audace di astrologia, profezia, utopismo e anche di storie bibliche. Campanella incominciò ad ideare una monarchia universale con il papa e un imperatore eletto, i quali avrebbero rispettivamente agito da capi spirituali e civili assieme a un senato composto da tutti i principi della terra>>.

<<Ascolta Mimmo>>, dissi, facendo un'osservazione franca,

<<Posso capire la tua teoria di un'Aquila che vola descrivendo ampi cerchi in cerca di un posto per atterrare, considerato che quei manoscritti di Campanella contengono una miscela densa di tradizione astrologica, profezia millenaristica e riforma rivoluzionaria. Mi sembra di capire che ci stiamo avvicinando alla profezia dell'Aquila, ma quando e come lo sapremo di sicuro?>>.

<<Ecco, Alfredo, come dicevo prima, ho avuto accesso a meno della metà del materiale dei manoscritti e credo che abbiamo già le basi delle profezie di Campanella.

Troveremo con certezza la famosa Profezia dell'Aquila? Non posso confermalo con certezza oggi, ma sono fiducioso che vi sia motivo di credere in una più audace visione del futuro e, per altro, l'arrivo di Napoleone non può essere trascurato. Permettimi di leggerti la traduzione approssimativa del passo di una pagina del manoscritto:

"… prevedo grandi guerre con straordinari spargimenti di sangue causate da disordini civili del grande regno. Vedo le guerre, la furia, province svuotate della loro gente e molte casate nobili che andranno in rovina. Le città saranno abbandonate dagli abitanti. Ci sarà un massacro enorme di persone e null'altro che inganno tra loro. Ci sarà una grande mutazione e cambiamenti e paura. Le case saranno poste allo stesso livello dei palazzi, il contadino con il principe, i ranghi saranno confusi, titoli e distinzioni crolleranno in un ammasso informe di confusione. Ma dalla confusione universale, ordine emergerà. Il grande uomo sorgerà e cadrà, disprezzato come uno qualunque".

Che non sia questa la previsione della Rivoluzione Francese e dell'ascesa di Napoleone?>>.

<<Sorprendente!>>, esclamai.

<<Ora dobbiamo trovare e interpretare più precisamente le profezie degli eventi. Credo ci stiamo avvicinando alla risposta. Guarda, da quelle profezie Campanella ha tratto quella di Luigi XIV; tuttavia, se scrisse anche le profezie sulla Rivoluzione Francese, qui manca qualcosa. Dalla gloriosa profezia di Luigi XIV alla decapitazione di Luigi XVI non passò molto tempo, solo 150 anni più o meno, e si trattava della stessa dinastia diretta>>, Mimmo concluse.

<<Hai ragione. Siamo vicini al completamento del puzzle, ma abbiamo ancora bisogno di molto tempo e di duro lavoro. Dimmi Mimmo, quale è il tuo punto di vista su Tommaso Campanella? Credi fosse un profeta? Ho sempre sentito di profeti biblici come Daniele, Ezechiele e anche Mohamed o persino il medioevale Nostradamus, ma non ho mai sentito parlare di Campanella. Oggi ne so di più su di lui, ma credo sia sorprendente come quest'uomo, nato da una famiglia illetterata in un piccolo villaggio della Calabria, sia divenuto una tale personalità. Fu perseguitato, torturato e condannato alla prigione a vita dall'Inquisizione Spagnola e successivamente divenne il consigliere astrologico del Papa a Roma e infine del re di Francia. Scrisse circa 100 libri nei suoi 70 anni di vita>>.

<<Sì, Alfredo. Non sei il solo a porsi queste domande>>, mi interruppe.

<<Non possiamo certamente classificarlo in una categoria. Era fenomenale in molte discipline. Una cosa è certa: la grande maggioranza delle sue opere, anche se considerata utopica al suo tempo, alla fine è molto attuale ai giorni nostri. E non mi riferisco solo alle profezie, ma anche alla struttura della società, alle regole democratiche, alle relazioni internazionali e altri simili concetti. Prendiamo l'esempio di Napoleone. Era l'uomo più potente al mondo e probabilmente uno dei più grandi della storia. Aveva i suoi consiglieri e astrologi, come Oliveras e Lenormand, ed era lui stesso un genio, dunque perché voleva leggere le profezie di Campanella e non, per esempio, quelle di Nostradamus? Probabilmente perché Campanella aveva visto un futuro luminoso per Luigi XIV, quindi Napoleone voleva sapere quale futuro fosse in serbo per lui. Sentì parlare della profezia che descriveva la nascita di un'Aquila, un uomo che sarebbe stato il più grande dell'umanità ma, essendo lui Napoleone, voleva avere i dettagli della profezia e servirsene per la sua propaganda. In conclusione, non vedo l'ora di continuare lo studio degli altri manoscritti e credo fermamente

che troveremo le risposte. Spero proprio di sì, concluse guardandomi con occhi eccitati>>.

Nei due giorni successivi, completammo le fotografie delle rimanenti quasi 300 pagine del manoscritto, assicurandoci attentamente che ci fosse continuità tra gli scritti. Infine, passammo un giorno intero cercando di identificare e selezionare mappe, disegni e diagrammi che potessero esser collegati a quei manoscritti. Quello si rivelò il compito più difficile perché entrambi ci trovammo spesso innanzi a pagine misteriose con immagini celesti, calcoli e descrizioni codificate con pochi nomi intelligibili quali Sirio, Orione, Aquila, Dragone, Marte, Giove, Saturno.

All'improvviso, ci imbattemmo in parecchi diagrammi con immagini di costellazioni e numeri misteriosi e passammo molte ore nel cercare di metter ordine, trarne un senso per poi scoprirne il significato o piuttosto possibili date:

1600-4, 1800-4, 2000-4, 2020-4, 2400-4,
e poi,
1622, 1638, 1683, 1769, 1789, 1804, 1815, 1870,
1914, 1929, 1939, 1949, 1891,
2014, 2020, 2200, 2400.

C'erano probabilmente più possibilità di interpretazione, ma quelle date ci avevano fatto impazzire.

Il nostro compito successivo era trovare le descrizioni o piuttosto le previsioni, perché quei diagrammi furono creati probabilmente tra il 1595 e il 1599.

Quella domenica era mezzanotte passata quando finimmo di scrivere i possibili eventi associati a quei numeri, o forse date. Alcuni numeri erano straordinari e difficilmente credibili se associati ad eventi come, per esempio,

1634, data di nascita di Luigi XIV
1789, la Rivoluzione Francese
1914, la Prima Guerra Mondiale.

Si trattava di coincidenze della storia o erano parte di una profezia?

Tutto ciò era stato scritto da una mente geniale o con l'aiuto della Divina Provvidenza?

All'improvviso, Mimmo chiese: <<Perché l'ultimo numero o data è 2400?>>.

Morivamo dalla voglia di sapere il significato di quei diagrammi.

Essi appartenevano agli anni in cui Campanella era un uomo libero, un'anima ribelle e senza timori.

Le sue opere successive e le sue profezie non potevano essere così audaci.

A partire dal 1599 egli si trovava nelle prigioni spagnole e dopo la liberazione al servizio del Papa e del Re di Francia.

Il professore Mimmo Memo prese con sé le copie del manoscritto per ritornare a Bologna mentre, pochi giorni dopo, io e Barbara partimmo alla volta di Nassau per passare l'inverno al caldo dei Caraibi. Celebrammo Natale e Capodanno in serenità insieme a Max, la sua fidanzata Xenia e tanti amici.

Un giorno, agli inizi di gennaio, ebbi un'idea. Perché non chiamare Mimmo e augurargli un Felice Anno Nuovo? Avesse mai scoperto qualcosa di nuovo tra quelle pagine misteriose?

<<Buon Anno Professore!>>, augurai a Mimmo con entusiasmo.

<<Grazie, Buon Anno anche a te e alla tua famiglia. Non sono ancora un professore, ma la mia tesi è promettente, quindi quest'anno potrei ricevere la nomina. Vedo sul mio telefono che stai chiamando dalle Bahamas. Com'è il tempo laggiù? A Bologna abbiamo un'orribile neve con la temperatura di meno uno>>, disse con voce allegra.

<<Oh, Mimmo non si chiede mai come è il tempo nelle Bahamas perché la risposta è sempre la stessa: splendido! Stavo pensando a te e al tuo amico Tommaso perché negli ultimi giorni ho condotto una ricerca su di lui, usando soprattutto Google.

Qui non ho accesso a nessuna biblioteca decente che mi dia informazioni più scientifiche. Nondimeno, è una figura affascinante, un genio in grado di scrivere quei diagrammi con così tanti numeri misteriosi che potrebbero essere date. Per esempio:

1683 potrebbe essere una semplice cifra ma incidentalmente è anche la data della vittoria di Sobieski sui turchi a Vienna. Sono di origine polacca, quindi ovviamente questo fa parte del nostro bagaglio culturale, ma trovare questa data in un manoscritto di Campanella del 1595-99 è incredibile; peraltro, lui morì più di 50 anni prima di quella battaglia. Ad ogni modo, trovo il tutto intrigante. Hai avuto tempo per leggere quelle pagine?>>.

<<Oh, sì, eccome. Quelle pagine mi stanno facendo impazzire. Non riseco a smettere di leggerle, pensare a loro e ipotizzare conclusioni. A proposito, per quanto riguarda la tua scoperta della connessione tra il 1683 e la battaglia di Vienna, ti faccio notare, come ben sai, che Campanella conosceva i Turchi Ottomani molto bene. Durante la sua rivolta in Calabria nel 1599, egli aspettava aiuto dall'Ammiraglio Cicala che era a capo della flottiglia turca nel Golfo di Squillace. Inoltre, molto probabilmente era a conoscenza della lunga alleanza tra Francia e Impero Ottomano sin dal Re Francesco I. Ricorderai che il Re Luigi XIV rifiutò di partecipare alla difesa di Vienna e dell'Europa cristiana chiamandosi "Il turco più cristiano di tutti". Le relazioni tra Francia e mussulmani non sono niente di nuovo, ma è interessante notare che l'Impero Ottomano non ha conquistato alcun territorio dal 1683 in poi ed è entrato in un lungo periodo di declino fino alla sua disintegrazione totale dopo la Prima Guerra Mondiale nel 1918. Ne potremmo parlare per ore, ma torniamo al nostro discorso. Una cosa è certa: a questo punto, la nostra Aquila sta girando in circolo sopra le nostre teste, ma per farla atterrare avremo bisogno di aiuto>>.

<<Umm, quanto dici è incoraggiante e molto intrigante, ma per favore continua>>, dissi ansioso di sapere di più.

<<Caro Alfredo, quelle cifre sono in realtà date che hanno collegamenti importanti con numeri astronomici, diagrammi e mappe celesti. Sono abbastanza ferrato in storia, scritture e filosofia, ma quanto ad astronomia e astrologia non sono sufficientemente preparato per capire appieno la complessità delle profezie di Campanella. Mi sono guardato attorno in cerca di aiuto all'Università di Bologna, ma senza successo.

La gente si occupa delle previsioni riguardanti le prossime elezioni regionali o delle previsioni del tempo piuttosto che soffermarsi a considerare oscure profezie medievali; tuttavia, ho individuato una persona competente e, tra l'altro, non molto distante.

Era un mio collega e un buon amico durante i nostri quattro anni al seminario dei Legionari di Cristo a Roma. Nessuno di noi completò gli studi: io non ebbi fede sufficiente per diventare un sacerdote e, tra l'altro, preferii gli studi di filosofia. Lui, dal canto suo, rimase deluso e disgustato dagli abusi sessuali di Marcial Maciel, il fondatore dei Legionari. Abbandonò completamente la Chiesa Cattolica Romana e si unì alla Società San Pio X dell'Arcivescovo Marcel Lefebvre ("FSSPX"). Studiò ampiamente astronomia e astrologia e ora vive a Econe, in Svizzera. L'ho contattato ed è molto interessato a lavorare con me, tuttavia, secondo il nostro accordo, devo avere il tuo permesso per assumerlo come collaboratore. Effettivamente, è stata una buona idea chiamarmi perché avevo pensato di chiamarti io per parlartene. Cosa ne pensi?>> chiese.

<<Ebbene, non mi aspettavo una richiesta così lesta ma devi sapere meglio di me cosa e di chi abbiamo bisogno per raggiungere il nostro obiettivo. Peraltro, presumo tu lo conosca bene>>, gli dissi.

<<Oh, sì, sebbene negli ultimi anni i nostri contatti non siano stati molto frequenti. Lui è molto preso come lo sono io>>.

<<Come si chiama?>>, chiesi all'improvviso.

<<Si chiama René Merdier>>, rispose prontamente.

<<Oh, è francese, svizzero, olandese?>>.

<<Veramente è svizzero, svizzero francese, ma perché mi chiedi se sia olandese?

<<Oh, solo perché alcuni olandesi hanno nomi come André o René>>, risposi.

<<Forse gli olandesi preferiscono avere nomi esotici come André, René o John, sai, i loro nomi sono orribili e impronunciabili, come Klaas, Kryss, o Stijn. Comunque, il mio amico si chiama René, è svizzero ma sua madre era francese della Savoia, quindi parla molto bene italiano e inglese. È un professore alla FSSPX, ovvero il Seminario Internazionale di San Pio X, ma insegna e tiene conferenze negli Stati Uniti e in Francia>>, mi spiegò.

<<Molto bene>>, dissi. <<Non ho mai sentito il nome René Merdier e non so molto sulla FSSPX, quindi mi fido del tuo giudizio, ma ti chiederei di fare attenzione e di non parlare dei nostri scavi a Santa Caterina. Lasciamolo interpretare i diagrammi, disegni e scritture e che poi ti dia i risultati. Ovviamente, il suo impegno sarà a mio carico>>.

<<Grazie. Grazie mille per la tua rapida decisione. Sarò molto attento, spero che il suo coinvolgimento possa aiutarci e accelerare la soluzione dell'enigma di quei manoscritti.

Ora mi sento molto meglio in quanto non volevo deludere le tue attese e volevo anche avere qualcuno più forte di me per minimizzare gli errori, spesso imprevedibili, di interpretazione. Di nuovo grazie. Contatterò René per poi incominciare a lavorare insieme il più presto possibile>>.

Conclusa la nostra conversazione, aprii Google sul mio computer.

René Merdier era inesistente. Bene. Non volevo trattare con un truffatore internazionale o chissà cosa.

FSSPX, quella era un'altra storia. Pagine su pagine, ma infine che significava?

Quante chiese ci sono al mondo, e tutte si chiamano cristiane. Peraltro, questo René è un professore, come dice Mimmo, e Mimmo ha bisogno della sua preparazione; allora, diamogli l'opportunità di interpretare quei manoscritti di Campanella.

Intorno alla fine di febbraio, chiamai Mimmo per informarlo dei nostri piani di andare a Roma per Pasqua e lui immediatamente propose di incontrarci là, aggiungendo: <<Dovrei essere in grado di darti delle nuove eccitanti per il nostro incontro. Non posso parlare molto al momento, ma la nostra Aquila definitivamente sta per atterrare.

Per favore, chiamami o mandami un messaggio per informarmi del tuo arrivo in modo che io possa scendere da Bologna con breve preavviso. Per allora, dovrei essere pronto a mostrarti i progressi della nostra ricerca e l'interpretazione dei manoscritti di Campanella>>.

Partimmo da Toronto con l'Alitalia delle 21.55 con 15 minuti di ritardo, ma non c'era motivo di lamentarsi. La classe Magnifica di Alitalia è veramente sontuosa, nonostante i costanti problemi finanziari della compagnia aerea. Il nuovo airbus A330 dispone di cabine straordinariamente comode, quasi come posti letto, e, ovviamente i servizi non sono da meno con cucina italiana, buon vino, assistenza a bordo cordiale e caffè espresso.

Ci vollero soltanto otto ore di volo per poi atterrare alle 12.30 a Roma.

Siamo sempre felici di stare a Roma, amiamo la città eterna, è la nostra seconda casa in Italia.

Dopo un pranzo a Da Nino, la nostra trattoria preferita, mandai un messaggio a Mimmo per informarlo del nostro arrivo e subito dopo andammo a risposarci.

La sua risposta fu quasi fulminea, ci propose di incontrarci nel giorno di Pasquetta.

La sua proposta era perfetta in quanto ci avrebbe permesso di assistere alla messa nella Basilica di San Pietro la domenica di Pasqua, e il giorno successivo ci potevamo dedicare alle novità eccitanti dal nostro incontro con Mimmo.

Allo scopo di avere assoluta privacy, ci organizzammo per tenere il nostro incontro nella sala lettura dell'Hotel d'Inghilterra in via Bocca di Leone.

Nella domenica soleggiata del 31 marzo 2013, ci avviammo verso Piazza San Pietro per assistere alla prima messa di Pasqua celebrata da Papa Francesco, da poco eletto in seguito alle dimissioni di Papa Benedetto XVI.

Era una giornata mite, quasi estiva, e avevamo dei posti riservati nella piazza per la Santa Messa, seguita dall'assemblea dei fedeli presenti con il Papa.

Guardando e ascoltando quel nuovo Vicario di Cristo pronunciare la sua benedizione Urbi et Orbi, alla Città di Roma e al mondo intero, e benedire migliaia di fedeli dal balcone dell'immensa basilica, provammo emozioni contrastanti.

Avevamo vissuto per più di trent'anni sotto la guida dell'amato Papa Giovanni Paolo II e poi, per pochi anni, sotto quella del non carismatico Benedetto XVI entrato nella storia per essersi dimesso e per essere divenuto un papa emerito. Ci chiedevamo: che tipo di capo della Chiesa sarà questo papa?

Di ritorno dall'incontro, attraverso la piazza colma di persone, notammo bandiere argentine ovunque e la gente che inneggiava a grande voce: Viva Papa Francesco!!

Mimmo Memo arrivò esattamente alle 9 come previsto, con precisione svizzera.

Ci salutammo calorosamente nell'atrio dell'hotel e andammo direttamente nella sala di lettura ordinando acqua Ferrarelle e due bicchieri.

Guardavo discretamente Mimmo mentre ci sedevamo al tavolo.

Era rilassato, di buon umore e ben vestito con una giacca sportiva scura e pantaloni marroni.

Una volta seduti al tavolo, aprì la conversazione.

<<Allora, Alfredo, ti piace il nostro nuovo Papa? È piuttosto differente da quello precedente, no?>>.

<<Beh, pare che tu abbia risposto alla tua stessa domanda>>, risposi.

<<Infatti, è molto diverso da Benedetto XVI, o dovrei forse meglio dire il papa in pensione. Veramente, credo fosse in Piazza San Pietro, seduto tra i cardinali nel suo abito bianco, ma Papa Francesco sembra più umano e più vicino alla gente. Sembra più populista, tuttavia è anche un gesuita e viene dall'Argentina, dunque ha un retroterra culturale diverso. Tra l'altro, era già un serio candidato a diventare papa nel conclave precedente, quindi ora è il suo turno. Ciononostante, abbiamo "l'anno dei due papi", dunque vedremo. Mimmo, di recente hai studiato le profezie, tutto ciò era previsto da qualche parte da quegli antichi profeti? Le dimissioni di un papa non accadevano da più di mezzo millennio, vero?>>.

<<Oh, sì, hai ragione. L'ultimo papa a dimettersi fu Gregorio XII nel 1415 e da allora ogni papa è stato eletto a vita. Per quanto riguarda le profezie, risponderò alla tua domanda più tardi, se non ti dispiace>>, concluse.

<<Certo, parliamo di cose più leggere. Il nostro uccello, l'Aquila per essere esatti, dove si trova in questo momento? Ancora in volo o è atterrata?>>, chiesi con curiosità.

<<Ebbene, disse, se ti rispondessi "sì" o "no" non ne saresti contento, dopo tutto quel lavoro, ma la mia risposta è positiva. Sì, l'Aquila è atterrata, ma dobbiamo stare attenti a non spaventarla perché potrebbe sparire di nuovo>>.

<<Wow, che affermazione! Sai, oggi è il primo aprile, ma niente scherzi da pesce d'aprile per favore. Hai già incominciato ad usare "parabole" come al tempo di Gesù per illustrare la divina verità. Per favore continua, ti interromperò solo in caso di una totale mancanza di comprensione da parte mia. Va bene?>>.

<<Perfetto>>, rispose e piazzò la sua valigetta sul tavolo, aprendola e guardandomi dritto negli occhi.

<<Caro Alfredo, prima di incominciare il mio exposé, ti vorrei ringraziare per aver acconsentito a coinvolgere René ed averlo come nostro collaboratore>>.

<<Stavo proprio per chiederti di lui>>, lo interruppi per un attimo, ma lui continuò.

«Devo ammettere che senza il suo duro lavoro, non saremmo ora qui con un'interpretazione conclusiva. Ho usato il termine "interpretazione" perché, come sai, la maggior parte delle profezie e predizioni non sono come le previsioni metereologiche o l'oroscopo del mattino. Quei versi sono scritti in un linguaggio complesso e spesso incomprensibile, a parte il fatto di essere anche vergate usando uno stile antico. Il modo di pensare della gente si è evoluto enormemente cosi come è cambiato il modo di scrivere. Per esempio, le famose profezie di Nostradamus sono molto complesse, se non misteriose, e oggi si cerca di applicare quelle previsioni a quasi tutti gli eventi, come ad esempio alla morte della Principessa Diana o persino all'assassinio di Kennedy. Vedo che scuoti la testa con scetticismo; ebbene, ecco a cosa facciamo riferimento quando usiamo la parola "interpretazione". Hai una formazione da ingegnere, ma le profezie non sono come la matematica; c'è il rischio di ampi margini di errore e di interpretazione errata. Se tu leggi il ritratto storico di Gesù, noteresti che non c'è molto su di lui, tuttavia il Vangelo e le sue interpretazioni ci portano in un altro mondo. Perché incomincio il mio discorso così? Principalmente perché io e René non siamo sempre d'accordo su alcune interpretazioni riguardanti passi di quei manoscritti. Io sono dalla parte della storia, lui è dalla parte dell'astrologia che gli lascia più spazio per fantasie, speculazioni e predizioni. È estremamente interessante per noi provare ad immedesimarci nel pensiero di Tommaso Campanella e capire cosa egli volesse dire nello scrivere in una maniera così complicata. Permettimi di incominciare con l'inquadramento del tutto nel corretto contesto storico. Campanella visse libero nella seconda metà del sedicesimo secolo poi per 27 anni nel secolo successivo come prigioniero dell'Inquisizione Spagnola e negli ultimi 10 anni della sua vita come astrologo, 5 dei quali come astrologo di papa Urbano VIII. Negli ultimi 5 anni prima della sua morte a Parigi, fu filosofo e consigliere del Re di Francia e del Cardinale Richelieu. Ebbe una vita lunga per quel tempo, infatti morì a 71 anni.

I manoscritti e i diagrammi che abbiamo avuto la possibilità di studiare furono scritti durante gli anni precedenti alla sua condanna al carcere. Incominciò a scrivere ad un'età molto giovane in Calabria, a Stilo e Cosenza; poi, a 22 anni, andò a Napoli, Roma, Firenze, Bologna e Venezia. Si incontrò con i più importanti filosofi, astronomi e scienziati del suo tempo. Tanto per nominarne qualcuno, basti pensare a Bernardino

Telesio, Giordano Bruno, Galileo Galilei, Francesco Pucci e Giambattista della Porta.

Era l'uomo che "leggeva tutto e ricordava tutto", ed anche un monaco religioso che aveva letto tutte le profezie degli antichi profeti. Per andare più a fondo, dobbiamo definire o almeno provare a definire il concetto di profeta: chi è un profeta? Un profeta per la religione è un individuo che sostiene di essere stato contattato dal Sovrannaturale o Divino e parla per lui facendo da intermediario per l'umanità e consegnando un messaggio. Come puoi ben vedere, questa definizione è pesante e molte di quelle cosiddette profezie non rientrano in essa ma possono essere considerate come espressioni di saggezza e pronostici. L'astrologia è la relazione tra fenomeni astronomici e gli eventi nel mondo umano. Ai fini del nostro discorso, non considereremo gli indovini, i redattori di oroscopi e altro. Seguendo queste definizioni, Tommaso Campanella non può essere restrittivamente chiuso in un cassetto, egli era un essere grandioso e a volte dà l'impressione di essere collegato al Divino.

Ecco perché il mio rigido approccio storico non sempre combacia con l'approccio spesso fantasioso e astrologico di René. Tuttavia, lui è quasi sempre riuscito a trovare eventi astronomici correlati con le predizioni di Campanella; ma c'è di più. Le predizioni di Campanella non si fermarono al Re Luigi o a Napoleone e l'ultima data annotata è l'anno 2400 che è fra quattro secoli, quindi per favore allaccia la cintura di sicurezza se vogliamo anche interpretare quelle predizioni che potrebbero essere soggette a e rischi e controversie. In realtà è uno scenario pauroso e non ce lo aspettavamo affato; proprio per questo René desidera chiedere un incontro con te secondo la tua decisione e disponibilità>>.

<<Interessante, interruppi con curiosità. A proposito, voglio che mi faccia il conto per il suo tempo passato a lavorare con te. Mi spiace, ma non ha voluto darmi il conto dicendo che è stato un onore e un privilegio per lui lavorare con me e anche in particolare su questo soggetto che si è rivelato essere di gran lunga oltre le sue aspettative>>.

Mimmo smise di parlare per un attimo scrutando la mia reazione e poi continuò.

<<In realtà vorrebbe incontrarti per proporti una sorta di collaborazione in relazione a quei manoscritti. Devo ammettere di essere rimasto io stesso sorpreso di sentire cosa lui stia facendo ora. Vedi, le nostre strade si divisero

sette anni fa, precisamente quando il Cardinale Ratzinger fu eletto Papa Benedetto XVI nel 2005. Io continuai a studiare storia e filosofia a Bologna e lui andò in Svizzera all'Università di Lausanne, ma non per lungo tempo. Non avrei mai immaginato che sarebbe diventato un professore di teologia di rilievo, all'interno della FSSPX, Fraternità Sacerdotale San Pio X, fondata nel 1970 dall'Arcivescovo francese Marcel Lefebvre. Probabilmente hai sentito parlare di loro. La Società è conosciuta per essere sorta in difesa della Messa Tridentina in latino e dei riti religiosi praticati prima del Concilio Vaticano II del 1962; essa è pertanto in conflitto diretto con la Chiesa Vaticana Apostolica e il Papa. Di conseguenza, Giovanni Paolo II li scomunicò su raccomandazione del Cardinale Ratzinger ma, curiosamente, Benedetto XVI, ovvero Ratzinger, tolse la loro scomunica e ora stiamo aspettando di vedere quale sarà la posizione di Papa Francesco in merito.

Si dicono cose gravi su quella società, ma oggi ha oltre 600 preti e quasi mezzo milione di fedeli sparsi nel mondo che continuano a lavorare coraggiosi e convinti. René è anche un sacerdote, sebbene non dica messa, ma piuttosto insegna, tiene seminari e lavora strettamente con dei partiti politici di destra. Te ne parlo perché a volte le sue interpretazioni sono troppo conservatrici ma è molto competente in quello che fa. Ho parlato abbastanza come introduzione, possiamo sempre ritornare su questi argomenti. Abbiamo incominciato questa conversazione con l'Aquila, allora permettimi di presentarti "La Profezia dell'Aquila" di Tommaso Campanella. Prima di incominciare, ti prego di accettare le mie scuse per una relazione non esattamente conclusiva e scientifica, ma piuttosto una nostra interpretazione di molti scritti, comprese mappe celesti e diagrammi. Trovammo un passaggio sulla profezia maya del condor-Aquila, probabilmente connessa con la scoperta del Nuovo Mondo, una profezia che ci sorprese, ma che non era rilevante per la nostra storia>>.

Fece una pausa, versò dell'acqua nel bicchiere, aprì un rilegatore di note scritte a mano e riprese il suo exposé.

<<Nella Bibbia ci si riferisce all'Aquila come ad un "uccello vorace" e Isaia disse (40,31),

"Quelli che sperano nell'Eterno rinnovano la loro forza.
S'alzano in volo sulle ali come aquile con forza e non si stancano."

Il simbolo dell'apostolo Giovanni era un'Aquila e naturalmente la visione di Daniele predisse che "Gli scelti sorgeranno come l'Aquila". L'Aquila è sempre stata un simbolo di libertà, potere e unione tra il celeste e il terreno tanto che possiamo trovarla in quasi ogni civiltà. Il simbolo più importante dell'Aquila è l'insegna delle legioni romane. Non si può immaginare l'esistenza di SPQR, cioè Roma, senza l'Aquila. Campanella acquisì probabilmente da Galileo una notevole conoscenza del mondo celeste e usò anche le sue osservazioni per i suoi scritti. Quindi la nostra storia incomincia con l'osservazione della Costellazione dell'Aquila situata a nord e che rappresenta l'uccello che trasportò Zeus, Giove per i romani, sulle ali. La stella più luminosa in questa costellazione è Altair che era nota e descritta dall'astronomo greco Tolomeo ad Alessandria nel II secolo d. C. Dall'osservazione dei moti celesti, Campanella predisse l'arrivo della Grande Congiunzione credendo che, attraverso la conoscenza di eventi passati, egli potesse combinare una serie di eventi ipotetici del futuro, allineando le sue scoperte con le profezie bibliche di Daniele. Credeva che l'anno 1600 segnalasse l'inizio di una nuova era e che effettivamente nel 1603, precisamente il 24 dicembre, giorno della nascita di Gesù, avrebbe visto la Grande Congiunzione di Giove e Saturno nel segno di fuoco del Sagittario. La Supernova spettacolare che seguì a questa Grande Congiunzione confermò la sua convinzione delle sue capacità sovrannaturali. A partire da questo periodo, sviluppò una serie di diagrammi e calcoli che risultarono predizioni di date ed eventi che sarebbero accaduti nell'arco degli 800 anni successivi. Devi tener presente che nell'anno 1582, quando Campanella aveva solo 14 anni, Papa Gregorio XIII introdusse il nuovo calendario, sostituendo il calendario Giuliano, che era stato utilizzato per circa 1600 anni, e questo spiega anche perché alcune date non sono esattamente precise, ma abbastanza vicine alle previsioni. Solo per curiosità, nota che il calendario gregoriano fu sviluppato nel 1570 da Lilio, il cui vero nome era Luigi Giglio, un dotto conterraneo di Cirò, in Calabria. È credenza diffusa che Gesù sia nato nell'anno zero ma l'anno zero di fatto non esiste e Gesù nacque nell'anno 4 a.C. circa.

Il concetto di un "Anno Zero" è un mito moderno, molto potente e diffuso, poi solo nell'anno 1622 il primo gennaio fu dichiarato primo giorno dell'anno invece del 25 marzo. Il passaggio verso la profezia dell'Aquila è la predizione della nascita del Re Sole, Luigi XIV. Questa profezia di Campanella è molto conosciuta e fece di lui un profeta agli occhi del più importante e più influente superpotere del tempo: il Regno di Francia. Tuttavia, il Cardinale Richelieu ottenne da Campanella solo parte della profezia, quella che annunciava la nascita del Re Sole, che sarebbe stato il monarca più longevo nella storia dell'umanità, regnando dal 1638 fino al 1715. Là, in quei manoscritti che furono ampiamente utilizzati nella pubblicazione degli "Articuli Prophetales" abbiamo trovato la frase: "Prima di due secoli, la dinastia del Re Sole sarà estinta dalla rivolta sanguinosa dei suoi cittadini." Ciò è sorprendente perché Luigi XVI fu ghigliottinato nel 1793. Ora, ascoltami attentamente. Tommaso Campanella predisse che nel 1769-73, una grande cometa nella Costellazione dell'Ariete sarebbe arrivata con l'annuncio della nascita, sull'isola mediterranea conquistata dal Re francese in quello stesso anno, del nuovo padrone del mondo.

"L'Aquila".

Il Re di Francia Luigi XV acquistò la Corsica nel 1769, isola dove Napoleone Bonaparte nacque in quello stesso anno.
Con queste parole Campanella descrive Napoleone:

1. "Il neonato Principe Aquila vedrà la luce su un'isola sperduta e strana; allo stesso tempo isola e montagna."
2. "Sarà l'essere umano più competente nato e vissuto al mondo."
3. "All'età di vent'anni assisterà a una grande rivolta che porrà fine alla grande Dinastia del Regno di Francia."
4. "Egli sopprimerà il regno del terrore."
5. "Sarà portato dall'amore del suo popolo al consolato e riceverà una corona imperiale. Il suo governo sarà eletto per il bene del popolo."
6. "La sua grande armata sotto l'Aquila dorata allargherà il dominio del suo impero su tutta la terra d'Europa."
7. "La sua saggezza darà al popolo la possibilità di muoversi senza confini sotto la stessa legge e lingua. Sarà il protettore dell'istruzione e della scienza."
8. "Egli fonderà una nuova società nella quale i privilegi per nascita saranno aboliti, il feudalesimo e la schiavitù banditi."

9. "Egli separerà l'anima dal corpo con un concordato con la Chiesa Universale offrendo libertà di religione."
10. "Egli emanciperà gli ebrei e non sarà nemico dei turchi."
11. "Il suo governo reggerà ed egli porterà a compimento tutte le sue promesse in due decenni e poi abdicherà due volte. Quando abdicherà, il dispiacere sarà così grande che il sole per un anno non apparirà.
12. "I suoi discendenti eletti dall'amore del popolo continueranno la sua missione."
13. "Egli morirà, come nacque, su di un'isola lontana dalla sua amata nazione. Lo spirito della sua Aquila volerà lontano verso il Nuovo Mondo dove sarà capito e attuato dopo una lunga guerra di fratelli contro fratelli. Alla fine, solo due secoli dopo, nel Vecchio Mondo la sua opera fiorirà, seguita da guerre tra tutte le nazioni con grandi spargimenti di sangue".

L'Aquila fu predetta dai profeti per volere di Dio e annunciata da segni del cielo. Tutto ciò può essere cambiato solo dal Divino, poi annunciato da diversi eventi stellari.

Mimmo smise di parlare, mi guardò con aria interrogativa e chiese: <<Allora, cosa ne pensi?>>

Non nascosi il mio stato di choc, e dissi: <<Sono senza parole. Questa è una relazione esplosiva e quasi incredibile. Quanto è vicina questa interpretazione al manoscritto di Campanella?>>.

<<Oh, no, no! Non capisci. Questa non è un'interpretazione, ma una traduzione dei suo scritti! Abbiamo dovuto cambiare lo stile e modificare delle frasi. L'interpretazione di quei punti basilari esce fuori da sola; poi c'è spazio per discutere di disaccordo o libere argomentazioni. Tuttavia questa parte riguarda solo la profezia dell'Aquila; da qui abbiamo molte altre predizioni fino ai nostri giorni ed oltre>>, disse misteriosamente.

<<Come vedo, questa non è semplicemente la profezia dell'Aquila, ma decisamente "La Profezia dell'Aquila di Napoleone". Ora capisco perché

egli la stesse cercando disperatamente, così come fece suo nipote Napoleone III. Essi avrebbero potuto adattare e modificare la profezia alla loro agenda politica, compresi i loro rapporti con la Chiesa>>, dissi.

All'improvviso, squillò il cellulare di Mimmo, che lo guardò e disse: <<È René, ma posso parlare con lui più tardi>>.

<<No, no, rispondi, possiamo continuare la conversazione in sua presenza. Mimmo, posso prendere io la chiamata? Vorrei ringraziarlo per il suo aiuto>>, chiesi.

<<Si, certo>>. Mi passò il telefono un po' sorpreso.

<<Pronto!>>, dissi ma nessuno rispose dall'altra parte.

<<Pronto! Io sono Alfredo, seduto vicino a Domenico>>.

<<Pronto. Chiedo scusa, credevo che avessero sbagliato numero. Buongiorno, signore, come va?>>. René finalmente incominciò a parlare.

<<Grazie. Mi sento molto bene, dopo una tale relazione di Mimmo. La ringrazio molto per il suo sostegno, signor René o dovrei forse chiamarla "Vostra Eminenza"?>>.

<<Oh, no, no!>>, esclamò ridendo. <<La prego di chiamarmi René>>.

<<Perfetto. Mi chiami Alfredo. Mimmo mi diceva che lei vorrebbe incontrarmi, sarebbe anche un piacere per me. Sono in Europa per i prossimi due mesi e dobbiamo certamente vederci, decideremo tempo e luogo. Mimmo può coordinare un incontro. Va bene? La sua presentazione è stata così straordinaria che sto ardendo dal desiderio di sentire altro a proposito delle profezie. Dovremmo far riferimento a quei libri in questo senso, no?>>, chiesi concludendo.

<<Oh, sicuramente. Quei manoscritti sono un patrimonio dell'umanità, ma sotto la guida divina. Tali predizioni così accurate non sarebbero possibili neanche con i computer potenti a nostra disposizione oggigiorno. È semplicemente divino il fatto delle predizioni e la loro realizzazione storica, ed è ancora più sorprendente leggere le profezie per i prossimi 400 anni fino al 2400... >>.

Stava continuando, ma lo interruppi. <<René. Non siamo ancora arrivati a quel punto. Mimmo ha appena finito la profezia dell'Aquila, ma mi ha avvertito del prossimo capitolo>>.

<<Allora lascio Mimmo continuare il suo exposé senza ulteriori ritardi.

Grazie di nuovo per avermi dato l'opportunità unica nella vita di essere coinvolto in questo progetto divino. Mi permette di scambiare qualche parola con Mimmo?>>, mi chiese.

<<Certamente, eccolo>>.

Passai il telefono a Mimmo, diedi un'occhiata all'ora e andai nel ristorante dell'hotel per chiedere che un pranzo ci fosse servito in sala lettura. In soli venti minuti, un cameriere preparò il tavolo e servì il pranzo. Eravamo molto soddisfatti di quella sistemazione nella saletta perché volevamo continuare la nostra conversazione senza essere disturbati.

All'improvviso Barbara entrò con il suo amico Umberto.

Ci salutammo e facemmo le presentazioni, poi Barbara disse: <<Pare che la mia idea di offrirvi un pranzo al Cafè Romano non funzioni>>.

<<Veramente, Chérie, Cafè Romano ha appena preparato questo pranzo qui in saletta. Le mostrai il nostro tavolo già pronto.

<<Bon appétit. Noi ci sediamo nel ristorante qui accanto per pranzare, allora per favore unitevi a noi per una Tarte Tatin con espresso tra 40 minuti circa. Fate una pausa dai libri di Campanella. "D'accord"?>>.

<<Oh, è su questo che state lavorando?>>, Umberto chiese curioso.

<<Ai miei tempi all'università lessi la sua Città del Sole, che faceva parte dei nostri corsi di filosofia. Lo ricordo molto bene. Solo che pensavo esprimesse una concezione veramente utopistica. Certamente non può essere applicata a Roma>>, concluse ridendo lievemente.

Consumammo il nostro pasto e Mimmo aprì di nuovo i suoi appunti, pronto per incominciare la seconda parte della sua esposizione.

<<Mimmo - dissi - stando a quanto detto da René, la mia ricerca della profezia dell'Aquila era solo l'inizio di qualcosa di molto più grande e probabilmente più importante. Mi pare che lui sia molto interessato ad essere coinvolto in un modo o nell'altro nel nostro lavoro. Ho ben capito?>>.

<<Oh, sì!>>, rispose senza esitazione. <<Ci sono molte altre possibilità di interpretazione e anche di speculazione. Vedi, il mondo in cui viviamo è pieno di speculazioni, predizioni e altro. Non possiamo vivere senza. Nessuno può lasciare casa senza dare un'occhiata alle previsioni del tempo e neanche prendere un caffè senza leggere l'oroscopo del giorno. Tutti vogliono ipotizzare e cercare di prevedere il mercato azionario e, perché no, anche il prezzo dell'oro. Quale sarà il prezzo dell'oro, per esempio, nel 2020?>>.

«Ebbene - risposi sorridendo - Mimmo per favore attieniti alla tua professione di storico perché nei mercati finanziari non è facile fare delle previsioni. Non puoi certamente raccomandare a un tuo cliente di comprare oro sulla base delle profezie di un oscuro monaco calabrese scritte 400 anni fa. Posso immaginare le autorità di supervisione e gli avvocati accanirsi contro di te se quelle previsioni risultassero sbagliate».

«No, no, Alfredo, non intendevo dire questo, ma finiamo la nostra esposizione e poi potrai giudicare da te», rispose impassibile.

«Perfetto, puoi continuare con la tua spiegazione della "Profezia dell'Aquila di Napoleone" prima che ci uniamo a loro per il dessert?».

Aspettavo ansiosamente che riprendesse la sua presentazione.

«OK, in questo caso, non parleremo molto della cometa Messier collegata alla controversa data di nascita di Napoleone, anche se si tratta di eventi astronomici e storici documentati. La domanda è: come ha fatto Campanella a predirlo? È più divino che scientifico, come René ha detto, ma i fatti parlano da soli. La frase che descrive Napoleone come l'uomo più competente al mondo è anche straordinaria. Egli fu infatti un genio militare, un condottiero carismatico, uno statista eccezionale, e fu tant'altro. Non è facile trovare una persona completa quanto lui. Niente fu impossibile per lui.

Una volta disse: "L'immaginazione governa il mondo". Pensa, più di 400mila libri sono stati scritti su di lui. Incredibile! I punti 3 e 4 menzionati prima sono straordinari senza ombra di dubbio. Napoleone aveva vent'anni quando la Rivoluzione Francese scoppiò e si concluse con la morte del Re Luigi XVI; in seguito, in qualità di console pose fine al regno del terrore, ristabilì l'ordine e la Repubblica Francese nonostante le continue guerre contro di lui. Nella parte successiva di questa profezia, Campanella scrisse di un corpo di governo eletto e predisse bene perché Napoleone I all'inizio fu eletto Console, fu amato dal suo popolo e dall'esercito, e così fu per Napoleone III, il quale fu eletto primo Presidente della Repubblica Francese. Ovviamente, la profezia dell'Aquila non può esistere senza il famoso simbolo dell'Aquila romana, da lui attribuito al suo esercito e mostrato al mondo in occasione della sua incoronazione nel 1804. Napoleone voleva essere un'Aquila come gli imperatori romani e, all'insegna dell'Aquila, il suo esercito conquistò tutta l'Europa, come Campanella aveva predetto».

Profezia dell'Aquila di Napoleone

<<Mimmo - lo interruppi - ho una domanda, o piuttosto un'ipotesi. Se Napoleone avesse mai trovato questa profezia, come avrebbe condizionato la sua vita e le sue decisioni? Egli fece un errore colossale scegliendo di andare ad est invece che ad ovest. Vendette un terzo dell'America, la Louisiana, agli Stati Uniti nel 1803 per 15 milioni di dollari (quello stato era così chiamato in onore del Re Luigi), e andò a conquistare un'altra terra povera e deserta in Russia. Quello fu il suo disastro! Egli emanò leggi democratiche, fondò basi economiche, un'Europa senza frontiere con la stessa lingua e libertà di religione, e così via, ma tutti questi principi fiorirono immediatamente nel Nuovo Mondo, ovvero in America. L'Europa necessitò di 200 anni e due Guerre Mondiali per realizzare questo obiettivo ideale che, tra l'altro, non è stato ancora raggiunto. Campanella non era soltanto un genio, ma fu effettivamente illuminato o divino, come ha anche detto René. Sono certo che se Napoleone avesse avuto questa profezia, non si sarebbe preoccupato del Papa, mandandolo in prigione per poi dopo firmare un concordato umiliante in base al quale i vescovi divennero servi dello Stato, anche se Stato e Chiesa erano separati per legge. Emancipare gli ebrei e stabilire un patto di non aggressione con i turchi ottomani furono entrambi grandi mosse politiche. Stando a questa profezia, il Papa e la sua Chiesa avrebbero dovuto stare con Napoleone perché egli era annunciato da profeti biblici e confermato da segni del cielo. Sono certo che la grande macchina propagandistica di Napoleone, sostenuta dal suo esercito, dall'aristocrazia e dalla classe alta appena creata, avrebbe radunato tutte le religioni sotto il suo impero. Egli vietò per legge i privilegi ma, allo stesso tempo, ogni membro della sua famiglia fu almeno duca, principe, o re, e persino il titolo di sua madre "Madame Mère" finì per significare la Regina Madre. Dopo qualche ricerca ho scoperto che ella fu la donna più ricca dell'impero, anche dopo l'abdicazione di Napoleone, e la sua enorme fortuna era gestita dal figlio più giovane! Giuseppe, che fu nominato cardinale. Niente male per una donna della Corsica, che non imparò mai a parlare francese nell'Impero Francese>>.

Mi fermai per un attimo e guardai il mio orologio. <<Ehi, Mimmo, facciamo una breve pausa. È ora del caffè e Tarte Tintin. Barbara e Umberto hanno sicuramente finito il loro pranzo e ci stanno aspettando nel ristorante accanto>>.

Dopo una pausa di circa mezz'ora, ritornammo nella saletta per continuare la nostra conversazione cercando di capire come questa profezia sarebbe stata interpretata da Napoleone se l'avesse trovata.

Ciononostante, c'era un punto impressionante e assolutamente vero: lui nacque e morì su di un'isola e abdicò due volte, quindi se avesse letto questa profezia prima della sua incoronazione nel 1804, certamente si sarebbe preoccupato. Non aveva previsto una tale fine alla sua gloria, ma rimane sempre la domanda: e se l'avesse saputo…?

<<Non c'è dubbio che l'intera profezia si sia avverata>>, Mimmo riprese. <<Guarda, Campanella usava sempre i segni del cielo a conferma delle sue profezie e, in qualche modo, quasi tutte quelle comete e altri segnali si trovavano là al momento giusto.

Ci sono volute due settimane perché io e René capissimo cosa volesse dire la sua espressione "un anno senza sole", dopo la seconda abdicazione di Napoleone. Non riuscivamo a trovare la risposta. René chiese aiuto a un suo amico astronomo dell'osservatorio Sphinx nel Cantone Vallese in Svizzera e neanche l'astronomo riuscì a trovare delle anomalie di quell'epoca nell'universo, ma un giorno qualcuno menzionò il Monte Tambora e la più grande eruzione vulcanica della storia>>.

<<Monte Tambora?>>, ripetei.

<<Conosco questo vulcano: si trova sull'Isola di Sumbawa vicino Bali, in Indonesia. Sono stato coinvolto in un'enorme operazione mineraria di oro e rame laggiù, l'intera struttura geologica fu creata da un'eruzione vulcanica nel diciannovesimo secolo; ma che cosa ha a che fare un'eruzione vulcanica con Napoleone?>>.

<<Ebbene, arrivo al dunque, ma ciò richiede una ottima conoscenza e buona memoria.

Napoleone abdicò la seconda volta dopo la sua sconfitta nella battaglia di Waterloo il 18 giugno 1815 e il Monte Tambora eruttò più o meno nello stesso tempo. Quella fu la più grande eruzione vulcanica mai registrata nella storia umana; per darti un'idea, fu dieci volte più grande dell'eruzione del Vesuvio che seppellì Pompei nel 79 d.C.

La cenere vulcanica scaturita dall'eruzione del Monte Tambora ricadde sul pianeta per più di un anno eclissando quasi completamente il sole. Quello fu anche un disastro ecologico che causò enormi carestie per l'assenza di riscaldamento solare. In tutti i libri di storia, questo evento è chiamato "L'anno senza estate">>.

<<Una coincidenza straordinaria, oppure Campanella era veramente divino>>, dissi incredulo e poi aggiunsi: <<Pensando al suo verso conclusivo, approssimativamente tradotto come "Solo Dio poteva cambiarlo", sono più propenso ad ammettere che Campanella fosse veramente divino. Caro Professore, credo ne abbiamo avuto abbastanza per oggi. Grazie molte per il tuo sforzo dal quale sono scaturiti risultati incredibili. Lasciami raccogliere i pensieri, possiamo continuare domani mattina>>.

Il giorno dopo mi chiamò presto.

<<Buongiorno Alfredo, mi spiace chiamarti così presto al mattino, ma ho appena avuto una conversazione telefonica con René, che vorrebbe partecipare alla prossima presentazione. Ho pensato che potesse essere una buona idea perché, come ti dicevo, René ha una comprensione più approfondita delle profezie di Campanella sul futuro dopo l'epoca di Napoleone.>>.

<<Sono lieto di sentirtelo dire. Dove si trova?>>, lo interruppi entusiasticamente.

<<Ebbene, questo è il problema, si trova a Zurigo al momento e può venire qui a Roma non prima di mercoledì pomeriggio. Potremmo incontrarci quel giorno?>>, chiese.

<<Umm... Siamo arrivati nella Città Eterna dal Canada ieri e abbiamo con noi Mish, il nostro cane. Abbiamo già dei biglietti per mercoledì per scendere in Calabria, ma potrei ritornare a Roma nei giorni successivi. Insomma, il nostro incontro è "dovuto" specialmente considerando che René è un uomo chiave per l'interpretazione delle profezie sul futuro scritte da Campanella. Mimmo, potresti organizzare il nostro prossimo incontro?>>.

XII

Valore della profezia
(Non in vendita)

Arrivammo nel nostro Borgo mercoledì mattina e, appena giunti, Mish, il nostro cane, si mise a correre liberamente nel parco intorno al castello. Ritornare nel Sud Italia in primavera è sempre un motivo di gioia per la nostra famiglia, un periodo del quale godiamo ogni istante. Amiamo essere impegnati con la nostra tenuta e abbiamo l'aiuto di personale sufficiente e leale per una manutenzione perfetta.

Barbara controllò l'olio d'oliva che avevamo prodotto e io verificai che il vino nelle botti stesse maturando come volevo.

Scesi verso la Clubhouse del nostro campo da golf, dove incontrai Piero con un amico mentre guidavano un *cart* sul campo da golf e decidemmo di prendere un tè assieme il giorno successivo.

All'indomani, dopo colazione, sedetti nel mio ufficio per organizzare la giornata quando d'un tratto squillò il telefono.

Sullo schermo appariva un numero telefonico insolito che incominciava con 41 41.

Pensai subito che si trattasse di una chiamata proveniente dalla Svizzera, ma stranamente il prefisso del cantone non mi era familiare, abbiamo amici in Ginevra e il loro numero incomincia con 41 22, mentre per Zurigo il numero inizia con 41 43, mi chiedevo allora da quale cantone provenisse il numero 41 41.

Non avevo un'eternità per pensarci e risposi al telefono dal quale uscì una voce italiana.

<<Buongiorno! Posso parlare con il Signor Alfredo?>>.

<<Sono io!>>, risposi laconico.

<<Oh, di nuovo buongiorno. Sono René Merdier. Spero lei si ricordi di me, sebbene non ci siamo mai incontrati ma solo scambiati qualche parola al telefono giorni fa mentre lei era a Roma>>.

<<Certamente mi ricordo di lei>>, risposi con voce allegra. <<È un piacere sentirla, ma come ha ottenuto il mio numero di telefono?>>.

<<Da Google! Lei è una persona pubblica>>, rispose.

<<Davvero? Non sono più una persona pubblica. La mia precedente esperienza nel settore minerario riguarda Toronto, non l'Italia, paese dove piuttosto è mia moglie ad avere visibilità>>, dissi.

<<Questo è vero. Ho trovato in rete un sito sul vostro Borgo con l'informazione che desideravo>>, continuò.

<<Peccato che non ci siamo potuti incontrare a Roma ma forse ho una proposta migliore. Le piacerebbe, forse, vederci in Svizzera? Probabilmente lei è venuto molte volte nella nostra confederazione. Siamo vicino Zurigo a soli 48 chilometri dall'aeroporto, nel catone di Zug. In realtà in Svizzera le distanze tra vari posti sono molto brevi, non come in America. Cosa ne pensa? Ovviamente, ci occuperemo delle sue spese di viaggio con la "Business Class" della compagnia aerea svizzera e l'hotel.

Verrò a perderla personalmente all'aeroporto>>.

<<Grazie mille! È molto generoso da parte sua, ma perché mi vuole invitare?>> chiesi con evidente sorpresa.

<<Veramente, questa non è il tipo di conversazione da fare al telefono, allora mi permetta di essere breve. Ho lavorato con Domenico per molti mesi, traducendo, interpretando e decodificando i manoscritti di Campanella. Domenico le ha presentato soltanto la parte riguardante la profezia di Napoleone, ma come le avevo spiegato, c'è di più, molto di più in quei documenti. Vede, sono piuttosto competente in astrologia e profezie bibliche, pertanto vorrei condividere con lei la mia interpretazione di quelle opere, specialmente il loro possibile collegamento con il futuro della razza umana. Ho pensato che fosse meglio incontrarci qui perché vorrei presentarla a dei miei colleghi estremamente interessati alle sue scoperte. Siamo convinti che lei abbia qualcosa di inestimabile valore e

importanza, dunque vorremmo conoscerla meglio, compresi i suoi piani o le sue intenzioni per quei manoscritti. Domenico mi ha raccontato come li ha scoperti, il che è incredibile. A volte, anzi molte volte, le scoperte avvengono proprio in questo modo, in luoghi del tutto casuali e senza un vero e proprio scopo archeologico, come per esempio i Manoscritti di Qumran rinvenuti nelle grotte da un pastore>>.

Incuriosito e allo stesso tempo sorpreso, lo ascoltavo al telefono senza dir nulla e allora mi chiese se avessi capito.

<<La ringrazio di nuovo, ma anche io ho dei piani; propongo quindi di coordinare il tutto con Mimmo. Lo può chiamare e poi vedremo.

Comunque, sono molto stupito della sua chiamata. Tra l'altro, non ho scoperto qualcosa per caso come il pastore in Qumran. Avevamo un piano e stavamo cercando questi manoscritti che credevo fossero probabilmente celati da qualche parte nel palazzo di famiglia di mia moglie. Il nonno di mia moglie incominciò gli scavi molti anni fa, ma per varie ragioni non poté continuare. Durante la ricostruzione del palazzo, distrutto da un pauroso incendio, scavammo nelle fondamenta e ritrovammo i documenti insieme ad altre cose. Assunsi Mimmo per aiutarmi ad interpretarne il contenuto e fu Mimmo a suggerire il suo nome come collaboratore. Siamo lieti di aver trovato i documenti, parte del patrimonio storico della nostra famiglia ma, onestamente, al momento, non sappiamo ancora cosa abbiamo in mano. Mimmo mi ha spiegato soltanto una parte dei testi e, tra l'altro, in modo breve e approssimativo. Inizialmente, ero soltanto interessato alle profezie riguardanti Napoleone ma, nel caso di altre profezie, sarei molto interessato a studiarle. Lei è d'accordo?>, chiesi.

<<Ascolti, Signor Alfredo, la prego di scusarmi se l'ho offesa nel paragonare la sua scoperta a quella del pastore di Qumran. La ammiro veramente, sapendo quanti sforzi, tempo e denaro lei ha investito per realizzare questa scoperta ed è proprio per questo motivo che la vorremmo incontrare. Lei sa, come lo sappiamo anche noi, >>che questi documenti hanno un enorme valore, vorremmo aiutarla a valutarli e vorremmo anche capire meglio i suoi piani futuri in caso di un'eventuale cessione>>, conclude.

<<Per cortesia, non ho intenzione di ripetermi, ma è certamente troppo presto per parlare del valore di questi documenti. Non si possono

semplicemente valutare a peso, come lei ben sa. Ciononostante, sono interessato ad incontrarla in modo da capire meglio la sua interpretazione del loro contenuto e, in seguito, potremmo avere una conversazione diversa. Tuttavia, per il momento, preferisco mantenere questa conversazione molto riservata perché voi svizzeri non avete soltanto il miglior cioccolato al mondo ma anche il miglior esercito e i migliori servizi segreti; quindi, forse, ho già un fascicolo su di me nel vostro sistema>>, conclusi ridendo.

Cogliendo il mio commento sarcastico rise leggermente, ma poi continuò. <<Signor Alfredo, di nuovo le porgo le mie scuse per il mio approccio troppo diretto e aggressivo, ma dalla descrizione di Domenico capisco che lei è un uomo di affari molto chiaro che va subito al sodo, per questo motivo avevo pensato che sarebbe stato meglio essere chiari con lei fin dall'inizio. Per favore consideri la mia proposta di incontrarci e, dal canto mio, aspetterò sue nuove>>.

Ci salutammo cordialmente, ma non calorosamente, e io continuai a riflettere su questa conversazione del tutto inattesa e sulla proposta sorprendente.

Quei manoscritti dovevano avere un contenuto importante se volevano valutarli per una possibile compravendita.

Cosa fa pensare a lui, o meglio a loro, che questi documenti siano in vendita senza neanche conoscerne il contenuto?

Letteralmente bizzarro, conclusi usando l'espressione di un teleromanzo.

Il giorno dopo, venerdì, mi recai al palazzo per un sopralluogo ai lavori di scavo.

Il personale non aveva fatto molto come al solito quando non vi era qualcuno che spingesse o facesse supervisione. Vincenzo aveva avuto problemi con sua madre, Mauro aveva avuto la febbre, poi c'era stato Natale, cattivo tempo e molti altri motivi. Ci sedemmo per discutere ed elaborammo un piano di lavoro per i tre mesi successivi con il preciso obiettivo di scavare nel corridoio dietro la porta ad arco.

Non pensai molto a René e mi ripromisi di chiamarlo lunedì, ma solo dopo aver parlato con Mimmo.

Lunedì mattina chiamai Mimmo, ma non era raggiungibile, e la mia chiamata successiva fu per René, ma neanche lui rispondeva e lasciai quindi dei messaggi mentre mi preparavo a giocare a golf invece che a parlare di profezie

Mi accingevo a chiudere il portone del castello e, sentendo il telefono squillare, ritornai in ufficio per rispondere. Era René che mi stava richiamando.

<<Signor Alfredo, la ringrazio per avermi richiamato e le chiedo ancora scusa per la settimana scorsa. Allora, quando possiamo ospitarla in Svizzera?>>.

<<Caro René, si dimentichi della chiamata della scorsa settimana, va tutto bene.

Stando ai miei piani, giovedì prossimo o venerdì potrebbero andar bene per me, altrimenti avrei delle disponibilità nella settimana successiva>>.

Non feci in tempo a finire la mia frase che mi interruppe: <<Perfetto! Organizzerò il tutto e le manderò una conferma via email. Finimmo la nostra breve conversazione e mi rimisi in marcia verso il campo di golf.

Due ore dopo, vidi tra le tante email una di René con le indicazioni per il biglietto aereo e la prenotazione dell'albergo per giovedì con ritorno il giorno successivo e un messaggio.

> Caro Alfredo,
> La verrò a cercare all'aeroporto di Zurigo alle 11.30 e andremo in auto al Park Hotel di Zug.
> Non si preoccupi di nulla; ci occuperemo noi di lei qui.
> Le auguro un buon volo.
> Saluti,
> René

Giovedì decollai da Lamezia alle 7.05 e atterrai a Roma Fiumicino alle 7.55.

Il mio volo successivo per Zurigo era alle 9.55 e, avendo già stampato la mia carta d'imbarco, mi accomodai nella *business lounge* a un tavolo e ordinai un cappuccino prima di incominciare a leggere il Financial Times. Aprendo il giornale, all'improvviso, incominciai a pensare al mio imminente incontro con René e il suo gruppo a Zug dove ero solito andare molti anni fa.

Accesi il mio Mac Book e inserii la parola Zug su Google.

Profezia dell'Aquila di Napoleone

Quasi niente era cambiato da quando vi eravamo stati quasi vent'anni addietro.

Lo stesso Park Hotel e persino il nostro ristorante preferito, Aklin, c'era ancora.

Questa è la Svizzera, sempre la stessa.

Vediamo se riesco a trovare una foto di René oppure qualcosa su di lui tra le tante informazioni riguardanti la FSSPX.

Scorrendo a lungo, non riuscii a trovare molto, ma immettendo nel motore di ricerca "Fraternité Sacerdotale Saint Pie X" lo vidi parlare al Seminario San Tommaso D'Aquino, il seminario statunitense della FSSPX in Virginia.

I partecipanti a quell'iniziativa avevano l'opportunità di vincere una Mercedes-Benz facendo una donazione.

Solo in America la fede ha un prezzo.

Ingrandii la fotografia di René in piedi con un gruppo di studenti.

Era, come mi aspettavo, di aspetto normale, trentenne, snello, capelli scuri e occhiali sottili, con un lieve sorriso per la foto.

Questo è l'uomo con il quale mi incontrerò tra poche ore per cercare di decodificare il futuro, pensavo mentre continuavo la mia ricerca.

All'improvviso, sulla settima pagina, lessi il titolo

"Tentato assassinio di Giovanni Paolo II"

Incominciai a leggere. L'attentato di Ali Agca nel 1981 era ben noto, ma quello di cui stavo leggendo mi era sconosciuto e del tutto nuovo. L'articolo descriveva un altro attentato avvenuto il 12 maggio 1982 quando Juan Maria Fernández, un sacerdote spagnolo trentaduenne, ordinato dall'Arcivescovo Lefebvre, assalì il Papa con una baionetta durante il primo giorno della sua visita in Portogallo per il pellegrinaggio a Fatima.

Il sacerdote della FSSPX, un fanatico di estrema destra, era contrario alle riforme del Concilio Vaticano II e credeva che il Papa fosse un agente dei servizi segreti comunisti intento a corrompere il Vaticano.

Il Papa rimase lievemente ferito e il sacerdote fu condannato a sei anni di prigione ma fu rilasciato prima del termine e fin dal 2000 aveva vissuto in Svizzera, Belgio e Spagna lavorando come esperto d'arte e letteratura.

Smisi di leggere e spensi il computer.

Che storia sconcertante, pensavo sprofondato nella sedia.
Non avevo mai sentito parlare di questo tentativo di assassinare Giovanni Paolo II e tantomeno sapevo che il potenziale assassino, un sacerdote della FSSPX all'epoca dell'avvenimento, fosse libero e diventato un esperto d'arte residente in Svizzera.
E ora, io dovrei incontrare qualcun altro a Zug con René?
Non sapevo nulla, ma René aveva detto che ci saremmo incontrati insieme, il che significava che ci sarebbero stati altri a parte noi tre, senza alcun cenno ai nomi.
Fino a questo momento non ho avuto nessun problema con la FSSPX, loro hanno il diritto di avere opinioni diverse dall'antica istituzione della Chiesa.
Dopotutto, durante duemila anni di storia della Chiesa si sono verificate molte fratture, ma stiamo ancora andando forte nonostante i nemici più numerosi che mai.
Tuttavia, l'attentato alla vita del Papa da parte di un sacerdote cattolico non è paragonabile ad un attentato da parte di un mussulmano anarchico come Agca.
Spero che non siano tutti uguali, ma perché mai dovrei incontrali?
Perché vogliono incontrarmi a Zug dove si trova la sede della FSSPX?
Una tempesta di domande mi invadeva e tra l'altro avevo con me, nel computer, l'intera documentazione riguardante i manoscritti di Campanella.
Voltandomi verso i pannelli con le partenze notai che l'imbarco del mio volo era incominciato e quindi era tempo di avviarsi ma camminando diedi un altro sguardo ai pannelli e vidi una partenza per Lamezia-Terme per le 10.30 con Vueling.
Cos'è Vueling? mi chiesi.
Non avevo mai sentito di questa compagnia aerea ma, avvicinandomi ai banchi per i trasferimenti, vidi questo nome e andai a chiedere se stessero volando davvero per Lamezia Terme.
Mi guardarono sorpresi ma risposero cortesemente confermando che di fatto servivano Lamezia Terme da un anno.

<<Avete posti liberi?>>, chiesi senza esitazione.

<<Sì, effettivamente ne abbiamo ancora qualcuno>>, rispose una giovane donna con i capelli corti.

<<Per favore mi dia un biglietto solo andata>>. E diedi la mia American Express con il passaporto.

In pochi minuti mi affrettai verso la porta B29 e mi imbarcai su di un volo per Lamezia Terme in Calabria invece che per Zurigo.

Poco prima di imbarcarmi sull'aereo, chiamai Barbara per informarla del mio cambiamento di piano e per chiederle di preparare il pranzo a casa.

<<Per favore, gradirei una piccola porzione di pasta alla carbonara perché ho avuto abbastanza cibo svizzero. Non ti preoccupare, va tutto bene; dopo ti spiego.

Un'altra cosa: per favore non rispondere a nessuna chiamata dalla Svizzera, che lascino pure un messaggio, ok?>>.

Seduto nell'aereo della Vueling per Lamezia, scorsi da lontano l'aereo svizzero rullare sulla pista senza di me a bordo.

Nei due giorni successivi ricevemmo molti messaggi da parte di René e anche da parte di Mimmo.

Finalmente, chiamai René e mi scusai per non essere stato in grado di andare a Zurigo come previsto senza spiegarne in dettaglio il motivo.

Non era proprio di buon umore, ma non aveva scelta; tuttavia si rilassò alla mia proposta di incontrarci eventualmente a Roma.

Insistette di nuovo con l'idea di incontrarci a Zug ma, vedendo che rimanevo fermo nella mia decisione, alla fine accettò di incontrarci a Roma martedì 23 aprile nell'Hotel d'Inghilterra alle 10, ma solo lui, Mimmo e me.

Mi recai a Roma con il primo volo e arrivai all'hotel alle 8.30 in tempo per preparare la sala privata per il nostro incontro.

Alle 9.30 mi accomodai al tavolo di un piccolo bar all'angolo di Via Bocca di Leone, da dove avevo una buona vista sull'entrata dell'Hotel d'Inghilterra.

Alle 10 in punto una limousine Mercedes grigia si fermò davanti all'hotel e un minuto dopo due persone scesero da dietro. Riconobbi immediatamente Mimmo e l'uomo che lo accompagnava sembrava René come dalla foto su internet.

Una volta entrati nell'hotel, li seguii nell'atrio.

Mimmo si avviò verso la portineria per chiedere di me quando mi vide andare verso di lui.

<<Che piacere! Signor Alfredo>>, mi disse palesemente felice di vedermi e mi presentò il suo compagno. Ti presento René>>.

<<Piacere>>, dissi stringendo la mano vigorosamente e invitandoli poi a seguirmi nella sala di lettura.

Ci accomodammo al tavolo, il cameriere ci seguì e ci invitò a ordinare.

Ordinata dell'acqua e una teiera di tè inglese da colazione, rivolsi la parola a René.

<<Caro René, mi scuso per l'inconveniente della settimana scorsa, ma quello che conta è che siamo tutti insieme, allora grazie ancora per il suo lavoro straordinario e per avermi aiutato a scoprire il mondo di Tommaso Campanella. Oggi, questa mattina, se è possibile gradirei finalmente ascoltare la seconda fase delle profezie contenute in quei manoscritti. Mimmo mi ha parlato brevemente delle interpretazioni scritte da lei, René; dunque, ha intenzione di condividerle con noi?>>.

Mi guardò sorridendo un po', aprì la sua valigetta piazzandola davanti a sé sul tavolo e tirò fuori un grosso taccuino.

Nel mentre, ebbi l'opportunità di osservarlo con discrezione.

Era di circa trentacinque anni, capelli neri ben pettinati e lenti spesse senza montatura.

Indossava un vestito nero, camicia bianca e cravatta nera con l'aspetto tipico dei sacerdoti o vescovi a Roma.

Mi guardò con occhi penetranti e diede avvio alla sua esposizione.

<<Caro Signor Alfredo, ho qui con me una presentazione delle mie interpretazioni suddivisa in otto punti, basate sullo studio delle copie dei manoscritti di Tommaso Campanella. Ripeto "copie" perché, fino ad ora, non ho visto nessun originale, ma ho fiducia nell'affermazione di Domenico. Possiamo denominare il titolo principale di questo manoscritto "Articuli Prophetales" oppure "Libro della Profezia" come traduzione libera>>.

Prese un sorso di tè e continuò.

<<Prima che incominci, sappia che può sentirsi libero di interrompermi in qualunque momento se parte delle spiegazioni non le è chiara. Domenico, tu hai lo stesso privilegio di interrompermi, visto che abbiamo lavorato insieme per riportare in vita questi documenti. Ci vorranno due ore, dopodiché vorrei invitarla a pranzo all'Hilton Cavalieri e presentarle un mio amico venuto dalla Francia. Suppongo lei conosca questo hotel?>>.

<<Sì, certo, via Mazzini e su per Monte Mario, il Ristorante la Pergola ha tre stelle nella Guida Michelin ed una vista spettacolare sull'intera città di Roma. Ho solo una domanda: perché lì? È molto lontano dal centro di Roma. Possiamo pranzare qui nei dintorni, ci sono un sacco di ottimi ristoranti intorno a Piazza di Spagna>>.

Ero sorpreso del suo invito; mi interruppe garbatamente e continuò.

<<Sono venuto dalla Svizzera con una persona che desidera incontrala e soggiorniamo presso l'Hotel Hilton. Questo è il motivo. Avevo intenzione di presentarle la mia ricerca questa mattina e poi farle incontrare il mio amico.

Ovviamente, se non ha niente in contrario>>, aggiunse.

<<Ebbene, non ho niente in contrario al suo invito e, se Mimmo è d'accordo, possiamo andare là. Questo suo amico è anche lui un professore, ricercatore, storico o qualcuno parte della sua organizzazione San Pio X?>>, chiesi.

<<Non proprio. Egli si occupa di finanziamenti internazionali con un suo ufficio a Zug, ma lo conosco da più di quindici anni perché è anche un benefattore del mio istituto a Econe. Sono certo che troverà molti punti in comune con lui visto che anche lei è un uomo di affari con interessi in finanziamenti internazionali. E ha anche una conoscenza approfondita della storia passata, presente e futura>>, affermò René con fierezza.

<<Sembra molto interessante. Come si chiama il suo amico?>>, chiesi.

<<Il suo nome è Jean Marie Le Bic che le dirà di più di sé durante il nostro pranzo.

Mi sembra di capire che siamo d'accordo, quindi ora possiamo continuare con il nostro argomento principale perché questo su Campanella è pieno di sorprese, ma cercherò di spiegare le profezie riguardanti il futuro del mondo>>.

La presentazione consisteva in otto punti:

1. La mia storia e la mia formazione
2. Epoca storica di Campanella
3. Scritti di Campanella
4. Profezie di Campanella
5. Predizioni e adempimento delle profezie nel periodo 1660-1880
6. Profezia napoleonica e passaggio al ventesimo secolo
7. Profezie per il ventunesimo secolo e oltre
8. Conclusione. Cosa si può fare?

Smise per un attimo di parlare per scrutare ogni nostra reazione ma, vedendoci annuire, riprese.

<<Signor Alfredo, come Domenico le ha probabilmente raccontato, ci siamo incontrati nel 1997 presso i sacerdoti Legionari di Cristo. Avevamo entrambi la stessa età, diciassette anni. Inizialmente era un'esperienza gloriosa e quasi celestiale che ci permise anche di incontrare molti giovani studenti provenienti da tutto il mondo, principalmente dal Sud e Centro America, Messico e Europa dell'Est. Sono nato a Evian, vicino al Lago di Ginevra; mio padre era svizzero e mia madre era francese, nata a Besançon, nel Giura. Entrambi i miei genitori erano insegnanti; per essere più precisi, mia madre era una bibliotecaria, il che probabilmente spiega perché ho passato i miei primi anni di giovinezza in una biblioteca invece che a giocare a pallone o sulle discese di sci. Oggi chiamiamo quel tipo di giovani, come ero io allora, "secchione", niente amici, niente ragazze, solo libri. Non a caso i bambini della mia età mi chiamavano già "prete", ma ero un bambino felice abbandonandomi al mio mondo segreto. Molto presto incominciai ad interessarmi alla religione cattolica e, stranamente, allora come ancora oggi, principalmente alla storia di Cristo piuttosto che ai suoi insegnamenti che sono del parere siano stati manipolati nel tempo. Ad ogni modo, cercherò di farla breve. Durante il nostro quinto anno in seminario, dovevamo incominciare la nostra preparazione per la consacrazione al sacerdozio ma, proprio in quel periodo, la vita del fondatore del Seminario dei Legionari di Cristo, Marcial Maciel, divenne di dominio pubblico: la sua famiglia segreta, abusi sessuali ed altro. La vita non fu facile per nessuno di noi nel Seminario, ma il mio dilemma divenne ancor più filosofico come spiegherò>>.

La Liturgia della Messa Cattolica e i suoi principi.

<<Per ricevere il sacramento dell'Ordine Sacro, dovevo essere completamente convinto della santità di esso come sorgente e apice della vita cristiana, il che nel mondo soprannaturale dovrebbe corrispondere esattamente allo stesso sacrificio che Gesù Cristo offrì sulla croce al Calvario. Per me, il Concilio Vaticano II dal 1962 al 1965 cambiò tutto. La Messa divenne uno spettacolo! Ovviamente, nel nostro Seminario non c'era posto per nessuna polemica. Eravamo un'istituzione con la vocazione di produrre sacerdoti il più possibile provenienti da qualunque condizione sociale, ma non voglio discutere di ciò ora. Alla fine del 2001, lasciai il Seminario e mi sentii smarrito finché non trovai la FSSPX in Svizzera, che era esattamente quello che stavo cercando. Tuttavia non diventai un parroco, ma piuttosto un teologo con la vocazione di insegnare la verità. Non volevo associarmi ai modernisti del Vaticano, quindi allo stato attuale sono un eretico come lo fu Tommaso Campanella a suo tempo. Di fatto, scoprii Campanella attraverso Domenico perché entrambi provengono da Stilo in Calabria. Più studiavo le sue opere e più volevo capire: che cosa è l'eresia nel mondo umano e chi ha il potere di dichiarare qualcuno eretico.

La storia mostra quanti errori umani siano stati commessi e come molti geni siano stati giudicati, condannati a dure prigioni, arsi vivi sul rogo o giustiziati in altri modi.

Tommaso Campanella era un frate dell'Ordine Domenicano, un uomo di Chiesa e trascorse 27 anni in prigione condannato dal tribunale dell'Inquisizione Spagnola.

Scrisse più di 100 libri nella cella durante la sua prigionia e soltanto nei suoi ultimi dieci anni di vita, avendo ottenuto la libertà, o meglio gli... arresti domiciliari, servì da astrologo il Papa e alla fine il Re di Francia. Mi permetta di concludere questa parte della presentazione perché sono certo che lei conosca bene la vita di Campanella, ma prima desidero precisare un punto. I manoscritti che lei, signore, ha scoperto, furono scritti da Campanella da uomo libero. Non vi fu nessuna censura o mutilazione di idee prima della stampa. Quelle pagine sono frutto del suo cervello e furono scritte di sua mano per ispirazione divina e basate su conoscenza spirituale.

C'è una differenza sostanziale tra il ricevere ordine da un Re o da un Papa di fare un ritratto, un poema, un'opera o un oroscopo. Al fine di essere pagato, il lavoro deve soddisfare le attese del mecenate e, se non le soddisfa, a volte si può anche perdere la testa. Ritorniamo al nostro soggetto.

Tommaso Campanella era un frate dell'Ordine Domenicano e, ad un'età molto giovane, dal 1589 al 1598, viaggiò e studiò a Napoli, Roma, Bologna, Padova e Venezia, luoghi in cui incontrò i giganti della scienza del suo tempo, uomini come Galileo e Keplero, solo per citarne alcuni. I manoscritti da lei rinvenuti furono elaborati come frutto del suo studio e ispirazione illuminata e, grazie allo Spirito Santo, non furono mai modificati o distrutti. Queste opere non furono concepite con l'intenzione di essere accettate e acclamate dalla Chiesa autoritaria o dal monarca in carica. Campanella scrisse queste righe per sé sulla base della sua conoscenza di astronomia, di astrologia, della Bibbia e anche col contributo divino. Formulò predizioni da eventi astronomici che erano segni di eventi umani. Mi permetta di raccontarle come ho incominciato a studiare astrologia e astronomia. Un giorno, probabilmente nel 1987, durante la mia lezione di catechismo, un sacerdote ci lesse la storia della nascita di Gesù e dei Tre Re Magi arrivati per visitarlo. Non riuscii a chiudere occhio tutta la notte immaginando una stella che guidava quei tre eroi mentre attraversavano il deserto diretti a Betlemme. Ricordo ancora oggi il mio desiderio di capire quell'evento celeste. Ebbene, quella è la prima prova a sostegno dell'astrologia come scienza di Dio. Dobbiamo credere che Dio possa usare eventi astronomici per comunicare il suo messaggio.

Tommaso Campanella predisse, quasi con precisione svizzera, la Grande Congiunzione del 1603 collegandola a eventi umani quali:

La nascita di Luigi XIV, 1638.
La vittoria di Vienna sui turchi, 1683.
La nascita di Napoleone, 1769.
La Rivoluzione Francese, 1789.
L'Impero Napoleonico, 1804.
Concordato con la Santa Sede, 1812.
L'abdicazione di Napoleone; anno senza estate, 1815.
La Fine dello Stato Pontificio, 1870.
Le due Guerre Mondiali.
I Patti Lateranensi con Mussolini, 1929.

E ancora: l'emancipazione degli ebrei da parte di Napoleone nel 1803 e il ritorno nella loro terra nel 1949 e poi l'attentato del "Turco" per assassinare il papa nel 1981. Non ripeterò tutte queste profezie perché Domenico le ha già esposte in dettaglio. Tuttavia, poiché tutte quelle profezie di Campanella si sono avverate, si pone una domanda: e se le profezie del terzo Millennio, o Millennio di Cristo, come lo chiamò, fossero anche esse accurate?>>.

René fece una breve pausa, controllò l'ora sul suo Swatch e aggiunse dell'altro tè alla sua tazza. Dopo, riprese a parlare guardandomi: <<Siamo in perfetto orario perché siamo già giunti all'inizio del punto 7 della nostra presentazione e poi c'è l'ultimo. La ringrazio molto per essere un ascoltatore così attento>>.

<<Veramente, grazie a lei, René. Vorrei essere un suo studente, Professore. Questa è stata una lezione straordinaria e lei ha un talento per comunicare un soggetto così complesso in modo semplice. Ora sono ansioso di sapere cos'altro questo Campanella ha predetto per noi, visto che siamo all'alba del Terzo Millennio. Dunque cosa dovremmo aspettarci e come dovremmo interpretare queste predizioni?>>, domandai aspettando che continuasse. Era più che felice di sentire la mia domanda e rispose in modo trionfante. <<Questa è proprio la domanda da porsi, Signori, e non solo per noi ma anche per il mondo intero che è in attesa di conoscere il futuro. Abbiamo la responsabilità di comunicare la verità!>>.

<<Volevo assicurarmi delle sue intenzioni - così commentai – mmm... in realtà che tipo di responsabilità abbiamo? Cerchiamo di essere chiari. Abbiamo trovato delle carte mentre ripulivamo dai detriti un palazzo di famiglia in rovina, poi abbiamo supposto che quei documenti fossero scritti da un monaco sconosciuto del sedicesimo secolo, un monaco che predisse alcuni eventi importanti nella storia dell'umanità. Anche altri fecero altrettanto. Insieme dobbiamo capire il contenuto di quanto scritto e il nostro coinvolgimento in questa storia si limita a questo, senza responsabilità alcuna nei confronti del mondo intero. Sarebbe una follia; tra l'altro, pensa veramente che il modo si preoccupi di ciò che accadrà, per esempio, nell'anno 2200 o che qualcuno creda ancora alle predizioni? Pensi alla profezia Maya che annunciava la fine del mondo nel 2012. Delle persone avevano smesso di pagare il mutuo in attesa della fine del mondo che poi non è arrivata e i loro beni vennero pignorati. Senta, neanche il riscaldamento globale del pianeta spaventa più nessuno>>.

«Signor Alfredo - René cercò di fermare i mei commenti – mi piace il suo approccio pratico, ma non intendevo dire che dobbiamo salvare il mondo; tuttavia, prima di approfondire ulteriormente la mia presentazione dei manoscritti di Campanella, per cortesia mi permetta di presentarle i fatti e poi potrà giudicare da solo. Due secoli dopo "L'Anno senza l'Estate" nel 1815 e l'abdicazione della Grande Aquila, ovvero Napoleone, un fuoco luminoso apparirà nel cielo, una cometa, nel giorno di San Giovanni Battista, per annunciare l'avvento del Papa che condurrà a insegnamenti erronei con il sostegno di un altro Papa al suo fianco. All'inizio del Terzo Millennio, i seguaci del Profeta della mezzaluna reclameranno vendetta per la grande sconfitta nel deserto, ma senza successo, ed entreranno in guerra, fratelli contro fratelli nel secolo successivo. Devasteranno la loro terra e il loro popolo. Alla fine, il loro tesoro trovato nella sabbia sarà perso e le loro grandi città costruite sulla sabbia ritorneranno alla sabbia».

«Aspetti un momento, Professor René», lo interruppi bruscamente. «Quelle frasi sono veramente nei manoscritti di Campanella? Questo è semplicemente incredibile! Tutto ciò è quanto sta accadendo ora! Duecento anni dopo l'abdicazione di Napoleone corrisponde al 2015 e abbiamo già due Papi. Non molto tempo fa, l'America ha vinto la Guerra del Golfo e abbiamo terroristi dappertutto con obiettivi di vendetta e, per di più, divisi da guerre intestine. Il tesoro nella sabbia potrebbe essere il petrolio. Sorprendente, nel prossimo secolo sarà esaurito ma è meglio non mostrare loro questo documento che predice il ritorno alla sabbia delle loro città, aeroporti ed altro costruiti artificialmente. Questo fa paura».

«Esattamente, questo è quanto sto cercando di spiegarle».

«Sì!».

«È scritto nei manoscritti in linguaggio antico e sostenuto da moti stellari mostrati in diversi diagrammi. E non è tutto. Per cortesia, ascolti. Nel primo decennio del Terzo Millennio, il popolo del Segno del Dragone manderà un mare di soldati disarmati che penetreranno nell'Antico Mondo Cristiano e nel Nuovo Mondo. Non rispetteranno nessuna religione, introdurranno la religione della Moneta Giunone, abbracceranno il danaro. La religione sarà dominata da comunicazione senza scrittura, direttamente verso il cervello umano con velocità incommensurabile. Nel secondo decennio del terzo Millennio, quattro eroine femminili, due dal Vecchio Mondo e due del Nuovo, si uniranno nella Santa Alleanza per affrontare la guerra senza guerra contro il Popolo del Dragone. Gli esseri umani sovrappopoleranno la Vecchia Terra e, nella terra del Popolo del Dragone un decennio dopo la metà secolo non ci sarà più aria da respirare e la grande Aurora dal nord coprirà la loro terra. La grande luce annuncerà, come la stella di Betlemme, la via alla gente delle campagne per rivoltarsi contro i cittadini. La nazione si ribellerà, fratello contro fratello, ci sarà carenza di cibo e si andrà verso l'inizio del grande disastro. Nello stesso decennio, una grande luce unificherà l'intero mondo Cattolico, e, alla fine, si rivolgeranno tutti alla Santa Croce, parlando la stessa lingua e chiedendo perdono. Il mondo cattolico sarà sull'orlo dell'estinzione come conseguenza di decenni sotto la religione della Moneta di Giunone e della mancata volontà di procreare. Vivranno e moriranno. Non ci sarà futuro e neanche speranza. Nel mondo ci saranno solo guerra e dolore.

C'è un'isola nel grande mare, al di là delle Colonne di Ercole, che quattro secoli dopo "L'Anno senza Estate" (1815+400=2215), esploderà e le acque si innalzeranno a livelli di proporzioni bibliche, sommergendo le grandi città sulla costa di tutto il mondo cattolico e non ci saranno sopravvissuti. Quella sarà la fine della religione della Moneta di Giunone e i sopravvissuti dell'isola si rivolgeranno alla Croce pregando il Creatore Salvatore di salvare la razza umana da Lui creata. Il Salvatore darà avvio all'Anno del Messia nel 2239 ponderando se ricreare la razza umana senza il "libero arbitrio". Per seimila anni Dio creò gli uomini a sua immagine con il potere di scelta e ora può constatare il fallimento di quella decisione. Questa profezia avrà fine nel 2400. A partire da lì, il Creatore deciderà fino alla fine del terzo Millennio quale sarà il destino della razza umana nell'universo che Lui stesso ha creato. Quelle scritture sono tradotte nel modo più fedele possibile ai manoscritti senza aggiungere orpelli letterari perché dobbiamo ancora continuare a studiare molte mappe e diagrammi al fine di individuare, forse, predizioni più accurate con date corrispondenti>>.

René smise di parlare, esausto, ma io e Mimmo rimanemmo impassibili.

Era quella una profezia o fantascienza? continuavo a chiedermi; tuttavia era impossibile trovare dei punti deboli nella presentazione di René.

Come promesso aveva tradotto nel modo più semplice le parole dei manoscritti.

Nell'ascoltare la sua presentazione non era molto difficile trarre un senso dalle predizioni di Campanella senza l'aiuto di elaborazioni scientifiche complesse.

Guardai Mimmo che era teso e in silenzio, e alla fine per alleggerire l'atmosfera apocalittica con la quale René aveva concluso la sua presentazione, provai a fare qualche battuta prendendo le predizioni alla leggera.

<<Hey, René prenda un sorso di tè, se lo è meritato. Che bel futuro attende la razza umana! Nonostante ciò, molti eventi apocalittici accadranno durante la nostra vita, no? A proposito, c'è qualche predizione sul prezzo dell'oro da adesso all'anno 2020, per esempio? Pare che Campanella avesse una grande visione per quanto riguardava il denaro, supponendo che il Popolo del Dragone fossero i cinesi. Li ha chiamati "soldati disarmati" che penetrano ovunque ed è infatti quello che sono veramente. La loro religione è il danaro e tutto il mondo moderno si è convertito ad essa con la velocità della luce, senza nessuna resistenza, anzi in realtà abbracciandola>>.

René non interruppe le mie osservazioni, ma guardò il suo Swatch un po' nervoso, allora diedi un'occhiata al mio Piaget rendendomi conto che era mezzogiorno e dieci.

<<René, grazie per questa incredibile presentazione, sono sicuro che passeremo molte ore nel cercare di trarre un senso da quelle profezie. Abbiamo tutti delle domande in attesa di risposta, ma ora è il momento di fare una pausa e di andare ad incontrare il suo amico Jean Marie. È anche lui interessato in quel tipo di visione futuristica del mondo?>>.

<<Oh, più di quanto lei possa immaginare>>, rispose.

<<Perfetto, allora potrebbe essere un pranzo da fantascienza>>, conclusi alzandomi e lasciando la sala.

La limousine era pronta davanti all'atrio dell'hotel, quindi in due minuti eravamo già per strada.

René sedeva nel sedile anteriore parlando con il conducente e spiegandogli che eravamo un po' in ritardo e che pertanto sarebbe stato meglio evitare Piazza del Popolo sempre piena di traffico; gli suggerì di prendere piuttosto il Lungotevere e poi attraversare il ponte giungendo a destinazione all'Hilton in 15 minuti.

Ero seduto nel sedile posteriore con Mimmo che non disse una parola durante tutta la mattinata, aveva fatto bene a permettere a René di presentare il tutto, comprese le sue interpretazioni.

Infine, ci guardammo l'un l'altro e io dissi: <<Allora Mimmo, cosa ne pensi? Credi in quelle predizioni?>>.

<<Ebbene, quelle predizioni fanno piuttosto paura, ma prova ad immaginare qualcuno nel sedicesimo secolo intento a leggere le profezie che predicevano i 400 anni successivi: quella persona potrebbe aver avuto la stessa reazione dubitando, e poi guarda cosa è successo. Quasi tutte quelle profezie si sono avverate, allora forse è meglio credere nelle profezie divine di Tommaso Campanella>>, concluse e rimase in silenzio finché non ci fermammo davanti all'entrata dell'Hilton.

<<Benvenuti all'Hilton Cavalieri!>>, ci accolse sorridendo un portiere alto e muscoloso come un modello, mentre apriva la porta della nostra limousine.

Seguendo René, attraversammo l'atrio maestoso dell'Hotel e subito dopo girammo a sinistra dove ci attendeva un signore distinto. Aveva capelli scuri brizzolati, una giacca color blu scuro, pantaloni grigi e una cravatta Hermes blu chiaro; salutò René che, a sua volta, lo presentò a noi.

<<Alfredo, ho il piacere di presentarle Jean Marie>>.

Ci stringemmo la mano, René lo presentò anche a Mimmo e ci incamminammo.

Jean Marie si avvicinò a me e mi chiese: <<Alfredo, possiamo chiamarci per nome?>>.

<<Ma certo Jean Marie>>, risposi lasciandolo continuare.

<<René mi diceva che lei è canadese, originario di Montreal, quindi lei parla il francese?>>.

<<Si!>> risposi con un piccolo accento del Québec.

<<Perfetto, quindi possiamo parlare francese>>, disse contento.

<<Ho visitato Montreal molte volte, è una delle più belle città del Nord America.

Devo dire, la città più europea in America, con una sua *"joie de vivre"* nonostante gli inverni duri. Ogni volta che mi trovo negli Stati Uniti, cerco sempre di fermarmi a Montreal per un giorno o due. René mi diceva che lei non vive più lì permanentemente>>.

<<Sì e no!>>, risposi. <<Considero Montreal "la mia città" anche se effettivamente non ci vivo dodici mesi all'anno. Mia moglie è italiana, quindi l'Italia è la mia seconda patria e da quasi vent'anni abbiamo una casa alle Bahamas, il miglior posto per passare gli inverni>>.

Intanto entrammo nel ristorante L'uliveto e Jean-Marie ci spiegò il motivo per cui avremmo mangiato là. <<Alfredo, mi dispiace, ma La Pergola, il famoso ristorante con tre stelle Michelin, oggi è aperto solo per cena quindi dovremo pranzare qui.

Questo è anche un ristorante molto buono, specialmente a pranzo, con un menù preparato dallo stesso chef, Heinz Beck. Lei è mai stato qui?>> mi chiese, fissandomi.

<<Sì, anni fa un nostro amico di New York ci invitò durante il suo soggiorno qui.

Ricordo che la cena al ristorante La Pergola fu squisita per non parlare della fantastica vista della cupola di San Pietro con l'intera Città di Roma sullo sfondo>>.

Era palese che la mia risposta gli era piaciuta, tanto da invitarmi a sedere accanto a lui, con una vista parziale di Roma al di sopra della piscina.

<<Deve avere un po' di fame dopo aver ascoltato la presentazione estenuante di René. In sole due ore può percorrere mezzo millennio di profezie già avverate e spiegarle le profezie per il prossimo mezzo millennio facendola sbalordire>>.

<<Ben detto. Rimane la seguente domanda: parlando in lingua moderna, dove è il confine tra realtà e fantascienza? E ancora, quanto sono vicine quelle interpretazioni agli scritti di Campanella>>, domandai.

Avevo gli stessi timori all'inizio, ma ora non più.

<<Su, dia un'occhiata a quello che sta accadendo intorno a noi, con tutti quei soldati disarmati del Popolo del Dragone che penetrano nel mondo cristiano. Basti solo guardare laggiù al tavolo in fondo alla sala, sa di chi sto parlando. Oramai sono dappertutto e come ha fatto Campanella a vedere questo 400 anni fa. Hanno alcuna moralità o religione? No, solo lavorare, dormire, mangiare, sputare e così via.

E poi, che dire della profezia dei due papi seduti fianco a fianco? Lei ha capito la profezia sulla Guerra del Deserto, dove l'armata cristiana sconfiggerà l'armata del Profeta della Mezzaluna? Non ci troviamo ora nel periodo nel quale cercano di vendicarsi? Sorprendente. No?>>.

Continuò a parlare con fervore; fortunatamente il cameriere venne a prendere l'ordine.

Jean Marie fu rapido a chiedere lo speciale del giorno.

Ascoltando la descrizione elaborata del cameriere, fummo tutti d'accordo nell'ordinare la spigola in crosta di sale da lui suggerita; ne ordinammo soltanto due da condividere al tavolo e ordinammo anche il tipico antipasto romano con i carciofini.

Infine, Jean-Marie mi chiese le mie preferenze in materia di vini bianchi suggerendomene uno francese.

In genere preferisco un Borgogna come bianco, e Jean Marie chiese al cameriere di portare una bottiglia di Chevalier-Montrachet 2008.

<<Scelta eccellente, grazie Jean-Marie>>, dissi guardando la bottiglia presentataci da un cameriere visibilmente felice.

<<Ovviamente lei sa che il Montrachet proviene dai grappoli di Chardonnay.

Lo Chardonnay è dappertutto oggigiorno, come le borse Gucci contraffatte, ma non ogni Chardonnay può essere Montrachet>>, disse Jean-Marie, facendo la parte del "Grand patron de table" quindi mi permisi di ricondurlo al nostro discorso domandando: <<Jean-Marie, mi sembra che lei conosca le profezie di Campanella piuttosto bene, ma lei non è un uomo di scienza come René e Mimmo, vero?>>.

<<Oh, no, no!>>, mi interruppe immediatamente.

<<Non lo sono. La mia formazione è completamente diversa. Veramente, il mio primo titolo conseguito è stata una laurea in Sociologia, ma il mio vero interesse è sempre stata la finanza, quindi ho conseguito un MBA e un CFA entrando nel mondo degli acquisti monetari>>.

<<Interessante; e in che cosa investe in questi giorni?>>, chiesi.

<<La risposta è molto semplice amico mio!>>, rispose senza esitazione alcuna.

<<In idee! Si, certo, finanzio buone idee.

Ovviamente, vedo degli interrogativi nei suoi occhi, allora mi permetta di spiegarle. Non si possono fare soldi investendo semplicemente in idee, ma si può perder molto denaro investendo in cattive idee. Sa di cosa io stia parlando? Oggi, tutti pretendono di avere una grande idea, ma io non ci salto dentro immediatamente perché il 90% di esse sono cattive. Il mondo d'oggi è molto competitivo e molte cose possono andare storte. Guardi alla politica e a come il mondo finanziario dipenda dai legislatori, ma essi sanno cosa stanno facendo? O, magari, si preoccupano di quello che stanno facendo?>>.

Ancora una volta, il cameriere interruppe il monologo appassionato di Jean-Marie servendo al tavolo e salvandoci da un dibattito politico.

Jean Marie degustò il vino e, alzando il calice, disse: <<Salute a tutti noi e allo spirito di Campanella>>.

Incominciammo a pranzare in silenzio, ma la quiete non durò a lungo perché Jean Marie riprese il suo discorso.

<<Sono lieto di incontrarla, Alfredo, e sento che potremo fare molte cose insieme, peraltro, stando a René, lei ha anche una preparazione nella finanza internazionale.

Nel settore minerario, se ho ben capito>>.

<<Esattamente, e anche qui è un'impresa dedicata investire in buone idee, specialmente quando si tratta di miniere d'oro. Non si può avere una miniera redditizia senza trovare un sedimento d'oro innanzitutto>>, risposi.

<<Oh, mi piace!>> disse ridendo e prese un altro sorso di vino.

<<Non ho mai investito in oro. Dovrei? Sono ancora in tempo?>>.

<<Ebbene, dipende da quelle profezie>>, risposi e tutti risero; ma poi aggiunsi: <<Sul serio, se ipotizziamo che solo la metà di quelle profezie si avvereranno nei prossimi anni o decenni, vivremo in un mondo incerto, quindi l'oro potrebbe essere un rifugio se paragonato alla carta stampata giorno e notte, ovvero la moneta>>.

<<Ha ragione, questo è un vero problema e siamo tutti qui per discutere di cosa si possa fare per evitare che il mondo collassi>>, Jean Marie disse seriamente.

<<È più facile a dirsi che a farsi. Non penso che solo noi quattro possiamo salvare il mondo>>, dissi sarcasticamente.

<< Non intendevo questo!>>, Jean Marie si irritò. <<Tuttavia, abbiamo in mano uno strumento, una ricetta, o piuttosto una profezia, e il mondo dovrebbe esserne messo al corrente in modo da agire o quanto meno essere avvisato. Quelle profezie sono estremamente potenti ma devono essere trasmesse attraverso una piattaforma mondiale adeguata. Il tempismo è essenziale; se quelle profezie che predicono cosa accadrà nell'anno 2015, 2020, 2050 e oltre sono vere, vuol dire che il tempo di agire è adesso>>.

Jean-Marie conduceva lo spettacolo al nostro tavolo, ma senza svelare chiaramente il motivo per cui stavamo pranzando tutti insieme.

Forse mi stava leggendo nella mente perché all'improvviso cambiò tono e si rivolse a me.

«Alfredo, sono molto lieto che infine ci siamo incontrati e ora, conoscendola un po' meglio, ho una proposta per lei. Vorrei che lei si unisse a noi al fine di aumentare il valore dei manoscritti di Campanella in suo possesso. Quei manoscritti non sono semplicemente documenti ordinari di valore storico. Quelle sono profezie per il futuro di tutti noi. Il mondo intero deve porsi sotto la loro guida. Noi siamo pronti e in grado di realizzare questo, ma abbiamo anche bisogno di lei e dei suoi manoscritti».

Incominciai a capire il suo punto e allora chiesi: «Jean Marie, per cortesia, quando dice "noi", chi ha in mente? Quale gruppo lei rappresenta?».

«Grazie, Alfredo, per questa domanda. Sento che ci stiamo avvicinando al dunque.

Amo trattare con gente come lei. Rappresento un gruppo finanziario importante associato all'EAF; ha probabilmente sentito parlare di loro sotto il nome "Alleanza Europea per la Libertà". Questa alleanza sta raggruppando tutti i partiti politici, istituzioni finanziarie, istituzioni religiose, i media e altro dal centro alla destra e promuovendo l'unità nella libertà. Sembra una descrizione molto generale, ma da un punto di vista pratico, interveniamo dappertutto al fine di arrestare la proliferazione del comunismo, anarchia e terrorismo contro la società europea e non solo. L'EAF ha rapporti molto stretti con forze similari in America e in Asia.

Questo è un movimento estremamente importante senza il quale il mondo sarebbe perso. I nostri nemici si stanno diffondendo come delle piaghe ma noi faremo fallire i loro sforzi e alla fine saremo vittoriosi».

Lo ascoltavo costernato, pensando alle voci su quei movimenti di estrema destra che si stavano diffondendo in tutta Europa, Italia compresa.

Non ho mai badato a quei movimenti sperando nella loro estinzione naturale, ma non avrei mai pensato che un giorno mi avrebbero invitato a unirmi a loro.

Indovinando le intenzioni di Jean Marie, chiesi: «Jean Marie, personalmente ho un orientamento politico di centro, probabilmente più a destra, ma ciò è naturale. Nato sotto il regime comunista, potevo sentirne l'odore da lontano ma il movimento di estrema destra è visto, quanto meno dai media di stampo liberale, come un pericolo potenziale alla stabilità dell'intero continente. Sono percepiti come populisti intenti a presentare la cultura nazionale in pericolo e a soffermarsi principalmente sulla minaccia proveniente dall'Islam. Peraltro, sono ostili a tutto e promuovono la violenza come mezzo per cambiare l'ordine del mondo. Ora, io sono un personaggio privato quindi mi chiedo: perché sono importante per lei e per il suo movimento? Non sono neanche europeo e sebbene sia nato in Europa, non ho un passaporto europeo e non voto qua. E, francamente, amo l'Europa così com'è, concedendomi la libertà di essere il benvenuto in 27 paesi. Forse, dopo quarant'anni di vita lì, ho un modo di pensare americano>>.

<<La ringrazio per essere franco, ma in Europa e nell'intero mondo cristiano abbiamo un problema serio. Lei ha menzionato la sensazione di una minaccia dall'Islam. Non pensa alla gravità di questo problema? Pensi per esempio al mio paese, la Francia; usiamo, non ufficialmente, il nome "Eurabia". Allo stato attuale, abbiamo un tasso di natalità dello zero per cento, di conseguenza entro il 2020 la popolazione mussulmana raddoppierà in Europa e entro il 2100 il 25% della popolazione europea sarà mussulmana. Non si integrano, conservano la loro religione e il loro modo di vivere; d'altra parte, gli europei stessi stanno diventando sempre di più atei. La religione europea e cristiana a livello mondiale è diventata inutile come guida per capire Dio, ma essere ateo non è certo meglio. Religione e ateismo sono arroganti pretendendo di avere la verità suprema quando in realtà non è così! Sin dal Concilio Ecumenico Vaticano II abbiamo solo creato problemi cercando di promuovere un cattolicesimo populista per attirare gente in grande numero. Sì, siamo riusciti a riempire gli stadi ma, allo stesso tempo, abbiamo svuotato le chiese. Per di più, il ruolo del Papa è diventato un lavoro; se non funziona, può dimettersi e nessuno può processarlo. È eletto come un politico e agisce come tale. Dov'è l'intervento divino in tutto ciò? Si sta andando nella direzione sbagliata, quindi dobbiamo rendere consapevole la gente del pericolo imminente. Nel 2014 ci saranno le elezioni parlamentari europee e quella del Presidente del Parlamento Europeo e poi negli anni successivi in Brasile, Francia e Stati Uniti. Non possiamo permetterci di avere altri buffoni come rappresentanti del potere decisionale. Vede, noi abbiamo idee, potere e danaro per mandare il messaggio corretto a milioni di persone lì fuori che sono vulnerabili alla guida ingannevole di amministratori eletti erroneamente e che pensano solo a sé stessi.

Al fine di creare e trasmettere un messaggio potente, abbiamo bisogno di uno strumento, un simbolo o una profezia che sia approvata e rispettata e che unifichi l'intero mondo cristiano. Dobbiamo creare una propaganda basata su qualcosa di provato e sul timore del futuro. Ora, caro Alfredo, credo che lei abbia in mano lo strumento giusto ed estremamente potente. Le profezie di Campanella potrebbero essere elevate all'altezza delle profezie di Daniele e guidare le nazioni ad agire insieme. La gente deve credere in qualcosa. Lei ha sentito parlare del Libro di Mormon: anche se lo si prende in giro, i fedeli rimangono irremovibili. Abbiamo il libro, o meglio, lei ha il libro, ma ne abbiamo bisogno per il bene del mondo intero>>.

Mi guardava con l'aria di un predicatore trionfante che aveva appena convertito un individuo mostrandogli un finto miracolo.

<<Lei mi capisce ora?>>, mi chiese e continuò senza una mia risposta. <<Abbiamo letto le copie del manoscritto, ma come la Torah e la Bibbia, gli originali hanno più valore. Deve essere come una Sacra Scrittura. Ovviamente, l'ideale sarebbe avere lei con noi assieme al suo palazzo e ai manoscritti trovati con l'aiuto della Divina Provvidenza ma, per essere pratici, vorremmo comprare quei manoscritti da lei. Le proponiamo di compensare i suoi sforzi facendole oggi l'offerta di venderci questi manoscritti per dieci milioni di euro, somma che potrebbe essere trasferita in un conto in Zug aperto per lei come beneficiario. Un affare semplice, come la vendita di azioni: consegna contro pagamento. Per evitare qualunque problema nel trasferimento di quei manoscritti fuori dalla Comunità Europea, potremmo depositarli in Francia, a Parigi, con un contratto di leasing di 99 anni. Dopotutto, Tommaso Campanella morì a Parigi sotto la protezione del Re di Francia e la sua ultima opera fu la profezia del Re Sole Luigi XIV. Prima di lui, anche Leonardo Da Vinci creò Monna Lisa in Italia, ma poi lavorò e morì in Francia sotto il patrocinio del re di Francia. E oggi questo quadro, il più famoso al mondo, si trova nel Louvre a beneficio del mondo intero. Vogliamo creare qualcosa di simile con le profezie di Campanella per il mondo odierno e per la prossima generazione>>.

Ero senza parole, o meglio esterrefatto, nell'ascoltare il discorso di Jean-Marie e la sua proposta. Fino a quel punto, non sapevo veramente cosa avessi in mano ma da quel momento in poi mi diventò chiaro: qualcuno è pronto a pagare molto per questi scritti. C'era solo un problema; quei manoscritti non erano in vendita, né per quella somma di danaro né per nessun'altra cifra. Nessuno avrebbe mai cercato quei tesori senza il libro di Gregorio Ferri e senza la mia perseveranza assistita da molta fortuna, quindi rimarranno dove sono stati trovati per le generazioni a venire. Non vogliamo appartenere a nessun gruppo politico che ha intenzione di usare le profezie come strumento di propaganda o di terrore.

Bevvi un sorso di vino e fissando Jean Marie dritto negli occhi dissi: <<Caro Jean Marie, la ringrazio per il pranzo delizioso, per l'eccellente compagnia e, ovviamente, per la sua offerta. Sì, sono un uomo di affari che ha concluso molteplici transazioni nel corso della vita grazie anche alla conoscenza del settore; tuttavia, questi manoscritti non fanno parte della mia competenza. Deve sapere che quello che mi sta proponendo non è come comprare 372 pagine di manoscritto ad un'asta di Christie's. Non ne conosco il valore e fino a oggi era irrilevante. Si potrebbe pensare che dieci milioni di euro siano molti soldi ma, in realtà, non per la nostra famiglia che fino adesso ha speso molto di più per la ricostruzione e per gli scavi del palazzo ancor prima di trovare questi documenti. Di fatto, non abbiamo mai esaminato il nostro investimento proprio per il fatto che non abbiamo mai trattato quest'opera come un affare e non ci pentiamo della decisione di recuperare storia della famiglia.

Chissà, forse la nostra scoperta ha un valore di dieci o venti milioni, e allora? Non posso prendere la decisione da solo, oggi, di venderle quei documenti e sono certo che mia moglie avrebbe la stessa posizione, così come nostro figlio che è fiero delle sue origini. Lui è appena all'inizio della sua carriera negli affari e ha un grande futuro, ma apprezza anche le arti e la musica quindi vogliamo che anche lui faccia parte della nostra scoperta. Mi spiace deluderla, ma i manoscritti non sono in vendita>>, conclusi deciso.

Jean Marie non era sorpreso o deluso.

Bevve un sorso di vino e, guardandomi con un leggero sorriso, disse: <<Caro Alfredo, avevo previsto questo tipo di risposta dall'inizio, ma sono sicuro che questa non è la sua risposta definitiva e, può esserne certo, da parte mia, che la nostra offerta non è l'ultima. Non mi ero reso conto di quanto tempo, denaro e perseveranza fossero stati necessari per portare questi manoscritti al tavolo delle trattative, ma siamo in grado di ricompensare pienamente i suoi sforzi. Dieci milioni o venti milioni, non

fa nessuna differenza per noi. Il valore di quei documenti è inestimabile a causa del loro contenuto. Queste profezie sono vere e ci toccheranno tutti, lei incluso. Le date scritte in esse, 2014, 2015, 2016, 2020, sono alle porte. Per esempio, la predizione secondo cui entro l'anno 2020 il mondo cristiano sarà guidato da quattro donne unite per vincere "La Guerra senza Guerra" contro il Popolo del Dragone. Non ci vuole molta immaginazione per capire che si tratti dei capi di stato della Germania, Brasile, Stati Uniti e Francia. Esse devono essere al potere e stare unite per fronteggiare con forza il nemico alle nostre porte. Il mondo cristiano vincerà e finalmente sarà unificato entro il 2061. Tutto ciò è scritto in quelle profezie. Così sia. Volontà di Dio>>.

Si alzò in piedi per indicare la fine del nostro pranzo e del nostro incontro.

Mentre ci stringemmo la mano, mi guardò negli occhi e concluse: <<Caro Alfredo, sono certo che penserà di nuovo alla mia offerta e ritornerà da me con la sua nuova proposta che non rifiuterò. Siamo tutti soggetti alla stessa sorte. Spero di rivederla presto>>. Quella fu la fine del nostro incontro e non ci rivedemmo mai più.

XIII

L'attacco del furfante

Seduto nell'aereo da Roma verso la Calabria, avevo una cattiva sensazione.

Ero andato a Roma credendo che avrei incontrato un gruppo di scienziati che mi avrebbero aiutato a tradurre e capire gli scritti di Campanella, invece ho incontrato i rappresentanti di un gruppo di estrema destra intenzionati a usare quei manoscritti per la loro agenda politica. Avevamo speso tanto tempo e denaro per restaurare i beni della famiglia di mia moglie, che erano quasi perduti.

Grazie alla mia perseveranza e all'aver creduto nella storia di Cosmo, e anche a un pizzico di fortuna, eravamo stati in grado di ritrovare i documenti, probabilmente i più importanti nella storia della nostra zona.

Gregorio Ferri giunse in Calabria con l'incarico di completare la missione di suo padre Jean Durand e, 150 anni dopo, noi fummo in grado di compierla.

La proposta di oggi di vendere i documenti per dieci milioni di euro è stata un insulto, non soltanto perché il loro valore reale in una casa d'aste sarebbe molto più alto, ma perché la storia di Gregorio perderebbe tutto il suo valore.

Non abbiamo mai avuto intenzione di usare il passato della nostra famiglia per il nostro tornaconto, ma non volevamo neanche gettarlo nel pattume.

Questi documenti appartengono a noi e alle generazioni future.

Tuttavia, prima di fare una valutazione finale del messaggio reale scritto in quelle profezie, dovevamo avere un secondo parere.

Di sicuro, sarebbe troppo facile e finanche irresponsabile o pericoloso fornire profezie a qualunque gruppo politico che potrebbe poi utilizzarle come mezzo di propaganda.

Arrivato in Calabria, prendemmo la decisione di chiedere a nostro cugino Carlo, impiegato presso Il Ministero dei Beni Culturali, di aiutarci a trovare qualcuno competente al fine di esaminare i nostri reperti. Carlo suggerì immediatamente di contattare un giovane professore della Sapienza di Roma, che assumemmo per tradurre i manoscritti in modo che potessimo capirne il significato del contenuto.

Stranamente, la sua traduzione confermò quanto tradotto da Mimmo e da René, ad eccezione delle interpretazioni di Jean Marie esagerate dal suo fervore politico. Eravamo molto soddisfatti per l'esito di quel secondo parere ma, nel frattempo, quasi ogni giorno ricevevamo messaggi telefonici e email da René e Jean Marie che ci esortavano a metterci in contatto con loro. Non avevamo nessuna intenzione di continuare delle trattative e ci aspettavamo che un giorno avrebbero smesso di chiamarci. Volevamo veramente completare la ricostruzione del Palazzo Baronale e avere quei documenti tradotti e catalogati.

Avevo anche avuto una conversazione preliminare con gli Archivi Vaticani per la sistemazione di parte di quei manoscritti e per la loro ulteriore conservazione.

Verso metà settembre, organizzavamo il nostro viaggio in Canada per rimanervi due mesi e chiesi allora a Vincenzo e ai suoi operai di completare l'ultima parte degli scavi e poi dirigersi verso sopra per incominciare il restauro del piano principale.

Erano felici di sentire la mia decisione dopo anni di lavoro nei sotterranei del palazzo.

Non sorvegliai da vicino l'ultima parte degli scavi, il mio tempo era completamente dedicato ai documenti di Campanella quindi quando Vincenzo mi contattò per chiedermi cosa fare con le giare rinvenute nel corridoio adiacente all'ultima porta ad arco, dovevo constatare con i miei occhi di cosa si trattasse.

Scendendo con lui attraverso le stanze oramai più illuminate, arrivammo finalmente agli scavi in corso. Vincenzo diresse il fascio di luce della torcia verso il suolo ed io rimasi impietrito dall'incredulità.

Sul pavimento mi mostrò sette giare parzialmente interrate.

Vincenzo suppose che si trattasse di giare usate per conservare olio d'oliva, ma mi accorsi subito che non era così.

Le giare non facevano parte di nessuna stanza adibita alla conservazione di scorte, quindi perché posizionarle tre piani sotto terra nel largo corridoio che probabilmente conduceva ad un cunicolo di uscita?

Quello era un mistero. Chiesi allora a Vincenzo di dissotterrale con estrema cautela per fare delle foto in modo da effettuare delle ricerche.

Seduto nel mio ufficio intento alla ricerca sui tipi di giare prodotte in Calabria in epoche diverse, all'improvviso suonò il telefono. Era un numero proveniente dalla Svizzera.

Di nuovo! fu la mia prima reazione ma poi presi la chiamata e incomincia la mia conversazione con René.

Inizialmente, si scusò per l'aggressività con la quale Jean Marie aveva cercato di concludere un accordo al primo incontro, poi ne propose un nuovo.

<<Caro René, per essere breve, come le avevo già detto stiamo ancora aspettando la traduzione di varie copie di diversi manoscritti, quindi incontrarsi ora non è opportuno. Dobbiamo completare la nostra ricerca prima di partire alla volta del Canada nelle prossime settimane, perché vorremmo avere le idee più chiare al nostro ritorno verso metà dicembre. Non le posso promettere nulla in quanto non stiamo pensando di vendere quei manoscritti>>.

<<Signor Alfredo, capiamo perfettamente il suo punto di vista, tuttavia vorremmo recarci da lei, nel suo Borgo, e vedere con i nostri occhi gli originali di quei manoscritti, soprattutto per accertarci della loro esistenza. Allo stesso tempo, vorremmo fortemente continuare le trattative con lei. Come ha probabilmente potuto constatare, Jean Marie è un individuo molto determinato ed è assolutamente convinto del valore storico della sua scoperta. Di conseguenza è pronto a qualunque cosa per concludere un affare con lei. Ha ancora i manoscritti originali in Calabria o li ha trasferiti altrove?>>, chiese bruscamente.

Non riuscivo a capire la sua apprensione per i manoscritti, ma gli risposi con calma.

Profezia dell'Aquila di Napoleone

<<Caro René, i manoscritti sono qui, nello stesso luogo in cui li abbiamo trovati.

Sono rimasti qui per più di 400 anni senza essere danneggiati, quindi possono rimanervi ancora per molti anni fino al giorno in cui troveremo un posto più adatto. Ad ogni modo, la chiamerò certamente al mio ritorno dal Canada. Per favore, porga i miei ossequi a Jean Marie>>, conclusi, e terminammo subito la conversazione.

L'ultimo fine settimana prima della nostra partenza per il Canada, decidemmo di invitare dei nostri amici a cena a La Rosa dei Venti, il nostro ristorante preferito per il pesce, ma fummo costretti a disdire all'ultimo minuto a causa di una grande manifestazione nella piazza principale di Santa Caterina Marina, organizzata dal Partito Comunista, che ci impediva di passare. Alla fine, andammo da Moreno a Soverato, dove il cibo è sempre eccellente.

Il mattino dopo scesi in Marina per un appuntamento con il nostro amministratore e notai diversi operai del Comune che lavoravano sodo per ripulire la spazzatura lasciata dai manifestanti del Partito Comunista.

Ritornando sulla strada principale, poco prima dello svincolo, vidi i contenitori della spazzatura colmi e, accanto ad essi, molte scatole ancora sigillate.

Incuriosito, mi accostai per vedere cosa ci fosse in quelle scatole nuove e intatte.

Aprendone una delle tante, rimasi scioccato; quelle scatole erano piene di manifesti con il simbolo del Partito Comunista con frasi ed immagini di Lenin stampate su di essi.

Che stupido spreco di alberi e stampa per creare alla fine spazzatura!

Tutto d'un tratto, ebbi un'idea.

Un minuto dopo, caricai quelle scatole nel bagagliaio della mia auto e le portai al Palazzo Baronale.

Vincenzo e Mauro erano ancora sul posto, quindi chiesi loro di mettere le scatole nei sacchi neri della spazzatura e portarli nella stanza della camera blindata.

Alla fine, piazzammo le scatole avvolte in sacchi di plastica nella camera blindata dove avevamo trovato i libri di Campanella.

Una volta che i sacchi furono sistemati, chiesi loro di chiudere bene le porte della camera, di ricostruire il muro come era prima e di ricoprirlo di stucco.

Rimasero circa due ore in più per completare quell'operazione senza chiedere, come al solito, il motivo per cui avevamo messo le scatole nella camera blindata.

Ad operazione compiuta, ripulimmo la stanza e portammo tutti gli attrezzi al livello superiore.

Poco prima di lasciarci, Vincenzo mi chiese cosa dovevano fare con le giare.

Non avevo in programma di continuare i lavori sotto terra e gli chiesi di coprire bene gli scavi con dei teli di plastica e incominciare gli interventi al piano terra come eravamo d'accordo.

Erano più contenti di lavorare sopra piuttosto che nelle grotte alla ricerca di vecchi libri usati da monaci senza alcun valore per loro.

Gli incontri e le conversazioni recenti con René e Jean Marie non mi ispiravano un buon presentimento.

Perché vogliono avere a qualunque costo queste profezie? Cosa potrebbero fare per averle?

Oramai sapevano tutto sul luogo di ritrovamento di quei documenti ed erano anche al corrente che eravamo in procinto di partire per il Canada dove saremmo rimasti per mesi.

Vi era la concreta possibilità che avrebbero provato a rubarli.

Avevo tutti i motivi per essere preoccupato, quindi prima della partenza trasferii i manoscritti e li nascosi in un posto nel castello noto solo a me con ottima protezione e sistema di allarme.

Nel Palazzo Baronale rinforzammo tutte le porte e chiudemmo completamente l'accesso ai piani nei quali avevamo effettuato gli scavi.

Ovviamente, la camera blindata nella quale avevamo trovato i tesori era stata chiusa con mattoni sottili e riempita con scatole colme di manifesti comunisti.

Da quel momento in poi, Vincenzo e i suoi operai lavorarono al piano terra intenti a preparare i materiali per ricostruire l'atrio di ingresso.

Lasciammo la Calabria per goderci la permanenza in Canada, senza preoccupazione alcuna per il palazzo e i suoi tesori segreti, finché un giorno ricevemmo un messaggio del tutto inatteso da parte di Vincenzo che ci chiedeva di chiamarlo urgentemente al Borgo.

Era un tardo pomeriggio a Montreal e molto tardi in Italia, perciò chiamai il mattino dopo.

<<Allora Cenzo, cosa c'è?>>, chiesi.

<<Signor Alfredo - disse con voce rammaricata - Qualcuno ha fatto irruzione nel palazzo!>>.

<<Come è potuto succedere? Hanno fatto danni o rubato qualcosa? Dimmi>>, chiesi immediatamente.

<<Sapete, durante la festa di Santa Caterina permettiamo sempre alla gente di visitare il palazzo a piccoli gruppi; quest'anno, i giovani avevano organizzato una rappresentazione del Presepe Vivente con una parte dello spettacolo eseguita sulla terrazza del palazzo. Eravamo là di sorveglianza ogni giorno e ci assicuravamo di chiudere il cancello alla fine, ma due giorni fa, mentre ispezionavamo tutte le porte, mi sono accorto che quelle in ferro che chiudevano la via verso l'area degli scavi erano state forzate e aperte. Siamo scesi nei livelli inferiori e abbiamo visto che il muro costruito per sigillare la camera blindata era stato rotto e le scatole con i libri che avevamo sistemato insieme erano sparite. Mi sono messo a tremare come una foglia alla vista di tutto ciò. Come è potuto mai succedere? Non c'era nessuno segno di rottura dal di fuori. Zbycho crede che qualcuno sia rimasto dopo lo spettacolo e abbia forzato la porta di accesso ai sotterranei dall'interno e poi sia fuggito dal balcone del secondo piano. Una finestra nella galleria a volta era aperta. Vi spiegherà meglio cosa pensa. Credete che debba chiamare i Carabinieri?>>.

<<Ascolta, Vincenzo, grazie per avermi chiamato>>, provai a calmarlo.

<<Nessuno si è fatto male. Per favore, aspetta prima di chiamare i Carabinieri visto che non ci sono tracce di scasso dall'esterno e non è stato rubato niente di valore.

Ad ogni modo loro sono occupati a dare la caccia ai coltivatori di marijuana.

Li contatterò una volta ritornato in Calabria. Per cortesia chiudi bene le porte, lascia sempre le luci accese all'interno del palazzo, fai una fotografia del muro danneggiato con il tuo telefonino e aspetta il nostro ritorno. A proposito, hai notato, di recente, stranieri con facce sconosciute aggirarsi per le vie del centro storico?>>.

<<No, no. Ma ora che mi ci fate pensare, mi pare di aver visto quello scemo di Nano con uno dei fratelli Rossi e un gruppo di stranieri fare delle foto del palazzo, ma li ho visti di giorno e c'è sempre gente che fa delle foto del palazzo>>, disse più rilassato.

<<Un'altra cosa, Cenzo: se vedi qualcuno sospetto intorno al palazzo, per favore fa una foto>>.

<<Chiamerò Zbycho per chiedergli di tener d'occhio il complesso del castello>>. <<Signor Alfredo, mi sento avvilito. Abbiamo fatta tanta fatica per trovare quei libri e ora qualcuno li ha rubati>>, Vincenzo continuò.

<<Vedi, Vincenzo, ci sono ladri dappertutto oggigiorno, ma nel nostro caso, sono sicuro che non abbiano fatto un errore. Non ti preoccupare e aspetta il nostro ritorno>>. Quella gente avrà una bella lezione, conclusi pensando tra me e me: volevano del materiale per la propaganda di estrema destra, ma per ora hanno manifesti comunisti.

Avevamo un volo da Toronto a Roma per il 2 dicembre con arrivo all'indomani alle 13 a Lamezia. Non avevamo novità dalla Calabria e chiamammo Zbycho prima della partenza dal Canada. Non era di buon umore e ci spiegò che il povero Vincenzo era molto malato, con problemi al fegato e reni, forse a causa del troppo alcool.

<<Non sta venendo a lavorare e infatti è andato da qualche parte per diversi giorni senza dirci nulla. Al momento si trova nell'ospedale di Soverato, ma è veramente in cattive condizioni e i dottori non credono che abbia possibilità di recupero>>.

Eravamo addolorati, Vincenzo era stato come un membro della famiglia per noi per oltre vent'anni. Aveva sempre avuto problemi con l'alcool, ma non era mai stato seriamente malato.

Atterrammo all'aeroporto di Roma alle 10 e andammo direttamente all'imbarco per Lamezia e, poco prima di partire, Barbara chiamò Zbycho per informarlo del nostro arrivo. Lui era contento di sentire la sua voce e le disse che avrebbe mandato Franco a prenderci all'aeroporto, poi ci aggiornò sulle condizioni di Vincenzo che erano precipitate. Pare che, ripresa conoscenza, Vincenzo avesse chiesto di vederci e quindi chiedemmo a Franco di passare direttamente dall'ospedale prima di condurci a casa. Ci arrivammo in mezz'ora circa e andammo immediatamente nella camera dove Vincenzo era ricoverato. Suo fratello e alcuni suoi amici ci stavano aspettando davanti alla porta. Ci salutammo in silenzio e poi Gino disse: <<Signora, Vincenzo è molto malato, è quasi completamente privo di sensi ma ogni volta che apre gli occhi pronuncia il suo nome. La devo avvertire, non ha un bell'aspetto; è molto doloroso vedere come il suo corpo si sia deteriorato nelle ultime due settimane>>.

Barbara non ascoltò una parola di più e si precipitò nella stanza a due lettini divisi da una tenda.

Si avvicinò al letto di Vincenzo; il suo volto era scuro e la sua chioma abbondante era quasi completamente scomparsa.

Respirava affannosamente e con difficoltà, quasi con spasmi, e muoveva continuamente la lingua annerita.

Era una vista orrenda, ma Barbara sorprendentemente fu forte e coraggiosamente si chinò sul suo orecchio ripetendo il nome Vincenzo con voce di volta in volta più forte.

All'improvviso lui aprì gli occhi e la guardò per un attimo cercando di raccogliere tutte le forze rimaste per dire qualcosa.

<<Io non ho detto niente>>, riuscì finalmente a dire con estrema difficoltà, poi chiuse gli occhi facendo respiri spasmodici e perse conoscenza.

Capivamo che la nostra presenza non poteva cambiare nulla, quindi ci avviammo lentamente verso l'ascensore in silenzio, quando Gino corse verso di noi per informarci con tristezza che Vincenzo era appena morto.

<<Oh Dio, accoglilo in pace! Mi sento più sollevata ora>>, disse Barbara e partimmo in completo silenzio.

Tutti al castello erano stati già informati e, al nostro arrivo, ci accolsero calorosamente, ma senza la solita gioia.

Per noi era come aver perso un membro della famiglia.

Seduti al tavolo senza appetito e sorseggiando solo acqua, Barbara mi chiesi improvvisamente: <<Cosa voleva veramente dirmi con le sue ultime parole "Non ho detto niente"?>>.

Mi guardava come se stesse aspettando da me una risposta, ma io non l'avevo, e allora lei continuò.

<<Aveva un aspetto orribile. Perché? Lo conoscevamo da più di

vent'anni ed era stato sempre forte e in salute, quindi come ha potuto avere un problema mortale con i reni e il fegato, stando a quanto dicevano in ospedale? Non riesco a capacitarmene>>, disse con profonda tristezza.

<<Ti capisco. Si tratta di una vicenda estremamente dolorosa e triste, ma non possiamo farci nulla>>. Ma appena finito di parlare, mi tornò in mente un'immagine del passato quando operavo nell'industria mineraria.

Ho spesso visto cercatori d'oro nei fiumi della giungla indonesiana.

Per anni, quegli uomini avevano cercato l'oro nei letti dei fiumi usando mercurio liquido in modo da poter separare l'oro dalle rocce.

Con l'uso del mercurio, inalavano costantemente i vapori di quel veleno che a sua volta, con il passare del tempo, danneggiava polmoni, reni, cervello e sistema nervoso.

Ho visto tanti di quei poveri giovani operai che dopo anni di esposizione al mercurio sembravano vecchi e morivamo lentamente.

Avevano lo stesso aspetto di Vincenzo.

Non capivo perché quel ricordo fosse emerso dai miei pensieri in quel momento.

È possibile che Vincenzo sia entrato in contatto con del mercurio e che sia stato avvelenato?

Si è spento di morte naturale o qualcuno lo ha aiutato a morire?

Era il solo, a parte me, a sapere dove i manoscritti fossero nascosti.

Quelle persone che hanno fatto irruzione nel palazzo con l'intenzione di rubare i manoscritti non hanno preso altro che dei manifesti del Partito Comunista.

Qualcuno ha fatto di tutto per metter le mani su quei testi, ma trovare invece dei manifesti del Partito Comunista probabilmente non è stato divertente, e l'unica persona che poteva aiutarli era Vincenzo ma lui non ha collaborato.

Non volevo continuare a pensare ad un possibile legame tra la morte di Vincenzo e l'irruzione nel nostro palazzo.

Forse, nel leggere così tante profezie e documenti misteriosi negli ultimi tre anni, avevo sviluppato un'immaginazione esagerata.

Non sapremo mai la risposta del perché Vincenzo sia morto così d'improvviso.

XIV

La fine o l'inizio?

Festeggiammo il Natale non in Italia, ma nelle Bahamas con molti dei nostri cari amici e naturalmente con Max e la sua fidanzata Xenia, cercando al tempo stesso di dimenticare gli eventi del mese precedente.

Il 26 dicembre, ricordando l'anniversario dello tsunami mortale del sud est dell'Asia, che aveva distrutto molte città situate sulla riva lasciando dietro di sé più di 200mila cadaveri, il *National Geographic* presentò un programma sui mega tsunami che potrebbero verificarsi su un'isola vicino all'Africa dell'est.

Scienziati di università di fama mondiale spiegavano l'incredibile pericolo con grande sicurezza chiedendosi non "se poteva accadere" ma "quando accadrà".

Il vulcano Cumbe Vieja, nelle Isole Canarie, potrebbe eruttare in qualunque momento causando il distacco del fianco ovest e provocando un mega tsunami.

L'innalzamento delle acque potrebbe essere così grande da attraversare l'Oceano Atlantico devastando la costa orientale degli Stati Uniti e parte dell'Europa occidentale.

Il mega tsunami potrebbe generare un'onda di dimensioni catastrofiche inconcepibili da sommergere New York, Boston, Miami, i Caraibi e il Brasile.

Milioni di persone perderebbero la vita e l'onda alta quasi 60 metri sommergerebbe l'intera costa orientale degli Stati Uniti.

Guardando quel programma orripilante, ma al tempo stesso scientifico e non di fantasia, ricordai di aver visto una profezia del genere negli scritti di Tommaso Campanella.

Egli scrisse che nelle vaste acque oltre le Colonne di Ercole c'è un'isola che esploderà quattro secoli dopo "L'Anno senza Estate" e che le acque dell'oceano si sarebbero alzate fino a dimensioni bibliche.

Era incredibile confrontare la profezia con una realtà scientifica.

Grazie a Dio, secondo Campanella ciò non accadrà per i prossimi 200 anni, quindi posso ancora godermi le Bahamas a 3 metri sopra il livello del mare.

Nondimeno, quella fu la prima volta che pensai seriamente al valore di quelle profezie.

Ritornammo in Europa in aprile e a maggio seguimmo le Elezioni Europee con i loro risultati spaventosi.

L'estrema destra, compresi i Neo-Nazisti, trionfavano nella maggior parte del continente.

Gli elettori votarono come aveva previsto Jean Marie, senza l'ausilio delle profezie di Campanella.

Cosa poteva accadere se fossero riusciti ad usare quelle profezie come da loro proposto a fini propagandistici e per suscitare paura?

Nei notiziari della sera i risultati erano sbalorditivi. All'improvviso, nel guardare Marine Le Pen del partito francese di estrema destra, notai Jean Marie Le Bic celebrare la sua vittoria circondato da sostenitori scalmanati.

Queste vittorie erano anche scritte nelle profezie di Campanella.

Credevo che nascondere i manoscritti da qualche parte nel buio degli archivi fosse la fine di questa mia storia sulla Profezia dell'Aquila di Napoleone.

Non ci doveva essere altro, tuttavia con la morte di Napoleone la profezia non finì.

Era questa la fine o l'inizio?

Vedremo quattro donne diventare le guide del mondo cristiano unificato nella Guerra senza Guerra contro il Dragone, o meglio i cinesi, nel prossimo decennio?

Ciò e molto altro era scritto in quelle profezie.

Nei mesi successivi ricevemmo ulteriori traduzioni delle opere di Campanella ed ero molto preso a leggere appassionatamente quelle profezie straordinarie cercando di immaginare il prossimo futuro.

All'inizio di luglio, Mimmo ci chiamò.

<<Caro Alfredo, sono felice di sentire la tua voce. Come va in famiglia?>>.

<<Grazie per la chiamata>>, risposi. <<Va tutto bene e in famiglia altrettanto. Infatti siamo tutti qui intenti a goderci un bellissimo clima, la spiaggia e il golf. Cerchiamo di dimenticare quelle profezie spaventose di Campanella. E tu come stai?>>.

<<Oh, per favore dimentica le previsioni di Campanella, non si realizzeranno da un giorno all'altro. Ho delle buone notizie ed è per questo che ti chiamo. Innanzitutto, ora sono professore all'Università di Bologna, quindi rimarremo qui per un bel pezzo. Ho detto "noi" perché sto pensando di sposarmi. Ricordi quella giovane donna, la guida di Stilo, che ti diede le mie coordinate? Si chiama Maria Carnuccio. Le ho fatto una proposta di matrimonio e lei ha detto "sì". Il motivo della mia chiamata è quello di invitarti al nostro matrimonio che sarà celebrato a dicembre nella Cattedrale di Stilo. Saremmo onorati di avere te e tua moglie alle nostre nozze>>.

<<Mimmo, sono senza parole. Complimenti! Chiederò a Barbara, preferiamo sempre celebrare matrimoni piuttosto che funerali. C'è solo una condizione: per favore non prendere per la cerimonia un sacerdote della FSSPX. Non vorrei rivedere René o Jean Marie, dissi ridendo un po'>>.

<<Alfredo, ti chiedo sinceramente scusa per averti presentato a loro; è stato un mio errore di giudizio. Per favore perdonami. In questi giorni penso che essi abbiano un "ordine del giorno" per quelle profezie. Lo scorso maggio ho ricevuto una chiamata da parte di René che era felice di annunciarmi la loro vittoria alle elezioni europee.

Ho tagliato corto perché io non festeggiavo questa loro vittoria. Ciononostante, non mi aspetto nessun ulteriore contatto da parte loro. Hanno un sacco di loro predizioni e battaglie politiche>>, concluse.

<<È scritto nelle profezie che dovremmo concludere>>, dissi e ci facemmo una risata.

<<Professor Memo, abbiamo lavorato sodo per dare un significato a quelle profezie, sebbene, nella mia più sfrenata immaginazione, non mi

sarei mai e poi mai aspettato di avere risultati del genere. Abbiamo spedito molti manoscritti agli Archivi Segreti Vaticani dove vi sono persone intente a studiarli ulteriormente e, come ben sai, non vanno di fretta. Tuttavia, completato il lavoro di restauro, metteremo in mostra alcune parti di quelle opere nel nostro palazzo. Speriamo di vederci al matrimonio e sarai anche invitato all'inaugurazione del nostro museo>>.

Ci scambiammo qualche altra parola e finimmo la nostra piacevole conversazione.

L'estate del 2014 fu particolarmente movimentata.

A Villa Ersilia si svolse la festa di fidanzamento di Max e Xenia, la nostra futura famiglia, e molti dei nostri amici vennero a Soverato per festeggiare il felice evento.

Io pubblicai anche il mio secondo romanzo che ci diede il pretesto di viaggiare a New York, Londra, Toronto e Varsavia per interviste e promozioni.

Non ricevemmo più nessuna comunicazione da parte di René o Jean Marie, il che ci permise di buttarci quella vicenda alle spalle e di continuare il lavoro per il futuro museo nel nostro Palazzo Baronale.

In aggiunta alle nostre scoperte precedenti, le giare rinvenute alla fine del corridoio erano molto antiche; riuscimmo a restaurare le prime due che furono piazzate sulla terrazza del nostro castello. Dopo la morte di Vincenzo, Luigi prese in mano il lavoro di ricostruzione del palazzo.

Luigi mi suggerì di restaurare anche le altre due giare e di completare i lavori di scavo.

Nel mese di novembre, andammo a Londra per il lancio del mio terzo romanzo, vi rimanemmo due giorni con l'intento al ritorno di fermarci a Roma.

Poco prima di lasciare la Capitale, Barbara chiamò al Borgo e ricevette tristi nuove.

<<La Marchesa Bona Sforza di Francia è morta la notte scorsa e i funerali si terranno nella Chiesa Matrice il 29 novembre alle 11>>.

Era una cattiva notizia, ma probabilmente anche un sollievo.

Barbara la conosceva più di me. Negli ultimi dieci anni, Bona era priva di conoscenza, sola, con una governante al fianco, confinata nelle due sole stanze vivibili del suo immenso palazzo. Questo era stato completamente distrutto, così come lo era stato il nostro Palazzo Baronale dirimpetto, dalle fiamme del devastante incendio del 1983.

Andammo al rito funebre credendo di essere in tanti ma, stranamente, non c'era quasi nessuno.

Vi erano solo sette o otto parenti lontani provenienti da Milano e Messina e delle anziane curiose sempre presenti in chiesa.

Nessuno degli impiegati municipali, niente banda musicale e quasi niente fiori.

La messa fu breve, senza nessun discorso, e subito dopo andammo a porgere le nostre condoglianze alla famiglia.

Ad un certo punto, una delle signore anziane si avvicinò a Barbara, le baciò la mano e disse: <<Voi non mi conoscete, ma ricordo vostro nonno e mio padre conosceva il vostro bisnonno, quindi non ignoro la storia della vostra famiglia. Voi siete l'ultima discendente della prima famiglia del posto. Prego Dio che vi faccia rimanere qui perché questo posto sarà perduto il giorno in cui ve ne andrete. Guardate la povera Marchesa Bona, non se ne andò via dopo la morte di suo marito. Voleva morire qui ed ora eccola: in questa bara di legno senza nessuno al suo funerale. La gente non ha rispetto, ma un giorno affronteranno il loro destino, voi siete ritornata qui per compiere il vostro>>.

Barbara era imbarazzata davanti a quelle persone e ci allontanammo con discrezione guardandoci. <<Grazie a Dio, questo è stato l'ultimo funerale dell'ultima nobile di un passato lontano. Spero sia il mio ultimo funerale. In futuro, voglio essere soltanto invitata a matrimoni e battesimi>>, disse mentre entrava in auto.

Avviai il motore e notai che il nostro telefono indicava dei messaggi. Ovviamente non avevamo ricevuto chiamate in chiesa e Barbara diede un'occhiata per vedere chi avesse mandato i messaggi.

Il primo era da parte di Carlo: <<Ciao Alfredo, stando ai nostri esami effettuati nei laboratori, l'età delle parti di carta dei documenti che abbiamo esaminato risale al 1600 circa. Ti mando un rapporto completo per posta. Saluti e baci a Barbara. Carlo>>.

Guardai di nuovo il messaggio. Allora era confermato. I manoscritti di Tommaso Campanella erano degli originali.

Questa era un'ottima notizia!

Il secondo messaggio era da parte di Luigi che voleva vedermi urgentemente al palazzo dove stava ancora lavorando. Non avevo il desiderio di vederlo proprio in quel momento quindi decisi di chiamarlo per sapere di cosa si trattasse di così urgente.

<<Ciao, Luigi! cosa c'è?>>.

<<Oh, Signor Alfredo, grazie per avermi richiamato. Ho visto la vostra Mercedes davanti alla chiesa e mi sono detto che potevate venire a vedere cosa abbiamo trovato. Per favore, prendetevi un po' di tempo e venite al palazzo. Una delle giare si è rotta e c'è qualcosa dentro>>.

Barbara non ci teneva in modo particolare che io andassi a vedere Luigi ma, su mia insistenza, accettò solo per pochi minuti.

Luigi mi stava aspettando al cancello e scendemmo nei sotterranei rapidamente senza parlare perché ci teneva a mostrarmi la giara rotta.

Nell'ultimo corridoio, c'erano due giare pulite, pronte per il trasporto al Borgo, ma quella successiva, per metà dissotterrata, era spezzata al centro.

Mi avvicinai dirigendo la forte torcia sulle parti rotte e vidi immediatamente all'interno, tra sabbia polverosa e fango, un frammento di vecchia carta, o meglio, quella che sembrava una pergamena arrotolata.

Luigi mi porse una spazzola e una cazzuola da muratore e incominciammo a pulire con estrema cura lo spazio intorno all'oggetto.

In pochi minuti riuscimmo a vedere distintamente e a toccare una pergamena con un sigillo di ceralacca apposto sul cordoncino che la chiudeva.

Incominciammo a pulire attentamente il rotolo di pergamena, ma sotto il fango e la polvere c'era dell'altro in fondo alla giara.

A quel punto capimmo che non si trattava semplicemente di qualcosa buttato per riempire quella giara.

Il rotolo di pergamena e l'altro oggetto erano ben sistemati e ricoperti da piccole sfere di argilla chiara, probabilmente per protezione contro l'umidità.

Effettivamente, la pergamena non era marcita sebbene molto fragile.

Non ci volle molto per liberare la prima pergamena arrotolata, la presi, l'avvolsi in plastica scura e chiesi a Luigi di coprire la giara e ritornare il giorno dopo per continuare il nostro lavoro.

«Abbastanza per oggi; mia moglie mi sta aspettando in macchina», gli dissi mentre ritornavo speditamente in superficie con la mia nuova scoperta.

«Perché ci hai messo così tanto? Cos'altro hai scoperto in questo Santo Palazzo?», mi chiese vedendo il pacco avvolto che portavo in mano.

«Non lo so ancora, potrebbe essere un antico documento che hanno scoperto in una giara. Lo aprirò nel mio ufficio per evitare il rischio di danneggiarlo. Mi spiace per il ritardo, andiamo a casa».

Arrivati a casa, indossai guanti bianchi e sottili di lattice e andai nel mio ufficio, chiusi le tende e incominciai la delicata operazione di srotolamento.

Prima tagliai il cordoncino quasi marcio e poi incominciai a srotolare molto lentamente la pergamena che era sorprendentemente in buone condizioni; di conseguenza, non ci volle più di un minuto per scoprire tutto lo splendore dell'antico documento.

Sul tavolo, sotto i miei occhi, si trovava un documento scritto a mano con un sigillo simile a quelli che avevo visto in Vaticano chiamati Bolle Papali.

Il documento era scritto in belle lettere a colori che non avevano perso la loro intensità e sotto il testo latino c'era un grande sigillo di ceralacca.

Le lettere erano leggibili e quindi cercai di capirne il significato.

La prima frase era facile:

"In Nomine Domini" (Nel nome del Signore)
"Episcopus servus servorum Dei."

L'ultima frase con la firma:

Urbanus II
Anno Domini MXCVI (1096)

Poi il sigillo papale.

Era una sensazione incredibile vedermi davanti un documento che avrebbe potuto benissimo essere un editto papale del tempo di Urbano II.

«Allora, cosa hai trovato questa volta?», Barbara disse entrando nello studio e poi si fermò a guardare il documento.

<<Che cos'è? Sembra spettacolare!>>

<<Hai ragione. Sembra veramente spettacolare. Non posso capirne l'intero contenuto subito, ma non dovrebbe essere molto difficile tradurlo dal latino. Secondo me si tratta di un editto papale, firmato da papa Urbano II nel 1096, che conferiva dei diritti o privilegi>>, risposi guardando il documento.

<<Aspetta un attimo, non era il monumento a Urbano II quello che vedemmo due anni fa durante la nostra visita nella regione dello Champagne in Francia?>>, mi chiese.

<<Hai una buona memoria. Corretto. Urbano II con il suo vero nome, se ben ricordo, Oddone di Chatillon, che divenne papa intorno al 1088. Fece storia a Clermont, in Francia, lanciando nel 1095 la Prima Crociata che poi conquistò Gerusalemme nel 1099. Questo documento potrebbe perfettamente essere originale, considerando che Urbano II fu eletto contro il volere dell'Imperatore Enrico IV e dovette nascondersi per evitare la sua esecuzione. Venne poi qui in Calabria con il suo consigliere, Bruno di Colonia, oggi conosciuto come San Bruno, che a sua volta eresse la famosa Certosa nell'attuale Serra San Bruno tra le montagne, a soli 25 chilometri da noi. Passarono quasi tre anni qui e, probabilmente in Calabria, preparano il Concilio di Clermont, unificando l'intero mondo cristiano sotto lo slogan "Dio lo vuole" e lanciando la Prima Crociata. Il resto è storia>>.

<<È straordinario. Non potevamo mai e poi mai immaginare quali tesori avremmo trovato quando siamo venuti a Santa Caterina nel 1992>>, Barbara disse pensierosa.

<<È proprio vero. Il nostro tempo qui è iniziato 22 anni fa e non abbiamo mai sospettato di stare seduti su un forziere colmo di tesori che aspettava di essere scoperto e, forse… questa non è la fine della storia ma solo l'inizio>>.

Chi è l'autore

Alfred Lenarciak è nato in Polonia nel 1950 ed è emigrato in Canada nel 1974. Lauree in ingegneria e finanza sono state gli strumenti che gli hanno permesso di investire e lavorare in tutto il mondo per un periodo di trent'anni. Nell'ultimo decennio, Alfred si è dato allo sviluppo delle proprietà della famiglia di sua moglie nel Sud Italia studiando anche la storia della regione.

A sessant'anni ha deciso di smettere di lavorare per dedicarsi a pubblicare racconti basati sulle sue esperienze di vita.

Attualmente risiede a Nassau, nelle Bahamas, con la moglie Barbara. Il loro figlio Max, assieme alla moglie Xenia, vive a Toronto.

Alfred predilige lo studio della storia e il suo libro appena uscito, La profezia dell'Aquila di Napoleone, è un romanzo storico. Prima ha pubblicato: Bre-X, Storia dell'Uomo Morto, La rivincita dei soldi, Strada verso la libertà.

Il 30 maggio 2015 ha ricevuto il Diploma di Merito diventando Cavaliere di San Silvestro Papa.

Alfred può essere contattato: www.alfredlenarciak.com

Postfazione

Un recente viaggio in Calabria si è rivelato essere un'esperienza di vita indimenticabile; nulla mi aveva preparato per la bellezza e le scoperte alle quali stavo per assistere.

Verso metà agosto, fui invitato a giocare a Golf da un mio caro amico membro di un Campo da Golf privato in Calabria. Mi offrì di essere ospite presso la sua villa adiacente al campo da Golf vicino un castello antico e, per render l'invito ancora più appetibile, elogiò l'acqua cristallina del Mare Ionio costeggiato da spiagge incontaminate. Come avrei potuto rifiutare? Il giorno dopo il mio arrivo, nella clubhouse allestita con gusto, mentre aspettavo il mio amico, presi uno dei libri sistemati sul uno dei divani di pelle morbida vicino al tavolo da bigliardo attiguo al camino di stile minimalista. Ero stato incuriosito dalla sua copertina; il titolo inglese era *"Napoleon's Eagle Prophecy"*, ovvero *"La Profezia dell'Aquila di Napoleone"*. Non riuscivo a vedere, neanche vagamente, il nesso tra Napoleone Bonaparte, un genio militare ed un conquistatore razionale, e il concetto di profezie. Incominciai a leggere quel libro e, in poche parole, non riuscii a metterlo giù. Quel libro non era un libro di storia, tutt'altro; era piuttosto una fonte originale di passione, intrighi, segreti, suspense, potere e saghe familiari ancora sconosciute al mondo. Una volta arrivato alla clubhouse, chiesi al mio amico se potessi prendere quel libro con me in modo tale da completarne la lettura dopo la nostra partita di Golf; con un sorriso sardonico, annuì. Non avrei mai e poi mai immaginato che stavo per giocare anche con Alfred Lenarciak, l'autore del libro.

Il giorno dopo, contattai Alfred Lenarciak per delle delucidazioni; essendo tendenzialmente cinico, avevo difficoltà nel credere che il piccolo paese nel quale mi trovavo fosse stato il palcoscenico di eventi che avevano segnato profondamente il mondo per come lo conosciamo oggi. Di nuovo, rimasi stupefatto. Sorridendo, mi disse *"Per cortesia, smetta di essere cinico e abbia il coraggio di essere un ottimista, abbia il coraggio di essere aperto di mente. Ora, invece di andare a sdraiarsi per ore sulla nostra splendida spiaggia, perché non viene con me e le mostrerò i dintorni; ha già deciso di investire il suo tempo libero nella lettura del mio libro, abbia il coraggio di concedermi poche ore per un piccolo tour"*.

Mentre visitavamo i siti e con la lettura del libro ancora fresca nella mia mente riuscivo a sentire e a visualizzare la gioia, il dolore, la passione, l'entusiasmo e l'energia che gravitava intorno a quel paese secoli prima.

Notando il mio sincero entusiasmo che avevo difficoltà a celare dopo la visita per le vie del paese, fui invitato a scrivere qualche parola per descrivere la mia esperienza.

Scritto come un romanzo storico, "La Profezia dell'Aquila di Napoleone" offre un piacevole rifugio per l'intelletto. Occupati come tutti siamo nelle nostre vite, siamo molto cauti nello scegliere libri da leggere e quindi nell'investire il nostro tempo libero nella lettura di un libro; in genere, vale la pena leggere un libro che ci arricchisca di almeno un'idea originale oppure di una storia originale, ciò di per sé può giustificarne la scelta. Questo libro contiene storie originali, idee originali e alcune scoperte che metteranno alla prova i lettori più cinici. Quella che incomincia come una conversazione da poco dopo una cena di famiglia finisce per essere l'innesco per una ricerca che era incominciata più di 500 anni prima, una missione tramandata attraverso i secoli da potenze eminenti, dalle Inquisizioni Spagnole a preti, da Re a statisti, da Imperatori a soldati di fiducia e da padre in figlio.

Nascoste in una tomba, poche parole, scritte da un nobile nella speranza di tramandare la sua missione alle generazioni future, contenevano indizi che solo una mente perspicace e astuta avrebbe potuto seguire, e una mente perspicace di fatto seguì quegli indizi svelando le vere origini di una famiglia e i suoi nessi con la Chiesa e Re, una storia d'amore che trascende il tempo, il genio di un uomo, Tommaso Campanella, e gli albori delle prime Crociate.

Confido nel fatto che il lettore apprezzerà questo racconto tanto quanto io lo abbia apprezzato e auguro a tutti voi l'opportunità di poter visitare quel piccolo paese, palcoscenico di questi eventi.

Luca Pasquale Giannini

Printed in the United States
By Bookmasters